JN079031

二十一世紀からロレンスを読む

古我正和

22世紀アート

故郷に静かに眠る亡き父母と
今までやさしく励まして下さった
すべての人びとに捧げる

はしがき

　20 世紀の末に『ロレンス研究──西洋文明を越えて──』を出版したが、21 世紀の夜明けとなった今、ロレンスが 21 世紀を展望する作家であったという思いをますます新たにしている。ロレンスには先見性があった。時間的には 20 世紀の初めに、ルネッサンスを経て近代を突っ走るヨーロッパが何処へ行こうとしているかを見抜き、20 世紀の終わり頃になってやっと世界の人々が実感し始めたことを、百年近くも前に気づいていた。また空間的には、その狂暴とも言える世界の巡礼行において、失われ行く真の人間性を追い求めることを止めなかった。そして彼独自の考えの中にそれを組み入れ、自分の思想を構築して行ったのである。

　おりしも、この世紀の変わり目にあって数々のグローバルな、人類が経験したこともないような出来事が起こっている。野鳥や珍しい動物が年々この地球上から姿を消していく中で、地球温暖化やオゾン層の破壊などによる環境の悪化、それとは裏腹に近年ひんぱんに起こる寒波や熱波、予測もつかない大津波や大風などである。その一方で、そのような災害には無関心に行われている工業活動や大規模な森林の伐採。こういったことをまのあたりにするにつけて、ロレンスが生前に述べた事が身近に感じられるのである。

　ロレンスは近代化からくる幸福よりも、それによって起こる人類の不幸を予測し、それをより大きく憂慮していた。そしてそれから逃れ

る糸口は、近代の「光」に象徴されるものよりも、むしろ近代以前の「闇」に象徴されるものの中に隠されているのではないかという「過去の永遠」の考えをおしすすめていったように思われる。この過去へとさかのぼる永遠が何を意味するのか、この言葉によってロレンスは何を言いたかったのかということについて、その後ずっと私は考えてきたが、今まで出た多くのロレンスに関する研究書の中にも、それに当たるものが見出せない中で、その後彼の詩を読み進めるに至って、彼の小説の中では謎だったものに出会ったように思われた。

　前の研究書が世に出てからもう 10 年になる。あの時点では小説を中心とした作品の中に聞こえてくる声に耳を傾け、その高踏的とも言える彼の考えに打たれたが、そのような彼の思想の根底にあるものは、ルネッサンス以来ヨーロッパに連綿と続いてきている「近代」の持つ意味を、20 世紀になって起こってきた不都合と照らし合わせながら考えていく中から解き明かされると思った。本書は彼のエッセイや詩、特に生きものの生命共同体の概念が鮮明に描写されている『鳥・獣・花』などをも参照して、彼の思想の根底をさらに深く追求しようとするものである。

　前著はロレンスの言わば空間的なものを追及したものだった。今度は彼の思想に焦点を当てて、彼の作品の背後にどのようなものがあるのかを考えてみた。

　本書は筆者が書いた論文が基になっているが、論文では英文引用が多く、一般向きしにくいと思われたので、英文でなければ理解し難い部分を除き、英文をなるべく日本語に直した。そして論旨が特にその

5

部分の原文や英語そのものに関わっていて、直接それを見ないと分かり難いと考えられる場合には、括弧の中にその言葉に関係する原文を付け加えるようにした。

『ロレンス研究——西洋文明を越えて——』の内容は今なお彼の重要な要素を含んでいるので、その一部分が内容の上で重複している場合があればお許し願いたい。

目　次

第1章　ロレンスの近代認識

未来の永遠を探る

1　認識の発端　ロレンスの歴史感覚

　「現代は本質的に悲劇の時代である。」これはロレンス文学の総決算ともいうべき『チャタレイ卿夫人の恋人』（*Lady Chatterley's Lover*, 1928）の冒頭を飾るに相応しい、まことに意味深い言葉である。我われはこの言葉の中に、近代を認識した深い歴史感覚を見出すことができる。私はこの小論をこの言葉から始めたいと思う。

　D．H．ロレンス（Lawrence, 1885-1930）はその独特の歴史感覚によって、自分の置かれている状況が英国のヴィクトリア時代から20世紀に移っていく、その変わり目であることを認識していた。悲劇というこの言葉がそのことを示している。「悲劇」という表現の中に、ロレンスが体験した激しい苦悩が滲み出ているのである。そして彼がこのような感覚を身につけたのは、彼が生きた母国が当時世界的な発展を遂げていたことと大いに関係している。それによって彼はイタリアなど、世界のあらゆる辺境を巡り、幅広い体験をすることができたからである。その意味で、彼は恵まれていたと言うことができる。

　我われは或る領域の中にどっぷり浸かってしまうと、それに慣れて

自分の立場を無意識のうちに作りあげ、それを基礎にしてものを見ていこうとする。その結果、ものが色眼鏡で見られることになる。普通我われは画一的な環境の中で生きている場合が多いが、ロレンスはそのような状況ではなく、上で述べたように二つの異なったものが共存する環境に置かれ、その両方を認識することのできる幸運に恵まれていた。つまりヴィクトリア時代と 20 世紀の狭間に身を置く、周辺人としての立場にあった。

　周辺人とは異質な領域の狭間にあって、両方の領域を垣間見ることのできる人間のことである。このような人はその観念だけではなくて身をもってその両方を体験できるという利点を持っている。この利点は大きい。何故ならこの人は時には一方の領域に入り込んで、そこから別の領域を眺めることができると同時に、まったく逆のこともできるからである。

　ロレンスは色々な意味で「周辺人」と言えるものを持っていた。時代的には上で述べた 20 世紀の始まり前後の激動があるが、彼独自の家庭的なものもあった。両親の身分的な違いとそれから起こる家庭内の苦悩である。

　ロレンスが生を受ける発端となる両親はまったく両極に分裂していた。一方は社会の底辺にある炭坑労働者、他方は中産階級のインテリである。両者は常に対立し相争っていた。そしてロレンスもその両者の争いに巻き込まれ翻弄された。彼は心情的には母親に傾き性質としては父親を受け継いでいたので、時には母親の領域から父を見、時には父親の領域から事の真相を見ていたと言えよう。彼は母に対する

哀れみから母の恋息子とはなるが、そのままでは留まらず父親的考え
から母に逆らうこともしばしばある。石炭を掘り出すことを仕事にし
ている父親と、教師をしたこともある母親、この取り合わせは当時英
国のヴィクトリア時代の繁栄を担う原動力が石炭であったことを思
えば、単に彼の家庭の中だけのものではなく、広い意味での当時の社
会状況と関係していると言うこともできるだろうが、この両親はとり
わけ互いに妥協せず、当時を象徴するかのように生きたのであった。
このことは彼の自伝小説『息子たち、恋人たち』(*Sons and Lovers*,
1913) の中につぶさに描写されている。このような状況の中でロレン
スが育ったことは、彼に周辺人的資質を持たせるに充分であった。

　『息子たち、恋人たち』より少し前に書かれた『白孔雀』(*The White
Peacock*, 1911) にも、上で述べた周辺人的資質を見出すことができ
る。ここでは美しい湖ネザミアを中心とする自然、人間によって手を
加えられない自然が一方にあり、もう一方には主人公ジョージを中心
とする破滅的方向を持つ人間社会が描写されていて、それらは終わり
になっていくにつれてますます分裂してゆく。作品の最初では、この
ような純粋の自然の中で生きものは一つに融け合う。初めは健康な田
園生活が語られ、主人公ジョージのまったく汚れのない自然に囲まれ
た生活の中では、彼は人間社会の自然を忘れた意識に目覚めることは
ない。ところが第三部にいたってエデンの楽園からの追放にも相応し
いような情景が展開してゆく。ジョージがメッグを奪うようにして結
婚式につれてゆく途中で道ばたで出くわす哀れな捨て児、皆で楽しく
将来の夢を語りながら新年の乾杯をしていた折も折、ネザミアの向こ

うのあちこちで競って時を告げるにわとりの声のように、様々な調子で新年の夜明けを告げる炭坑や鉄工所の不気味な音、これらは楽園喪失の始まりを告げるものであり、その後シリルとジョージがロンドンをうろつく時に橋の所で見出す、浮浪人が列をなして寝ている場面を予告しているのだ。

　そもそも、ジョージの追放のきっかけは、サックストン一家が耕作していた農地とそのあたりにはびこる兎などをめぐる、土地所有者とのいざこざにあった。農地は兎に喰い荒らされ、そのため牛はやせ細り、やがてはその牛も馬も居なくなり番人にすべて任される。興味深いのは、その地主は兎を大層大事にし、その害に耐えかねて農民達がしかけた罠にかかった兎を救ったり、逆に立ち入り禁止にして農民をその地所からしめ出したりすることである。地主といえば元来欲が深いということに相場が決っているが、この地主はそのような常識から外れていて、森番のアナブルほどはっきりした文明観を持っているようには記述されていないにしても、その言葉のはしばしにアナブルに似た考えがうかがわれる。これは次の記述によって分かる。

　　しかし、地主は兎を大切にした。彼は絶望的になった農夫たちのしかけた罠から兎を守り、鉄砲でおどしたり立ち入り禁止の札をたてたりして兎を保護した。草木を食い荒しながら兎の大群が移動する時、その荒れ果てた丘の中腹が波うつようになるのを見て、彼の顔は感謝でいかに輝いたことだろうか。
　　「あの兎こそうずらであり、マナではないだろうか。」とある

　　　月曜日の朝早く、鉄砲の音でその草原がざわつき始めた時に、
　　狩猟仲間に彼は言った。
　　「この荒野の中にうずらとマナがあるのではないだろうか。」[1]

地主や森の番人アナブルにとって、兎は天の恵みマナ（manna）である
が、村人やジョージ一家にとってはそれは壊疽（gangrene）であり害
獣（virmin）である。アナブルにとってサックストン一家や村人たち
は「侵入者」であるが、村人たちにとってはアナブルはちょうど地獄
の王ハデスのように恐ろしいものである。かつて農場であった所が荒
廃して兎の飼育場となったことは、村人たちにとっては荒廃であって
もアナブルや地主にとっては人工より自然への復帰なのだ。ジョージ
がそこへ「侵入」して兎を鉄砲で撃ったためにそこから離れて行かな
ければならないのはまさに「追放」であり、この美しい自然ネザミ
アは、ちょうど『侵入者』（*The Trespasser*, 1912）の主人公シーグマ
ンドがワイト島の自然からしめ出されたように、レティたち現代文明
人によって感化されたために自然人ではなくなったジョージを拒否
するのである。
　ジョージとアナブルとは、ジョージ一家の生活にかかわる利害関係
のためにこのように対立しなければならなくなるのであるが、話し手
シリルはアナブルの世間離れした性格に興味を持ち、アナブルを訪れ
て意気投合する。そこに見られる男同士の友情とその振舞は、後の作
品『恋する女たち』（*Women in Love*, 1920）の中のバーキンとジェラ
ルドとの間に見られるような、同性愛的関係すら読者には感じられる

程である。そして彼等の心の交流を通して、自然と人間との間の交流もまた保たれているのであるが、不運にもアナブルは事故死する。神話の世界から直接飛び出して来たようなアナブルも、所詮、現代文明の中に生きる一人の人間としての限界を越えることができなかったのであろうか。ともかく、シリルにとって自然との仲介者としての役割を演じていたアナブルが居なくなることは、シリルと自然との温かい交流が断ち切られることを意味するし、シリルはまたアナブルとレティやレズリ、ジョージなどとの橋渡し的存在であることから考えると、アナブルの死はユートピア的自然と現代文明人との間の交流を断ち切ることになるとも言えよう。従ってアナブルの死は、現代文明人たちと自然との間の隔たりを、ますます大きなものにしていったと思われる。

　興味深いことに、ロレンスの後期の作品『チャタレイ卿夫人の恋人』においては、アナブルはメラーズとなって復活し自然とチャタレイ卿夫人との温かい交流もそこで行われるのである。このように考えると、アナブルの存在と死は、やはりロレンス文学において大きな役割を果していることが分かる。

　このようにして、ジョージとユートピア的自然との絆は断ち切られ、また現代人独特の意識を持つことによって、ジョージは現代の楽園から追われてゆく。エデンの楽園で、アダムとイブが善悪を知った共犯者として共に追放されるように、ここではジョージと共にその共犯者たるレティやシリルもネザミアから立ち去ってゆく。レティは世間を気にする虚栄の女としての本能は変わらないにしても、レズリと結婚

することによってブルジョワの家庭におさまり、子供達の中に自分を
埋没してしまう。彼女にとって育児は一つの「創造」であり、自我を
棄てて自分を発展させるという責任から逃れて、尼僧のようになる。彼
女はレズリの館に落ち着くことになるのだが、以前楽しんだジョージ
の農場には今は共に語り合う人も居ない。シリルも追放された人間の
ようにネザミアの霊にとりつかれて、次のように感じながら何週間も
ロンドンの郊外をさ迷う。

　　　私の心の中には不思議な声がわきおこり、丘の小道を呼び求め
　　た。再び私は森が私を待ち、呼び続け、私も森を呼び求めてい
　　ることを感じることができた。しかし、何マイルもの空間が我
　　われの間にはあった。故郷の谷間を去って以来私が失うことを
　　恐れたのは、ほとんどこのことだけだった。ネザミアの丘は私
　　の壁であり、ネザミアの空は頭上の屋根だった。故郷に居た時
　　には私は谷間の天上に向かって手を上げ、私自身の愛する空に
　　触れているように思われた。その空の懐かしい雲は何度も何度
　　も私を訪れ、その空の星は私の生まれた時からずっと忠誠を私
　　に示してくれたし、その太陽はいつも私の父だった。しかし今
　　では頭上には見慣れぬ空があり、オリオン星座は私に注意も払
　　わず頭上を通過していった。以前は毎夜毎夜森の上にとどまり、
　　私と共に素晴しい時を送ってくれたのに。いつまで待てば昼が
　　閉じ込められた状態から私を解放し、夜はその広大な世界を私
　　に開放して、共に過ごすべき星を私に送ってくれるのであろう

か。都市には夜がない。夜が退屈な灯を交えたまばらな木の影にすぎないような、そんな所で、どうして私は壮大な暗闇の森で我を忘れることができようか。[2]

ここには、クロイドンでのロレンス自身の姿がうかがわれる。ところで、このようにシリルが懐かしんだ故郷ではあったが、一度失ったものは再び帰ってはこない。しばらく後でシリルが故郷へ帰った時の様子は次のようである。

　　私は何物かに自分だと分ってもらいたかった。私は木の精が森のふちからじっと私をみつめているのだと、自分に言い聞かせてみた。しかし私が進んでゆくと彼等は尻ごみし、思いに沈むようにちらりと見て、森の影の中へ倒れる青白い花のように逃げ込んでしまうのだった。私はあかの他人であり侵入者であった。潅木の茂みに入ると、私の頭上で元気のよい小鳥が勢いよくさえずった。ひわは閃光のように飛び去り、駒鳥は木にとまって無礼にも「おい、お前は誰だ。」と尋ねるのだった。[3]

ネザミアの自然やそこから逃れて行った場所との係わりはジョージについても同じであるが、シリルのように知的職業の保障もなく、元来「自然人」であっただけに、痛手を最も強く受けるのはジョージである。先にも述べたように、ジョージはネザミアで「侵入者」として立ち退きを命ぜられるけれども、ネザミアこそは彼を自由にしてくれ

る基礎であり、そこを離れることはその基礎が崩れ去ることを意味した。従ってネザミアの谷間以外のあらゆる場所は、彼にとって異質で未知である。シリルやメッグと共にネザミアの谷間から外へ出たジョージは、次のように描かれる。

> 彼には常に許可なく他人の土地に入り込んでいる子供のように、魅せられて何かしてはならないことを、恐れながらもしている人間のような様子がうかがわれた。彼はその日はじめて、彼自身の領地ネザミアの外へ、不法にも足を踏み入れたのだった。[4]

他方では、ネザミアに帰ると小道に沿って鉄条網がめぐらされ、「私道」と書かれて外来者は受入れられないのである。

　これらの引用の中で目につくのは、やはり'trespass'や'stranger'、'intruder'などの言葉である。とりわけ'trespass'は'trespasser'、'trespassing'など、色々と形を変えて表現されている。そして先にみたように、彼等はネザミアのみならず他のどこへ行っても「侵入者」として排斥されるのである。

　ジョージは先にも述べたように、もともと優しい心を持った「自然人」であり、郷里ネザミアから離れた後でも、馬を飼ったりして原形質のように他のものから無防備であることを思うと、現代人に成りきることを頑強に拒否して死んでいったアナブル同様、その報いを受けるのであろうか。ジョージはこの無防備さの故にアダム同様誘惑され

るのであるが、彼は現代人の冷酷さと利口さとを完全に自分のものにするには、あまりにも優しい心の持ち主だったのだ。現代文明人になるように誘われたけれども、完全に現代人的には成りきることができなかったところに、ジョージの悲劇があった。したがって、彼にはこの両方の要素が混在していることになる。

　第3部で彼が矛盾したような行動をするのはこのためであろう。彼にはまだレティを否定する気持ちと肯定する気持ちとがあり、彼女が子供のために自己を埋没してしまうのを見て彼女の生活がごまかしだと考え、ロンドンの下層民のことも考え合わせて、彼女のなまくらな生き方に立腹する。そして、もしレティと結婚していたら犬と猫のような仲になっていたに違いないから、メッグと一緒になった方が千倍もよかったとその時は言う。しかし別の時にはレティへの未練をそれとなく告白して、彼女を「光」と呼び、孤独の「闇」には耐えられないと言うのである。このような矛盾にみえる態度は恋愛中の男女によくある、振幅の大きな心の動きの具体的な表われの一つだということはもちろん否定できないだろうが、単にそれだけではなく二人の本質的な違いと、今述べたジョージの性格とに起因していると思われる。

　この第6章は「ピズガ」（'Pisgah'）と呼ばれる。これはモーゼが約束の地を見たという山のことで、前途を望み得る機会の意であるが、ジョージとレティにとってはそれは到底かなえられぬことであり、ジョージは絶望して彼女から立ち去ってゆく。レティに絶望し、孤独の闇にさいなまれ、なつかしい故郷からは締め出され、新しい土地や家庭からも異邦人扱いをされ、しかもそれに対抗するには、原形質

（protoplasm）のように余りにも無防備で心優しいジョージは一体どうなるのだろうか。彼はロンドンでシリルに次のように言う。

　　　「ときどき、このようになるんだ。こうなると何もしたくないし、どこへも行きたくないし、誰にも近づきたくない。ひどく不愉快な淋しさを感じるんだ、シリル。自分が真空になって、圧力を、一種の暗闇の圧力を受けるような恐ろしい気持ちになる。そして自分自身が全くなくなってしまって、真空――まさにそれだ――暗闇でない小さな真空となって、圧力をかけてくる闇の空間の真っ只中へ放たれたような気分になるんだ。」[5]

絶望のあまり酒に身を持ち崩し、アルコール中毒となってゆくジョージの最後の姿がここに見られる。彼にとっては自分の存在そのものが、ちょうど雨の日に刈り取った麦のように未熟に思われたのである。新しい生活は彼には余りにも耐え難いものであったが、彼はそれを‘intoxication’によって和らげようとする。

　‘intoxication’という言葉がしばしば酒による酩酊以上の意味に用いられているのは、レティによって近代意識へと目覚めさせられた状態からその強烈さを和らげようとして、もう一度無意識――眠りへと戻っていこうとするからであろう。ジョージもエミリも、同じく無防備で傷つき易い原形質のような存在でありながら、ジョージはこのように零落し、一方エミリは郷里ストレリー・ミルの辺りに比べると、勝るとも劣らない牧歌的雰囲気に満ちたパプルウィックに溶け込み、

トム・レンショーと慎ましい健康な生活を始めるのは、シリルも言うように、ジョージはいつまでも無防備のままであったのに対して、エミリは自分の感受性をおおい隠すことを覚えたからである。エミリは現代人が受ける知的意識という洗礼をくぐり抜けるすべを知っており、それをくぐり抜けてトム・レンショーと共に現代人として再出発しようとしているのである。

「忘却の沼から未来を」('A Prospect among the Marshes of Lethe')という最終章の名前は暗示的である。腐ってきのこを一面につけ今にも倒れかかってゆく木のように、レンショー家の門に寄りかかって取り入れの仕事を見ているジョージは、死と生を隔てるレテの泥沼を死の世界へと漂ってゆく人間の姿なのである。

アナブルは人類の滅亡と腐敗を予言するが、人類の知性の発達によって起こる知的意識への目覚めと追放が、さながらエデンからの追放のように、ここではジョージの最後を通して語られているのではないだろうか。この追放はひとりジョージのみが背負わねばならぬ個人的な苦しみではなく、産業革命とヴィクトリア朝を経て科学的知識の洗礼を受け、肉体的にも精神的にも機械の僕となってゆく人類全体へくだされた警告なのである。

この作品を書いた後郷里ノッティンガムから離れて、言わば故郷喪失者のように世界をさ迷ったロレンスの姿と、『白孔雀』の中で追放されてゆく人間の姿とが重なり合うのは、単なる偶然以上のものと思われる。また、この後に出た作品にもロレンスのこのような生涯が投影されていて、ネザミアで象徴される故郷よりの追放以後の、人間の苦

しみと復活とを読者に感じさせる。『白孔雀』はその意味で、ロレンスの文学世界の源流なのである。

　以上、ロレンスの周辺人的性格からその歴史感覚を考え、それがよく出ている作品をみてきたが、これから述べる「愛」や「自然」に対するロレンスの考え方は、上で述べた周辺人的状況から生まれたものであると言える。さらに後述する人生における煉獄の苦しみや、過去と未来の二つの永遠という考えとそれに続く二元論や、世界の放浪と循環する時間の認識、中世への回帰なども、このようなロレンスの育った環境と生い立ちから説明することができる。

　私は以前英国ノッティンガムで、ロレンスの故郷を二箇所訪れる機会を得た。一つはノッティンガム市の郊外でロレンスが生まれ育ったイーストウッドであり、もう一つはロレンスが大学教育を受けたノッティンガム市と、イーストウッドとの地理的には中間地帯にあるコッサルである。前者には彼の生家や転居した住居、遊んだ場所、墓所と教会などの他に、ロレンスゆかりのダーバンハウス・センターがあって、彼に関連するものが展示されている。後者は彼の文学のモデルとなった場所である。

　この二箇所をまわって、私はロレンスの二つのものに触れる思いがした。その二つのものとは、イーストウッドの「生活」とコッサルの「自然」、石炭に象徴されるヴィクトリア時代のあの厳しい生活と、田園とロマンの今なお残る自然であったが、この二つの世界の何と対照的だったことだろうか。

　ロレンスの作品における自然描写は、誰も追随を許さないほどに美

しい。それらを読んでいると、彼の厳しい生活など忘れてしまうほど
である。かねてから彼の作品のこの二重性のことが頭を離れず、この
機会にノッティンガムのどこかに、それを同時に示すものはないもの
かと考えていたのだった。その時、彼の銅像がノッティンガム大学の
キャンパスにあるのが分かった。旧教育館の前にあるその像は半ばう
つむき、彼が愛し慈しんだ花、青い朝顔属の花を両手で包むようにし
て持ち、うっとりとそれを見つめている。彼の顔には無限の苦悩が滲
み出ており、その青い花は当然のことながらステンド・グラスででき
ていて人工の分厚いものであったが、だからこそこの世のものとは思
われなかった。しばらくそれを見ているうちに、私はその像の中に今
まで探し求めてきた二つのものの融合、帰結を見る思いがした。石炭
の眠る地下のマグマに魅入られ、闇の無限の深みに沈潜していった作
家の見た「自然」、言わば地下の闇の世界から見た自然がそこにあった
のである。そう言えばロレンスの詩の中には、「糸杉」('Cypresses')
にしても「蛇」('Snake')にしても、あるいは「紫のアネモネ」('Purple
Anemones')にしても、地下の闇の世界、言わば地獄を一度通過しなけ
ればあり得ないような視点が見られるのである。実際、ロレンスの作
品を読んでみると、どこかにこの二つの世界を思わせるものが感じら
れる。

2　ルネッサンスの光と影──ロレンスと近代

　ヨーロッパにルネッサンスが起こって以来五百年から七百年が経

過した。その間ヨーロッパは中世から堰を切ったように近代化してい
き、その持ち前の手腕を発揮して世界経営に乗り出す。世界各地に近
代化の波が押し寄せ発展して現代にいたる。そして 21 世紀に入った
今、中世への回帰が叫ばれルネッサンスに始まる近代の意味が問い直
されている。

　ルネッサンス以来人間が築いてきたものが、21 世紀にいたって新し
い意味と問題を持つようになってきたからである。特にソ連邦の崩壊
以降資本主義の一人舞台となった後、その基本原理である個人の利益
の追及は限度を知らないものとなり、拝金主義は醜いまでの様相を呈
している。

　筆者は以前ロレンスの文明観を通してヨーロッパ文明の見直しを
試みたが、本書では特にヨーロッパの発展の起爆剤となったルネッサ
ンスに焦点を当て、今まで考えられたようにルネッサンスの言わば光
の部分ではなくその影の部分に焦点を当てながら、この事を考えてみ
たいと思う。

　現代を眺めてみるとロレンスが 20 世紀の初めに語りかけたことが、
一つの予言として我われに響きわたってくる。彼はこのような近代人
の生き方の根底をなすものを、ルネッサンスにまでさかのぼって考え
た。ロレンスによれば、ルネッサンス以前には緑が豊かで鳥が甘い声
で鳴き、昼と夜が変わらずあってものが死に絶えることなく、人間と
自然との間に有機的なつながりがあった。ところがルネッサンスと共
に人間の自由の尊重が叫ばれ、それが一人歩きし始める。人間が自分
の知性を買いかぶり、自分以外の自然、動植物と自分とを画然と区別

するようになる。

　このような考えも初めは鮮明なものではなかった。それはロレンス
が母国イギリスから、ヨーロッパの他の地域へ足を踏み入れることか
らはっきりしてくる。彼はまず人々の生き方が西欧と北欧とではずい
ぶん違っていることに気がつき、その源をルネッサンスへとさかのぼ
っていくのである。

　ロレンスは 20 世紀の初めイタリアを訪れた時、イタリア人の考え
方が、同じヨーロッパの北部に属するイギリスとはずいぶん違ったも
のだと述べている。すなわち、中世のキリスト教ヨーロッパには全域
にわたって精神（mind）と感覚（sense）とが共存していたが、ルネッ
サンスの時代もしくはそれ以後に、イタリア人はその生活の基本が精
神、すなわち知的意識よりもむしろ、闇に象徴される感覚、感覚的陶
酔に基づくようになったというのである。ところがルネッサンスの進
行とともに北欧はそれと全く逆の方向へ向かい、人は具体的なものを
伴わない自由、単に観念的な自由を求め続け、神の言葉を絶対的なも
のとして受け取り、自分たちが神の言葉の通りになった時人は自由に
なったと思ったという[6]。ここにはロレンス独特の、神の言葉や自由
に対する否定的な考えが見られる。

　ところで神の言葉や自由とは、一体どのように歴史に現れ、民衆は
どのようにそれを受け取ったであろうか。神の言葉を民衆に伝える聖
書は、最初ヘブライ語やギリシャ語だったものが、ローマ時代になっ
てラテン語に訳され、中世にはそのラテン訳を通して民衆に語られて

いたが、ルネッサンスより後、1611 年になってようやくジェームス I
世（James I, 1566-1625）による欽定英訳聖書（*The Authorized
Version of the Bible*）が刊行された。

　こうしてイギリスでは 17 世紀から 18 世紀の頃の啓蒙時代に至っ
て、聖書はようやく当時の一般民衆の言葉に翻訳されたのである。こ
れは素晴しい散文訳であり、民衆に直接読まれて後世に多大な影響を
与えた。このことと、日本における仏典の翻訳とその一般民衆への影
響とを比較して考えてみると大変興味深い。日本でも仏典の翻訳がな
されてはいるが、民衆は翻訳されているという事実さえ知らない場合
が多く、また自分で読むために平易な翻訳を望むこともないのである。

　さてキリスト教の聖書の方は、こうしてルネッサンスの人間的探究
心に答える形で、一般民衆にもよく分かる日常語に訳され、それを通
して宗教精神、続いて人間精神の理想が探究された。読書階層の拡大
も学士院の英語改革もこうして起こるのである。また書き言葉の改革
の他に、教会の説教者の文体さえも、修辞的虚飾を捨てることが求め
られた。

　このように「読み解く」ことを重んじたイギリスあるいはヨーロッ
パでは、日本の民衆が梵語の仏典をそのまま受け入れるようには教典
は受け入れられず、民衆はそれを自分みずから解読しようとしたので
ある。これがルネッサンスのもう一つの隠れた意味だった。ロレンス
はこれをルネッサンスの負の遺産だったと考える。ここではそのマイ
ナス面を考えてみたい。

　中世では民衆は、教会で聖書や讃美歌を声を出して読み歌うことは

あっても、その文字を理解することができなかった。教会では牧師がラテン語を「読み解いて」民衆に語り聞かせた。それを助けるための絵がキリストの物語として絵巻物などで表された。宗教上のこの種の絵巻物は今の日本でも見られる。もちろんヨーロッパでも今も絵巻物はあるが、その教典の言葉は、ヨーロッパと日本では大いに違っているのである。

その違いはルネッサンスの有無と大いに関係があると思われる。ヨーロッパが言葉にこだわり出したのは、ルネッサンスと関係があるからである。いやルネッサンスよりもむしろ聖書そのものが言葉と関係が深かった。聖書の初めには「初めに言葉ありき」とあるではないか。そもそもキリスト教そのものが言葉に敏感な宗教だった。だからこそ、キリスト教の支配する地域でルネッサンスが起こったとも言えるかも知れない。とにかくヨーロッパでは言葉に対する意識が他よりも異常に強かった。

ルネッサンスはヨーロッパだけにはっきりとした形で現れた現象である。世界の他の地域でも、ルネッサンスがゆっくりとした形で進行したとは考えられるであろうが、ヨーロッパの場合はそれが急激な形で、あらゆるものを巻き込んで起こった。

言葉に対するこの異常な関心は、しかし、人類の歴史において大きな意味を持っていたのだ。それは人類に現在の物質的な幸福をもたらしたものであった。だがその反面、今問題になっているマイナス面をも同時に含んでいたのである。

ロレンスが中世について言ったことはこのことだった。日本では昔、

和讃とか唱和などで意味を考えずにただただ唱えることだけをした。今でも念仏がそうである。この場合、その内容よりもむしろ唱えていること自体に意味があるのであって、それがそもそも精神・感性の統一と関わるのではなかろうか。

　ルネッサンスで人間が獲得した理性よりもこの感性こそが、今求められている。ルネッサンスに絡んでもう一つ興味深いのは、「近代」を契機にヨーロッパでは人間の生き方が宗教から離脱を始めたのに対して、他の地域、例えばその最も典型的な例で言えばイスラムの世界では、宗教への帰依の程度は歴史の経過の中でそれほど急速には薄まることはなかったということである。これはどうしたことであろうか。ここで考えられるのがルネッサンスである。ルネッサンスが起こったのはヨーロッパだけであった。そして先に述べた「近代」をルネッサンスで置き換えてみると、何らかの意味でルネッサンスがなかった地域では、このように宗教への帰依が今に至るまで強く持続しているのである。同様のことがインドの各宗教間の確執やカーストの健在、ミャンマーの社会生活を支配する強大な仏教慣例などに見られる。我われはともすると時代が進むことが近代となること、宗教から離脱することだと思いがちだが、世界には上で見たようにそれでは解決のできない実情がある。

　さてロレンスはイタリア紀行で神の言葉を、肉体や動物的性質と対極をなす抽象的、観念的なものだと述べている[7]。ロレンスはこのようなものではなく、神と人間との直接の血のつながりを求めたのであった。

29

このことをロレンスはルネッサンス美術についてみている。ルネッサンス美術の中にはキリスト教をテーマとした美術が多く見られるが、ロレンスにとってそれらは必ずしも真の人間的・宗教的精神を伝えてはいない。例えば「糸杉」という詩の中では、ルネッサンスの画家であるレオナルド・ダ・ヴィンチ（Leonardo da Vinci, 1452-1519）のモナリザの微笑でも、エトルリア人の純粋な微笑にはかなわない[8]と言っていて、ダ・ヴィンチに対しては余り高い評価はしていないと思われる。

　ルネッサンス美術がそのあるべき持ち味をやっと発揮するのは、ルネッサンスの後半に至ってのことだとロレンスは言う。この担い手はボッティチェリ（Botticelli, 1444-1510）とミケランジェロ（Michelangelo, 1475-1564）の二人であった。そして知的意識を重んじるキリスト教運動全般に背を向けて、ミケランジェロが突然向かっていったその肉体の方向に、ロレンスは至高の神性を見出したのだった[9]。これがロレンスの考える、この二人がルネッサンスに対して持つ意味であった。そしてこれが北ヨーロッパにはない、温かい人間観の黙示の状態と通じるものであることはもちろんである。

　ルネッサンス以後知的意識は、遥か彼方にそびえるアルプスの山々の光のように南欧の人々から離れた存在となり、それと対照的な闇が南欧の地上の人々の感覚を支配することになる。そして感覚はそれ自体が自己目的となって、南欧の人々に消費あるいは浪費をもたらし、知的精神は同様にして北欧の人々に創造をもたらすことになる。イギリスのヴィクトリア時代の勤勉で典型的な資本主義に代表される北

欧の在り方が「創造的」で、イタリアに見られる方が「破壊的」であるとも言えるのである。

　このように、ルネッサンス以後の南ヨーロッパと対照させて、ロレンスは北ヨーロッパの在り方を浮彫りにしていく。そして感覚の宿す闇は人間の温かい胸の中にあるのに対して、知的精神が行う創造は遥か遠くの山々の光のように、人間から遥かに隔たった冷たいものとなり、それが 21 世紀に持ち越されるのである。

　こうしてルネッサンスの最大の成果である自由と民主主義の考えに行き着く。先ず自由について考えると、自由はルネッサンスを契機にして生まれた、肉体を離れた抽象的なものであるとロレンスは言う。そしてこれは先に見たイタリアの山頂の雪に象徴される、北部ヨーロッパを支配してきた人間の、血の通わない抽象的な精神であった。

　ところでこの自由と裏腹の関係にあるものが狂気である。フランスの哲学者フーコー（Michel Foucault, 1926-84）によればルネッサンス以前には、超人間的であると同時に自然的なものを含んだ「狂気」が現実にはあったが、ルネッサンスと共にそれはなくなった[10]。ここにある狂気は先にみた抽象的な自由とは正反対のものであることは興味深い。実はロレンスの自由観はこのことと関係があるのである。すなわちルネッサンス以前には人間の精神活動は、中世の封建社会のもとで一見制限されていたと考えられ勝ちであるが、やはりその活動は営まれ、それは「狂気」という形で処理されたと考えられるのである。ルネッサンスでもその初期にはまだまだ中世の痕跡が残っており、その時の科学者たちはしばしば狂気にとりつかれたとして断罪され

たことをみても、このことは明らかである。こう考えると、フーコー
が次いでルネッサンスの人間主義は、人間の拡大ではなく減少であっ
たと述べている [11] のが容易に理解できる。彼が『狂気の歴史』
(*Histoire de la Folie à l'Âge Classique*, Paris: Gallimard,
1972) の中で言っている狂気とは、神が人間を支配していた中世から
近代にかけての永い時代のものであって、神が持っている真理に照ら
してみると、人間の次元に属するものすべては狂気にほかならず、人
間はあらゆる事について自分の狂気的な興味に執着したというので
ある [12]。

　ルネッサンスはこのような狂気を追及する自由を人間から奪った
とロレンスもまた考える。ルネッサンスは人間の解放と同時に思い上
がりと傲慢とを許したが、ロレンスが言っているのは、この人間の思
い上がりと傲慢に関わることなのである。ちなみにこの間の経緯をフ
ーコーは次のように述べている。

　　　狂気は宇宙と人間と死がせめぎあう境界で終末論の一形態
　　ではなくなってしまい、狂気がそれを凝視しそこから不可能な
　　ものの諸形式が生まれ出たあの夜は、消え失せてしまっている。
　　自由な奴隷状態たるあの「阿呆舟」が縦横に行き交っていた世
　　界は忘れ去られている。もうその舟はその異様な姿で通過しな
　　がら、この世の此岸から彼岸へ行くことはないだろうし、もう
　　決してあの逃れ去ってゆく絶対的な極限もないだろう。その舟
　　は事物と人々の間にしっかりと繋がれている。留められ、固定

されて。もはや舟はなく、病院がある。[13]

　上のことから、我われが今までに学んだ常識的なこととは違ったルネッサンスの一つの意味が考えられる。それはロレンスを研究していく中から明らかになることで、ルネッサンスの影の部分である。ルネッサンス以後狂気を包み込む影がなくなり、それを収容する「阿呆舟」[14]はなくなり、狂気は白日のもとにさらされ排斥されるに至った。これがロレンスのいう「自由」論の背後にはある。ロレンスは現代のフランスの哲学者フーコーが 20 世紀後半に行なったことを、その世紀の初めに文学の世界で成し遂げたのである。その意味で彼はまさに予言者であった。

　ロレンスがこのようなことを発見したのも、彼がイタリアへやって来て、南ヨーロッパを通して「傍目八目」的に北ヨーロッパを見た結果であった。彼が北ヨーロッパが向かっている状態を「文明の崩壊現象」と呼んだのは、このことであった。自由に対する考えは、さらに民主主義批判へと広がっていく。これは「裸のイチジクの木」（'Bare Fig-trees'）という詩の中に見られる。イチジクの木が他の助けを借りずただひとりで、がむしゃらに天の上へ上へと伸びていく様子は、さながら指導者で先駆者のようであり、それは「市民」や「民主主義者」にたとえられている。

　民主主義については、『虹』（*The Rainbow*, 1915）の中でアーシュラが、民主主義のもとでは必ずしも人々は皆民主的であるわけではなく、社会の上層の貪欲で醜い人びとだけがそれを利己的に利用している

にすぎないと、スクレベンスキーに述べている¹⁵⁾が、社会の上層だけでなく市民も含めて、このことをロレンスがルネッサンスを起点として起こったマイナス面と考えていたことが分かる。アーシュラはこの他にも、イギリス式民主主義に基づく植民地政策を批判しているが、このことはその著者であるロレンスが狭いイギリス人ではなく巨大な世界市民、文字通りのコスモポリタンだったことを示している。

それでは、ロレンスの考えるこのようなルネッサンス観と、その結果として人間に起こった変化を、他の彼の作品の中にみてみよう。

先に考えた「神の言葉」からの脱却が描かれたのが『逃げた雄鶏』（*The Escaped Cock*, 1929）においてであった。ここでは復活したキリストをルネッサンスよりも後の時代に再登場させ、今までの宗教の指導者としての在り方を反省させている。この作品を読んでいると alone という言葉がしばしば出てくるが、この言葉は死んで復活した人物がまれにみる存在であるという事のほかに、キリスト教一色に塗りつぶされたヨーロッパの中にあって、孤独な戦いを強いられる者の持つ気持ちを同時に示している。

死んだ男がマグダラのマリアを見た時、次のような謎めいた描写がなされる。

　　　彼は彼女を見た、そして今は死んだ状態となっている彼の中にある男性、まだ若く伝道の使命に燃え、純潔で神を畏れ、小さな生涯と無償の行為に満ちた男を、彼女がしっかり捕まえようとしているのを見てとった。¹⁶⁾

上に見られる小さな生涯（little life）や無償の行為（giving without taking）などは、今までの考察から考えると容易に理解することができるのであって、little life は「ちっぽけな生き方」の意味であり、彼の生前の、若い頃の彼の在り方で、伝道と純潔と神への畏れと、無償の行為を示している。このような事をロレンスは「ちっぽけな」と言って批判しているのである。

　さらにまた little people（とるに足らない民衆）や little day（ちっぽけな生活）が次に見られる。

　　　　彼はすでに復活していたけれども、以前と同じもの、すなわちとるに足らない民衆のちっぽけな生活へと、よみがえったのではなかった。[17]

　また復活した男が新しい関係を結ぶことになる女性に仕える奴隷たちの、漁業をしているのを見た時の男の様子は次のようである。

　　　　それはちっぽけな毎日の生活、とるに足らない民衆の生活だった。そして死んだ男は次のように独り言を言った。＜そういう生活をもっと偉大な日の中に包み込み、それをもっと偉大な生活の輪の中に取り込むことがなければ、すべてが災いとなるのだ。＞[18]

ここではっきりと、little と great の区別がなされる。また先にみた無償の行為と関連して、次の文の the greed of giving（貪欲にものを与えたいという気持ち）という言葉にも注意すべきである。彼はその女の世俗の博愛、無償の愛を感じとって、彼女から距離を置こうとする。

　　そして彼は女の家へ行って共に暮らすようなことはするまいと、心の底から思った。というのは、彼女の目の中に勝利の揺らめき、貪欲にものを与えたいという気持ちがほのかに見えたからである。[19]

これはルネッサンス以後に出て来たヒューマニズムのいき過ぎからくる、偽善の押しつけということであって、前の無償の行為と同類の行為である。

　また次の引用には、今まで述べてきた神の教えに従う社会の現実が述べられ、それは人に強制させようとするものだという。

　　町も社会も大衆も狂気のようになって、人間に、あらゆる人間に愛を強制した。[20]

　これらのことは男が死ぬ前に、自分が行なった伝道に対する自省の気持ちから述べられたものであるが、死んだ今となっては、男の望みは little life から脱却して誰にも属さず、その女性にさえ属さず、先に述べた全くの alone となることなのである。特に伝道の仕事に休

止符をうち、今やそれを越えたものを追及しながら、他より干渉され
ず他にも干渉せずそのままにして生きることになる。これこそは新し
い生き方であるが、これについては改めて述べることにする。このよ
うにロレンスがその初期にイタリアで考えたことが、晩年にまで及ん
でいることが分かる。

　以上、ロレンスのルネッサンス観を作品の中でながめてみた。しか
し自由や民主主義の堕落に対して警告したのはロレンスが初めてで
はない。それは古代ギリシャのアテネの政治の中に「衆愚政治」とし
て見られた。また 19 世紀前半に、トクヴィル (Alexis de Tocqueville,
1805-59) はアメリカにもその傾向があることを、はっきりと認識して
いた。すなわち、民主主義は人々を身分や職業の枠から解き放ち、平
等で同質な個人として解放したけれども、その平等化・同質化の力は
同時に人々の個別性や異質性を生み出す基盤を堀り崩した。他方で伝
統や宗教の権威は失われ、個人は自己を越える権威を見出せないため
に、自己の理性の判断に依存せざるを得なくなる。ここに民主主義特
有の権威、すなわち人類、人民、社会、人間性といった一般的な観念
が登場し、新しい形の「専制」が解放されたはずの個人を支配するよ
うになるという [21] のである。

　この考えはロレンスの民主主義論に大いに関係している。人間の悪
平等に対する警告である。ロレンスの晩年のエッセイ『黙示録』
(*Apocalypse*, 1931) にも次のような記述がある。

　　　民主主義においては、弱い者いじめが権力にとって代わるこ

とは避けられない。弱い者いじめは権力の陰性的な一形式である。現代のキリスト教国家は魂を破壊してしまう勢力である、というのはそれは有機的な全体ではなく単に集団となった全体にすぎない断片からできているからである。聖職者政治では、私の指が私の有機的で強力な一部分であるように、どの部分も有機的で活力に満ちている。しかし民主主義国家は最後には猥雑なものにならざるを得ない、何故ならそれは無数のばらばらの断片からなっていて、各断片は偽りの全体性、偽りの個別性をみずから装っているからである。近代の民主主義はみずからの全体性を主張して止まぬ、摩擦し合う無数の部分から成り立っているのだ。[22)]

弱い者いじめが権力に取って代わる民主主義に対して、聖職者政治、教門政治では有機的なものが支配しているということ、民主主義では各自がその全体性を主張してやまぬというのである。こうしてロレンスは聖書中のヨハネの『黙示録』が「弱いもの」に喝采を浴びせている本だという。また次のようにも言う。

　　そこから逃れることはできない、人類は永遠に貴族と民主主義者の二つの陣営に分かれてしまっている。民主主義はキリスト教の時代の最も純粋な貴族主義者たちが説いたものである。そして最も純粋な民主主義者たちは自分たちを絶対の貴族主義階級に成り上がろうとしている。イエスは貴族主義者であっ

た。使徒ヨハネもパウロもそうだった。偉大な貴族主義者にして初めて、大きな柔和さと優しさと没我の精神、強さからくる柔和さと優しさが可能である。民主主義者からは弱さから出た柔和さと優しさがよく得られるかもしれないが、それは全然別物である。しかし通常彼らから得られるものは一種の硬さだけである。‥‥強者の宗教は諦めと愛を説いた。そして弱者の宗教は強者と権力者を打倒せよ、しかして貧しい者に栄光を与えよ、である。[23]

　イエスも使徒ヨハネもパウロも貴族主義であって、民主主義はキリスト教時代の最も純粋な貴族主義者が説いたもので、今ではもっとも徹底した民主主義者が絶対的貴族主義へ成り上がろうとする手段だという。民主主義者から期待できるものは、イエスの強さからくる優しさと穏和の精神とは全く逆の、弱さからくる優しさと穏和にすぎないというのである。

　これがロレンスの民主主義論である。このような考えもロレンスだけではない。ヴァージニア・ウルフ（Virginia Woolf, 1882-1941）は『ダロウェイ夫人』（*Mrs. Dalloway*, 1925）の中でクラリッサと対照的な存在として、精神科医のブラッドショウの夫人を描いている。クラリッサが死を意識しながら生きているのに対し、ブラッドショウ自身は愛や社会奉仕、慈善などに熱心なのだが、夫人はそのお先棒を担いでいる[24]。ヴィクトリア朝の風潮から、世間の困った人々を救うことのために、愛、社会奉仕、慈善がもてはやされたのだ。それをウル

フは俗物根性（Snobbizm）として受け取っているのである。

　以上、ルネッサンスから始まって現代に至る自由や民主主義の問題点を、ロレンスの目を借りてながめてみた。近代化の進む中で、現在新たな問題が起こってきている。ロレンスが 20 世紀の初めに考えた事の中に、それを解決する糸口が発見できないか考えていきたい。

3　ルネッサンスの結果への批判

　それでは先にみたルネッサンスのもたらした人類への負の遺産は、他にどのように描き出されているだろうか。現代文明の堕落については小説の中でよく出てくる。『恋する女たち』の中では、後に述べるつもりであるが、登場人物のアーシュラやバーキンが色々な言い方でそれについて述べているし、ジェラルドやグドルンの生き様の中に、現代文明の行き着く末期的なものが感じられる。他にも同じくルネッサンスから起こってきた愛や慈善、その他の同様なものが、多くの作品の中で負の遺産として描かれている。

　現代文明の最先端をゆくアメリカにおいても、ルネッサンス以来の伝統を受け継いだヨーロッパから渡ってきた人々の生き方については、例外ではない。「ブドウ」（'Grapes'）という詩の中でも、アメリカの禁酒法に言及して、それがヴィクトリア朝の馬鹿まじめさの見本のように述べられている。[25]

　ロレンスのものの考え方には二元性があるのは良く知られたところであるが、それは詩の中にも見い出される。詩集『鳥・獣・花』（*Birds,*

Beasts and Flowers,　1923）に収められている詩の最後には、イタリアやニュー・メキシコなど彼が巡った土地の名が記されていて、ロレンスがこれらの土地で、動物や植物にみじかに接して詩に書いたことが分かる。彼は生物学に興味を持っていて、学校では成績が良かったと言われている。実際『息子たち、恋人たち』の中では、燐光やその他の生物学や化学的概念が多く出てくる。現在では生物学や物理学は、ずいぶん変わってきているようであるが、本来の生物学は物理学に比べて、文字通り「血」が通っているものであった。人体により近く肉体そのものと関係して、生命現象に関わっていた。ロレンスがその作品の中でとりわけ生きた生命現象に深い興味を示すのも、彼のこの生物好きが大いに関係しているからであろう。そしてそれは同時に、生物学と対照的な、物の原理を究める物理学を背景として発達した近代科学に対して、彼がさほど共感を示さないのもこのことと関係があると思われる。物理学の及ばない領域として、生物学には人間心理と係わり易い傾向がある。すなわち生物学的変化は日常生活においては普通、物理学的理論を通り越して人間心理に影響を与えることになる。つまり文学においては生物学は人間の情緒、感情と直接関わるのである。たとえば「心の中に燃える火」といった場合がそうである。ロレンスが文学者として物理学よりも生物学を修め、興味を持ったことは幸運であった。この裏付けがあってこそ、彼の心霊的描写が在り得たと思われる。近代科学が人間の情緒・感情を置いてきぼりにして、ものの原理の物理学的追及にのみ奔走してきたことへの、ロレンスの抗議がここに見られるのである。そしてその害毒が、ロレンスの予言通

り 21 世紀の今、我われの前に立ちはだかっている。

　さてここでは、生きものの一つとしてのイチジクに関する二つの詩「イチジク」（'Figs'）と「裸のイチジクの木」とを考えてみたい。前者はイチジクの果肉など、内部の構造そのものをつぶさに観察して、他のものにはないその不思議さに打れてそれを描写する。もう一つはイチジクの木に密着して他にないものを発見するのであるが、その描写は正確で生きものに対する優しさに溢れている。初めの詩はイチジクの実に目をつけ、その形状が男性の象徴に、ついでそれが人目につかぬように花をつけることに注意して、それがひどく秘密を宿す果物であると述べ、それを女性の象徴と見なす。そしてイチジクの秘密性を女性の理想の在り方にさえなぞらえるのである。

　　　それは常に秘密だった。
　　　そうでなければならないのだ、女性は常に秘密であるべきなのだ。

　　　他の花のように、花びらを派手に見せて、
　　　大枝の上に高く花を広げることはなかった。

（C. P.　p. 283)

女性は常に秘密であるべきだというのである。これは慎ましい女性を好むロレンスの心情を示している。そしてさらに理想的な女の在り方として、次のように述べる。

　自分の内にこもり、秘密は明かさず、

　乳のような樹液がある、牛乳を固まらせて凝乳を作る樹液、

　指につけると奇妙な臭いがし、山羊でさえなめようとしない樹
　液。

　自分の内にこもり、回教徒の女のように自分の身を包んで、

　その裸の部分はすべて壁に囲まれ、その花咲く様子は

　　　　　永久に見られない。

　それに接近する一つの小さな入口があるだけで、

　　　　　それも光から全く遮断されている。

　イチジクよ、女性の神秘を秘めた果物、内に包み込まれた、

　地中海の果物、おまえの裸は隠れたままで、

　そこでは開花も、受粉も、実りも、おまえ自身の内部で

　何が起こっても見えない、それが完成され、熟れきって、

　弾けておまえの終焉を迎えるまでは決して目には見えない。

　　　　　　　　　　　　　　　　　　　　　（C.P.　p.283）

「乳のような樹液がある」(milky-sapped)は女性に相応しい考えである。また秘密を守るその慎ましさは回教徒の女性のようだという。イチジクは花さえも自分の内に包み込み外界には派手に見せることはないが、それと対照的に自分を派手に見せようとする花の場合を次のように描く。

銀色がかったピンク色の桃や、緑のヴェニス・ガラスを思わせ
　　　　　る西洋カリンとナナカマドは
　　短い膨れた茎の上に浅いワイン・カップをのせて
　　無遠慮に天に向かって乾杯する。
　　「花をつけた刺の木に乾杯！表現に乾杯！」
　　華やかで大胆なバラ科の花。

（C. P.　p. 283）

ここでは花びらを派手に見せて無遠慮に空高く広がる、西洋カリンや
ナナカマドなどバラ科の花をとりあげて、イチジクと全く対照的なも
のとして示している。これは現代の女性に対する批判である。ロレン
スはやはり包み隠す方を、理想的な女性の在り方として考えていたこ
とが分かる。しかし女性の神秘を象徴するそのイチジクにも最期が訪
れる。最後までその秘密を守り続けてきたイチジクは、ついには熟し
きって自分をさらけ出す。そして人間の女性もまた同じことだと、次
のようにいう。

　　女もまたこういう死に方をする。

　　一年は熟れきって地に落ちる、
　　今の女性の一年は。
　　今の女性の一年は熟れきって地に落ちる。
　　秘密は剥き出しのままだ。

　　　そして腐敗がすぐ始まる。

(C. P.　pp. 283-284)

ここにロレンスの女性観がみられ、ロレンスの考える悲しい女性の宿
命が見られる。
　しかし同じ生きものではあっても、イチジクと今の女性には大きな
違いがある。イチジクは年の終わりには秘密をさらけ出して死に果て
るが、今の女性はそうはならないというのである。ここで女性の祖先
イヴから現代の女性に至るまで、どのようにその宿命を生きてきたか
を述べる。

　　　イヴはその事実を知ると、すぐにイチジクの葉を縫い付けた。
　　　そして女たちはそれ以後縫い付けてきた。
　　　しかし今は裂けたイチジクを覆うためではなく、
　　　　　飾るために縫い付ける。
　　　女たちは以前にもまして自分たちが裸であることを気にして、
　　　僕らにそれを忘れさせようとしない。

(C. P.　p. 284)

イヴは裸を意識してイチジクの葉を縫い付けたが、その後それは隠す
ためではなく飾るためのものとなったという。そして慎みどころか、
今やあの慎ましい秘密は明かされ、神の怒りをあざ笑うのだと次のよ
うにうたう。

45

今、秘密は

　　　湿った真っ赤な唇を通して公言され、

　　　神の怒りをあざ笑う。

(C.P. p.284)

そしてどんなに見目麗しい女性であっても、熟れたイチジクのごとく
醜態をさらして死んで行くものであることにも気が付かず、実際自分
が歳をとってくると、あくまでもその生に執着しようとするという。

　　　女たちは熟れたイチジクが長もちしないことを忘れている。

　　　熟れたイチジクは長もちしないのだ。

　　　蜜のように白い北国のイチジクも、

　　　　　　内側が真っ赤な南国の黒いイチジクも。

　　　熟れたイチジクは長もちしない、どんな風土でも長もちしない。

　　　ではどうなるのだ、この世の女たちが

　　　　　　すべて張り裂けて自己主張する時には。

　　　そして裂けたイチジクは長もちしないのだ。

(C.P. p.284)

イチジクの最期を見て、女性の在り方にもそれに似たものを見ている。
そしてそれを「自己主張」(self-assertion) と表現している。熟れた

イチジクは、長い間その醜態を外界にさらすことなく大地に帰ってゆくが、人間の女性の場合には、自分の存在を主張して止まないというのである。ここにはルネッサンス以来、男性と共に人間として成長してきた女性が行き着いた一つの帰結、民主主義や自由と共に獲得してきたものが見られる。そしてこれこそ、ロレンスが人間的成長と共に出てきた欠点として考えていたものだった。こうしてロレンスは現代の女性たちに苦言を呈しているのだ。女性の権利のいき過ぎた主張を戒めているのであろう。

　ロレンスが民主主義を論じたものには、「裸のイチジクの木」というのがある。イチジクの木がいわゆる樹皮を持たず、くすんだ生命の光沢を放っていて気味悪いという。また花咲く果肉は裸でさながら蛸かイソギンチャクのようだと、次のようにいう。

　　　むしろ蛸のようだが、無数の怪しげな美しい手足を持つ蛸だ。
　　　裸体に似て、岩が住まいのように、美しい肌のイソギンチャク
　　　が、見下すような不思議な様子で岩から繁茂している。

　　　　　　　　　　　　　　　　　　　　　　　　　　(C.P.　p.299)

その気味悪さが、こちらから見ると傲慢に見えるというのである。次にはそのイチジクの木を何本もの枝に分かれた燭台にたとえる。

　　　この岩に住みつき多くの枝に分かれた
　　　燭台の下に座り、

私は「時間」を笑い、退屈な「永遠」を笑い、

　　腐った「無限」を笑いものにしよう、

　　その袖に隠して、実に多くの秘密を宿し、

　　長い年月にわたって、人とその辛苦と、

　　事実を、実はそうではないと確信しようとした

　　人間の試みを、その袖に隠して、

　　笑ってきたこの邪悪な木の

　　肉の香りの中で。

　　　　　　　　　　　　　　　　　　　（C. P.　p. 299）

「時間」「永遠」「無限」は四行ほど下の「人間の試み」の事で、この
気味の悪い傲慢なイチジクは人類の歴史とその文明を見つめ、あざ笑
ってきたのだと述べる。そして自分も木の下に座って木と共に人間の
空しい試みをあざ笑おうというのである。

　　そしてそれが時々刻々と天に向かって伸びてゆくのを見守ろ

　　う、刻々と天に向かって真っすぐに、

　　どんな小枝も驚くべき露骨な自信をもって、

　　どれもが空に向かって真っすぐに伸びてゆくのを

　　あたかも指導者、主幹、先駆者であるかのように、

　　太陽のろうそくをその燭台に立てようとしている、

　　自分ひとりで。

　　　　　　　　　　　　　　　　　　　（C. P.　p. 299）

ここからはイチジクの木が上へ上へと伸びていく様子の描写である。太陽のろうそくをその燭台に立てようとして伸びるという言い方の中には、ロレンスの太陽信仰[26]が感じられるが、それが我も我もと、あたかも皆が指導者や先駆者ででもあるかのように、天に向かって伸びていくというのである。太陽のろうそくは更に、日光の唯一無比の燃えるろうそくとなり、しかも直ちに唯一無比のものとなって伸びてゆくという。そしてその在り方は人間界に適用され、それは個人に留まらず都市となり、民主主義となる。

　　　おお　　多くの枝に分かれた燭台、おお
　　　　　　　　天に伸びる不思議なイチジクの木、
　　　おお　　奇妙な民衆、そこではどの枝も主役を演じ、
　　　誰もが誰よりも高くそびえ、メドゥーサの頭の蛇のように
　　　平等が互いに競い合っている、
　　　おお　　裸のイチジクよ。
　　　とはいえ、当然きみたちは誰でも他の誰とも同様に、
　　　太陽のろうそく受けになることができる。
　　　民衆、民衆、民衆よ。
　　　同時に悪魔よ。
　　　邪悪なイチジク、自意識を持つ秘密の果実の生る、平等という
　　　謎よ。

(C.P.　p.300)

イチジクががむしゃらに天へ天へと伸びていく様子の中に、民主主義への皮肉がうたわれ民主主義批判が現れている。イチジクは我も我もと上へ伸びてゆく「市民」、「民主主義者」にたとえられていて、平等の名に隠れてたしなみを失った醜さを指摘しているのである。

4　聖なる動物たちの栄光と堕落

　ロレンスの詩集『鳥・獣・花』には、新約聖書の四福音書の筆記者の名を持つ詩が収められていて、そのうち「聖マタイ」（'St. Matthew'）では彼の理想が語られ、他の三つでは批判の対象となる現実の在り方が述べられているように思われる。ここではロレンスが生きた 20 世紀を通過して、今や 21 世紀の現実に生きるものとして、後者について考えてみたいと思う。

　四つの福音書の筆記者たちはすべて背に翼を持っていて、それぞれ天使、ライオン、雄牛、鷲に表象され、本来天国の四隅（four quarters）に座を占めるとされている。これはそれぞれの筆記者がキリストの教えを唱道する資格を持つ聖なる者として天国へ引き上げられる事を意味している。この四つの表象はヨーロッパのキリスト教世界では伝統となっていて、祈禱書などに古くから描かれているのが見られる。

　『鳥・獣・花』の中では、この四福音書について「福音書記者の獣たち」としてまとられている。そしてそれには序文が付いていて、これらの動物たちを本来の場所である天国の四隅に戻すべきだという、

謎めいたことが書かれている。また星でちりばめられたその翼を羽ばたくことによって彼らは夜を支配し、それによって人間も獅子、雄牛、人、鷲の四つの眠りを眠るのだという。そして天国に誰も居なくなれば、その時眠りもまたなくなると、同様に謎めいた事が書かれている[27]が、そのことについては第4章でもう一度詳しく考えたいと思う。

　ロレンスは現代は天国の四隅に獣たちが居ない状態だと考える。そしてその場合には夜も充分眠れないほど、天は乱れた状態になるという。これらの詩を書いた頃（1923年）にも、ロレンスがその晩年の著『黙示録』の中で言っているような『ヨハネの黙示録』への反発があったので、後に『黙示録』の中で使うことになる言葉や形象を用いて、その世直し的意味を込めてこのように述べたと考えられる。そして第4章で考えることになる「聖マタイ」の詩でも分かるように、ロレンスは聖マタイの唱道者としての神に対する敬虔な気持ちを大切にしつつ、自分独自の『ヨハネの黙示録』への批判をそれに加えて、地上の世俗を大切にしようという気持ちを書き表したと考えられる。

　こう考えると、本来動物たちが居た「天国の四隅」は、聖マタイがその詩‘St. Matthew’の中で戻って行った「逆の天頂」（reverséd Zenith）、すなわちこの地上の意味となる。そして今は四獣は本来居た四隅から天上の神の御座へ来ている状態である。そして今天国（heavens）の四隅すなわち逆の暗い天頂には誰も居ないのだから、世俗の地上を唱道する者がいないために、地上では眠りもなく風も吹かない状態であり、世直しの必要な世の中となってロレンスの世界観と一致する。

ところでロレンスの書いた『黙示録』の中では、四隅の動物のイメージは不自然であるといって反発している[28]が、このことは上のように考えれば解決できるように思われる。すなわち晩年には『逃げた雄鶏』でも見られるような、地上の世俗を大切にしようという気持ちだけとなったのである。ここでは上でみた序文で述べられていることが、各動物にたとえられた三つの詩の中で、どのように表されているかを考えてみたいと思う。

　聖マルコは獅子のこどもで翼を持っている。翼は神と人とを取り持つ者として選ばれた象徴だが、最初マルコは次の引用にみるように無邪気に暮らしていた。これは先に紹介した序文で見たように、聖なる生きものたちが選ばれた者として天頂に引き上げられる以前の、本来居るべき場所での生き様に似つかわしい、思いのままの在り方だと考えられる。

　　　以前彼は洞窟の入口で横たわり

　　　その頬髭を日光にさらし、

　　　そして彼の尾をゆっくり、ゆっくり振り動かし、

　　　官能の思いに耽り、

　　　肉欲にさえ耽った。

（C. P.　p. 324）

「官能」や「血、肉欲」の中に、聖マルコの獅子としての動物、動物本来の自然な姿がうかがわれる。これは先に紹介した獅子や雄牛、鷲

などの眠りに似つかわしい状態である。しかしこのように無邪気な状態は長くは続かず、やがて天頂から神の招きがかかる。

　　　しかし後になって、午後の日差しを浴びて、
　　　味わえるものはすべて味わい尽し、眠りたいだけ眠った後、
　　　頭を手の上に載せ、太陽が目の隙間のごく細い繊維を通して
　　　差し込んでくる中を、横たわりながら、彼は眉をひそめ始めた。

　　　そこで、九割がた眠り、動かず、うんざりして、静かに腹をたて、彼は光線の中の高所に一匹の仔羊が足に
　　　　　　旗をなびかせているのを見た。
　　　そして彼はじつに驚いた。

（C.P.　p.324）

上の最初の二行と五行目はまだ獅子としての動物的気楽さ、無邪気さの部分であるが、この時聖マルコはキリストの象徴たる一匹の子羊を見て、眉をひそめ（frowning）驚くのである。こうして神の言葉についで彼の翼は朝の翼となって、天頂の神のもとに引き上げられることになる。

　　　「私の羊を守ってくれ」、高い尖塔から銀色の声が聞こえた。
　　　「そしたらおまえに朝の翼をあげよう」
　　　そこで分別のあるライオンは

それにはそれなりの価値があると思った。

（C. P. p. 324）

次の獅子の描写には、以前の無邪気さとは違った、その中に何か別の
ものを含んでいるのが感じられる。

　　　チョウゲンボウのように舞い上がり、
　　　空中にその尻尾を振り回し
　　　天国と正義と官能的な怒りの感覚を楽しんだ。

　　　彼が肉欲に耽って、自分のかぎ爪足を嘗めるその動作には、
　　　新しい愛らしさがある。それは今や天国の武器だからだ。

（C. P. pp. 324-325）

「天下にその尻尾を振り回し」とか、「天国と正義の感覚」、「天国の武
器」、という表現の中に、唱道者となって天に引き上げられた後の聖マ
ルコが感じられる。
　そして次の詩行から注意しなければならない部分が続く。

　　　彼の欲望に満ちた愛の唸りには、新しい恍惚感がある。
　　　それは今や無限の空に自意識の響きを持つからだ。
　　　彼は自分をよく知っていて
　　　肉欲の歓びを持ち、そのことを考えて

　　　血に飢えた百獣の王であることを止める。

(C.P.　p.325)

　「新しい恍惚」とは文字通り以前にはなかったもので、聖マルコが天頂に昇るよりも前に覚えた恍惚感とは全然違ったものであり、それは次行にあるように、無限の空に響く自意識（self-conscious）を通過したものである。自意識といえば、近代人に付きまとう堕落としてロレンスが考えているものである。これと一連のものが次行の「自己を知ること」である。次の「肉欲の歓びについて思考すること」もまた同様に近代批判である。最後の「血に飢えた百獣の王であることを止める」にいたっては、上に述べた近代化・意識化からくる本来の動物的性格の喪失、堕落である。だからこそ、ブルジョワ的家庭の安泰に安んじ、血の飢えなどは見たくもないことになる。この状況は次のように描かれる。

　　　そしてどこかに一匹の雌獅子がいる、
　　　雌の連合いが。
　　　仔獅子は獅子のかぎ爪足の間でたわむれ、
　　　雌獅子はのどを鳴らす、
　　　彼らの城は、その洞窟は難攻不落だ、
　　　日光は彼らの巣穴に入り、皆は幸せだ、
　　　幸せな家族。

(C.P.　p.325)

これこそまさに堕落したブルジョワの家庭である。日光は神の栄光を表し本来の巣穴ならば真っ暗なのが相応しいのに、日光は彼らの巣穴に入るという。

　そして最後に聖マルコは盲目になったと記されている。マルコが盲目になったというような記述は聖書の何処にもない。従ってこれはロックウッド（M. J. Lockwood）も述べている [29] 通り、ブルジョワ的堕落に満足する近代ライオンへのアイロニーである。聖マタイの詩とは違って、この詩は天に上った聖ライオンの近代化批判である。マルコは初めの序では神の玉座の周りに上昇した状態で、まだ「暗い逆の天頂」へは降下、落下しない状態で留まったままで、序の「四隅」には不在の状態である。このようにこの詩では、「聖マタイ」とは違って下降の方向はない。従ってこれこそは序文の「動物をあるべき所へ戻せ」と叫ぶ詩である。

　次の「聖ルカ」（'St. Luke'）でも、聖ルカを表象する雄牛が神に仕える前と後の様子が描かれる。最初はその前の状態で、雄牛の力強さが描かれる。

　　　壁、要塞、
　　　髪が緩やかに渦巻いた、生き生きとした額と
　　　雄牛の持つ大きい、暗い、ちらりと見る目差し
　　　それに光るねばねばした鼻づらには
　　　洞穴のような鼻孔があって温い息が流れ

　　鼻息荒く挑むか

　　または雌牛の尻を貪欲に嗅ぐ。

　　角、

　　力強い黄金の角、

　　殺す力、創造する力、

　　モーゼや神が持っていたようなもの、

　　最高の力。

　　　　　　　　　　　　　　　　　　　(C. P.　pp. 325–326)

ここには本来の雄牛の姿がある。その巨大さはさながら壁であり、「要塞」とも表現されている。牛独特の眼差しや、ねばつく鼻ずらと荒っぽい息づかいと雌牛を求める貪欲さがある。その角には殺す力や創造する力があり、それはモーゼや神が持っていた最高の力だったという。ところが子羊に仕えるようになって以来、その雄牛は次のようになる。

　　仔羊が彼をあの赤く張った旗で魅了して以来

　　彼の要塞は陥落し

　　彼の怒りの火は埋められ

　　彼の角は敵に背を向ける。

　　彼は人の子に仕える。

　　　　　　　　　　　　　　　　　　　(C. P.　p. 327)

雄牛には本来の力強さはなくなり、要塞は陥落して怒りの火は埋められ、その角は敵に背を向けて、さらに次のようになるという。

> そして長年の後、彼が吼えるのを聞くがよい、
> 　　人の子に仕える雄牛となって。
> うめき、ぼーっと啼き、虚ろにうなり
> すべての彼の火を生殖の狭い通路を通して
> 　　押し出すように強いられる
> あんなに狭い、あまりにも狭い腰を通して
> 彼はみずからの強力な黒い血の塞き止められた圧力で
> 　　爆発しないのだろうか
> ルカ、雄牛、物質の父、神の摂理としての雄牛が、二千年の後に。
> 彼は捧げ物で、そんなに小さな出口から押し出さねばならない
> 彼自身の巨大な捧げ物で溢れ出さないのだろうか。

(C. P.　p. 327)

人の子に仕える雄牛となった聖ルカのその世俗的な力が、ぼーっと虚ろにうめく中に表れている。上の引用中、二回にわたる「せまい腰、あるいは出口を通して」という表現と、以前の自然な状態の時の「官能や‥肉欲の思い」とは、いかに違っていることだろうか。またそれは黒い血や塞き止められた圧力、生殖、などの言葉や、聖ルカが雄牛、

物質の父とされる中にも見られる。また「神の摂理としての雄牛」という表現には、世俗の象徴としての力を持つ聖ルカへのアイロニーがある。

　　あまりにも小さな出口。

　　そんなら彼に自分の角を思い出させよう。
　　彼の額をもう一度砦につなぎ留めよ。
　　それに何も知らせるな。
　　彼に強力な石弓のように赤十字の旗を撃たせよ、
　　　　　世界に向けてうなり、挑ませよ、
　　そして世界に体ごと投げ出して、彼の血の狂気を投げ棄てさせよ。
　　戦いを始めさせよ。

(C.P.　p. 327)

最後に至って反逆が始まる。「彼に自分の角を思い出させる」のは、キリストに仕える聖ルカにキリストへの反逆をさせる第一歩である。「何も知らせるな」とは近代のレトリックを弄して聖ルカを騙すようなことはするな、という意味であろう。次の三行はいよいよキリスト教への戦いである。前の「聖マルコ」（'St Mark'）の詩ではライオンがこの牛よりも威張っていたことを思い出そう。ところがこの詩では雄牛は心臓が轟き、痛み、唸るだけである。[30] そして最後に戦いを挑

ませる所でこの詩は終わる。

　　　そこで戦いが起こる。
　　　プロレタリアートの雄牛は頭を下げた。

(C. P.　p. 327)

最終行は 1920 年代の階級意識の社会一般の風潮の現れであり、ロッ
クウッドも言う[31]ように、ロレンスが特に強い社会主義者であったこ
とにはならない。
　この詩は聖マタイの詩と同じく使徒の俗人への復帰を叫び、願うも
のである。また『黙示録』批判であり、『逃げた雄鶏』称揚の詩である
が、「聖マタイ」の詩のように地上へ下降するところまではいっていな
い。従って序文で言う天の一角、「逆の暗い天頂」へ戻る前の段階で終
わっている。
　『鳥・獣・花』に収められている新約聖書の四福音書の詩の最後を
飾るのは「聖ヨハネ」（‘St. John’）である。これは先に述べたように
鷲に表象され、初めにその鳥の王者に相応しい名誉を讃え、太陽を凝
視する鳥（Sun-peering eagle）、キリストの最後と復活さえも見渡し
てきた鳥だと、次のように作者は述べる。

　　　ヨハネよ、おおヨハネよ、
　　　お前は名誉ある鳥だ、
　　　太陽を凝視する鳥だ。

　　鳥の目で、バビロンの

　　堕落は言うにおよばず

　　　「されこうべの丘」や「復活」でさえも見渡している。

　　　　　　　　　　　　　　　　　　　　　　　　（C.P.　p.328）

　ところで、聖ヨハネが書いたと言われる『ヨハネの黙示録』に、ロレ
ンスは強く反発した。その言葉の一つ一つをロレンスは批判した。こ
の詩にはそれが見られる。そして上で述べた鷲に対する名誉とか賞賛
とかは、実はアイロニーであることが分かる。

　　鳩の穏やかな光彩の上高く

　　常に掛かっていた、我われには分からなかったけれど、

　　ヨハネの金の筋の通った偉大な鷲の、全知の影が。

　　ヨハネはそのすべてを知っていた。

　　まさにその初めから。

　　　「初めに『言葉』があった。

　　そして『言葉』は神であった

　　そして『言葉』は神と共にあった」

　　　　　　　　　　　　　　　　　　　　　　　　（C.P.　p.328）

　まさに人間離れした全知全能（all-knowing）の存在としての鷲、人間

の創造から始まって、世界の最初の『言葉』を知っているという、神にも劣らない存在である鷲が描かれている。

　　　偉大な「精神」が予定する運命はないのか。
　　　最高の「知性」が観念の中で、「宇宙」を生み出すことはないのか。
　　　魂はみな神の偉大な意識の流れの中の、
　　　　　生き生きした考えではないのか。

(C. P.　p. 328)

ここでロレンスは人間が生み出した偉大な「精神」や最高の「知性」が、運命を予定したり「宇宙」を生み出すことはないのかと問うけれども、本音は「ない」と言いたいのであって、アイロニーとして上のように問いかけるのである。最後に運命を予定する知性の、当世での否定が見られる。これはロレンスが小説の中でも述べている、現代の知性や知識に対する否定から出たものである。
　そしてようやくアイロニーから離れて、鷲に警告する。

　　　彼の尻尾に塩を掛けろ
　　　ずるい鳥のヨハネめに。

　　　傲慢な知性、高く天かける精神
　　　王者の鷲、至高の鳥のように、さっと天を一回りし

　　　コンパスのように、二つの翼に乗って

　　　創造のめぐりを投げかける

　　　イエスの青白くかすかに光る鳩は、黙認されて

　　　低い大枝のところで啼く。

（C.P.　p.329）

　これまで聖ヨハネの鷲の栄光が誉め讃えられていたとばかり思って
きた読者は、ここまでくるとようやく様子が変わってくるのに気づく。
「‥‥に塩をかける」は「‥‥を活気づかせる」とか「‥‥を清める」
の意味である。「ずるい鳥のヨハネ」と共に、ここでは今までのヨハネ
への賞賛から否定的見方へと変わってくる。「傲慢な知性」とか「高く
天かける精神」、「王者の鷲、至高の鳥」、「創造のめぐりを投げかける」
などがアイロニーであることがいよいよはっきりする。そして次の二
行によってそれは完成される。キリストを形容する pale は、小説な
どでもよく見られる小麦色の浅ぐろい肌をした人とは逆の、不健康な
現代人の表象である。また「黙認されて」の場合も小鳩としてのキリ
ストに仕える鷲だとは言え、あまり良い意味とはならない。

　そしてまたしても聖なる鷲を追求する詩行が続く。

　　　しかし使徒ヨハネの鳥の尻尾に塩を掛けろ

　　　その尻尾に塩を掛けろ

　　　ヨハネの鷲に。

　　　すべてを見、すべてを予定できる

63

理想の天頂から、それをシッと言って追い落とせ。
　　鳥が散らばり住む、岩だらけのパトモス島にねぐらを作らせ
　　厳しい海の岩間で、羽を抜け換えさせよ。

　　何故なら運命を予定できる精神を持つ全能の鷲は
　　この頃ではみすぼらしくて島から出られないように見える。
　　羽根が抜け、尻のあたりは裸で、くちばしのところは
　　汚い、糞で白く汚れたパトモス島で。

（C. P.　p. 329）

いよいよ聖なる動物たちの詩に付けられた序文にも関わる、核心の部
分となる。今度は使徒ヨハネの鳥の尻尾に塩を掛けるだけではない。
序文で述べられた天頂（the empyrean）、すべてを見、すべてを予定で
きる理想の天頂から、それをシッと言ってパトモス島へ追い落とせ
（Shoo it down）とまで言うのである。パトモス島とはヨハネが宗教
的弾圧で流されたエーゲ海の島で、そこで聖ヨハネは『黙示録』
（Revelation）を書いたと言われる。鳥が散らばり棲む、その岩だら
けのパトモス島にねぐらを作らせ、厳しい海の岩間で羽を抜け換えさ
せよ、というのである。天頂から追い落とすことで、序文の「動物を
あるべき所へ戻せ」[32] が実現するのはいいが、それは「聖マタイ」の
詩のように豊かな自然への帰還ではなくパトモス島の幽閉となる。運
命を予定できる精神を持つ全能の鷲は、この頃ではみすぼらしくて島
から出られないように見えるとうたうに至っては、当世には「動物を

64

あるべき所」へ戻す「あるべき所」がないことへのアイロニーが感じられる。

　こうしてこの詩の言わば結論として「世直し」の鳥、不死鳥の登場となる。

　　　そこから我われは次のように思う
　　　老いたその鳥は疲れ果て、
　　　新しい雛がこの世の卵の大きな殻を
　　　割るのを待ち望んでいるのだ。

　　　言葉の羽を持つ霊たる、歳老いた哀れな黄金の鷲が
　　　羽が落ち、ふさぎ込み、待ち、ついには
　　　火がついて自分が、羽も何もかも燃えることを望むのだ、
　　　ものの初めと終わりの新しい観念が
　　　その灰から立ち上がることができるように。

　　　ああ、不死鳥よ、不死鳥、
　　　ヨハネの鷲よ。
　　　今やお前は保険会社の商標として知られているだけだ
　　　不死鳥よ、不死鳥、
　　　巣に火がついている、
　　　羽が焦げている、
　　　青い、血の気のない雛を覆う綿毛のように、

灰がはらはらと舞い上がる。

　　　　　　　　　　　　　　　　（C. P.　pp. 329-330)

　世直しのためには世代交代が必要である。新しい雛がこの世の卵の大
きな殻を割るのを待ち望んでいるのだ。老いてもなお言葉の羽を持つ
霊たる本質を失わない、歳老いた哀れな黄金の鷲という表現は、近代
の成果に固執し続ける現代人と重なり合う。

　いよいよ不死鳥となることによって世代交代がおこなわれる。羽が
落ち、ふさぎこんだその鷲は、火がついて自分が羽も何もかも燃える
ことを望むのだ。巣に火がついて羽が焦げ、灰がはらはらと舞い上が
る中で、健気にじっとしている哀れな不死鳥よ、と叫ぶ一方で、現実
には不死鳥は保険会社の商標として知られているに過ぎないと、当世
への軽いアイロニーを伴ってこの詩は終わる。

　今まで見てきた三つの聖なる動物たちは、このように現実と妥協した
り、現実を突き破る一歩手前で最後のあがきを試みるが未完成に終わる。
ロレンスは貧しく不安な現実の前で苦笑を浮かべながら、不死鳥を夢み
るその動物の努力を見つめるだけである。いずれの場合もこれらの詩は、
天に昇ってキリスト教の唱導者となった聖人たちを聖なる動物たちに
たとえ、その動物の栄光と堕落を描くことによって、長い期間にわたっ
てキリスト教が人間の精神界を支配してきた結果や、あるいはまた文化
の堕落を批判していると考えられる。そしてここに出てきた動物たちは
言わば諸動物の上に立つものであり、諸動物を支配するものであるとい
う意味において、宗教・精神界に君臨するキリスト教とその支配を受け

る民衆との関係に似ていることを考えると、人間の民衆にあたる小動物
とここで論じられた動物の王者たちとは、全然別の視点で考えられてい
ることが分かる。ここで論じられた動物たちは人間中心主義の結果とし
ての擬人化によって起こる人間へのアイロニーに過ぎず、後で論じられ
る生命共同体の一員としての動物ではなくて、近代文明から起こった批
判の対象となるべきものなのである。

5　詩にみる近代認識　「夕暮れの地」

『鳥・獣・花』に出てくる「夕暮れの地」（‘The Evening Land’）は、
1922 年に『ポエトリー』（*Poetry*）誌に「雄七面鳥」（‘Turkey-cock’）
と共に掲載された [33]。ロレンスはこの時期にはイタリアのシシリー島
のタオルミーナを本拠地にして、シラクサやマルタ島、サルジニア島
などを旅行し、1921 年末にアメリカのニュー・メキシコの資産家M.
D. ルーハン（Luhan）より誘いの手紙を受け取って受諾している。1922
年春にはセイロンを経てオーストラリアへ行き、8 月にアメリカへ、
9 月にニュー・メキシコのタオスにあるルーハン邸、12 月にはデルモ
ンテ牧場に移っている。この牧場ではアメリカの一種の死の状況
（deadness）を感じ、ヨーロッパへ帰りたい気持ちがロレンスにはあ
った。「夕暮れの地」とはアメリカのことで、この時のアメリカに対す
る複雑な気持ちが表れている。先ずロレンスはアメリカに呼び掛ける。

おお、アメリカよ、

太陽は君の中へ沈む。

君はわが日の墓場なのか。

（C. P.　p. 289）

アメリカはイギリスから見て西の方角だから、夕暮れ時、ヨーロッパ
から見て太陽がアメリカの方の海へ没していくことになるが、次の
「わが日の墓場」まで読むと、日没の方角という意味の他に人類の終
焉の地という意味も持ってくるが、ロックウッドも言うように、この
死は普通の意味の死ではなく、ギリシャ神話でいう地下の王ハデスの
妃であるペルセフォネが一年の許された期間の地上の滞在を終えて、
地下の世界へ降りて行く通過点だと、ロレンスは考えていたように思
われる [34]。その地下の世界は次のように墓場（tomb）とも表現されて
いる。

君のところへ行こうか、僕の種族の開かれた墓場へ。

（C. P.　p. 289）

開かれた（open）と墓場とは一見相矛盾した内容を持つが、これは当
初の、万人を受け入れる自由の国アメリカと、その後のアメリカの堕
落を示す意味としての地下の世界の両方を意味していて、この詩のテ
ーマともなっている。

時の鐘が鳴るのを感じたら、僕は行こう。

　　しかしむしろ君が僕の方へ来てくれたらと思う。

（Ｃ.Ｐ.　p. 289）

・・・・・・

　　君は僕らの何百万もの魂をとろかしてきた。

　　アメリカよ、

　　どうして君は僕の魂をとろかせようとしないのか。

　　君にそうして欲しい。

　　実は僕は君が怖いのだ。

（Ｃ.Ｐ.　p. 290）

　アメリカが自分の魂をとろかせるほどの、魅力あるものではないと考える一方で、自分の魂をとろかせて欲しいと言うのは、数行上の「君が僕の方へ来てほしい」と同じ気持ちであり、ロレンスのアメリカに対するアンビバレントな態度を示す。

　　君の大げさな愛の破局、

　　君は自分が愛していることに決して気づかず、

　　ただ崩壊しながら更に自分自身を失っていく。

（Ｃ.Ｐ.　p. 290）

　上の事がそもそも若者の魂をとろかさない原因となるものであるが、一口に「愛」と言っても分かり難いが、大げさな愛に溺れてその中に

自分自身を見失っていくのが、アメリカだと言っていることは確かだ。これは次の行を読むとより一層はっきりする。

> 君は愛の絶頂感を脱して、永劫の昔に失った君の原初の
> 孤立した高潔さを、宇宙の中の君の孤立を、
> 決して取り戻すことがない。
>
> (C.P. p.290)

すなわち、愛に溺れて堕落し、あの昔の孤立した高潔さをアメリカは取り戻していないというのである。

> 君は愛の中で壊してゆく、
> 更に更に君の孤立の
> 境界を壊していく。
> しかしアメリカよ、君は新しい誇りに満ちた孤立の中で、
> この混じり合う墓場から、決して復活して起き上がることがない。
>
> (C.P. p.290)

混じり合うというのは孤立の対立語で、孤立するための砦となる境界線を壊すのだから、他のものと一緒に馴合いの生活を送ることになる。それがアメリカだと言う。

70

　　　君のヨーロッパを越えた理想主義は、

　　　後光を背負い漂白された骸骨のように、この現世の天国の中で

　　　理想主義を閉じ込める鳥籠の格子となって、慈悲深く漂っている。

　　　　　　　　　　　　　　　　　　　　　　　　　（C.P.　p.290）

「理想主義」、「後光を背負い」、「現世の天国」、「慈悲深く漂う」など
はアメリカの近代に対するアイロニーであり、「鳥籠の格子」は籠の外
枠で、骸骨のうちの肋骨のイメージからくる。

　　　君の漂泊された理想という、羽根の生えた骸骨ですら

　　　君の起き上がった自己のあのきれいで滑らかな

　　　自動人形、アメリカの機械ほどは

　　　驚くべきものではない。

　　　君は不思議に思うのか、僕が来て

　　　君の鉄の人の唇から出た、機械で裁断された最初の質問に答え
　　　たり、

　　　君の役人どもの金属の指の中に、最初の小銭を入れたり、

　　　君の美人たち、アメリカ人たちの鉄のように真っすぐな

　　　　　　腕のそばに座るのが怖いのが。

　　　　　　　　　　　　　　　　　　　　　　　（C.P.　p.290-291）

「機械で裁断された」とは無味乾燥なことのたとえであり、ここに多

く見られる鉄とか機械という言葉は、アメリカの機械主義への批判である。

　　　これは枯れてゆく木かもしれない、このヨーロッパは、
　　　しかしここでは、税関の役人ですらまだ傷つき易いのだ。

(C.P.　p.291)

傷つき易い（vulnerable）という言葉は、ロレンスの作品によく見られるもので、アメリカの機械と対照をなすナイーブな感性を示すものであり、まだ硬直していない文明を象徴している。アメリカの生みの親であるヨーロッパにはまだそれが残っているという。

　　　僕はとても怖いのだ、アメリカよ、
　　　君の人間関係のもつ鉄のような音が。
　　　そしてこの後では
　　　君の利己的でない理想の愛の経かたびらが。
　　　毒ガスのような
　　　限りなき愛が。

(C.P.　p.291)

「理想の愛の経かたびら」は、理想の愛の結果としての経かたびらで理想批判である。これは次の「毒ガスのような限りなき愛」でも分かる。アメリカの愛がこのようなものであることは次でも述べられる。

愛、博愛、慈悲などは、ロレンスの作品の中でしばしば批判されるものである。

> 誰一人愛は強烈で、個人的で、無限のもので
> あってはならないことが分からないのか。
> この限りなき愛は真ん中が腐った
> 何物かのいやな臭いに似ている。
> 他人のためのこのあらゆる博愛や慈悲は
> ただ悪臭がするだけだ。
>
> (C.P. p. 291)

こうしてロレンスはルネッサンスによって引き起こされた近代の帰結を、アメリカに見るのである。その例を山ライオンの詩にも見てみよう。

6　「山ライオン」

　ロレンスがイタリアのタオルミーナに滞在していた 1921 年 11 月、アメリカの資産家M．D．ルーハンより、『ダイアル』(Dial) 誌上の『海とサルジニア』(Sea and Sardinia, 1921) に感激して出したニュー・メキシコ移住の誘いの手紙を受け取り、彼は即日受託の返事をしている。そして 1922 年、セイロン、オーストラリアを経て 9 月にニュー・メキシコに着き、12 月にデルモンテ牧場に移り、翌年の 3 月までそこで過ごした。また 1924 年 4 月ルーハンよりデルモンテ牧場か

ら2マイルの所にある牧場を贈られ、それを初めロボ、間もなくカイ
オワと名付けた。5月の初めにそこへ移住して、紀行文「メキシコの
朝」の一部を出版し、6月には「馬で去った女」（'The Woman Who Rode
Away', 1924）や「セント・モア」（'St. Mawr'）を執筆している[35]。

　「山ライオン」（'Mountain Lion'）はここで書かれたが、この詩の
最初に出てくる1月はこの時のことであろう。山ライオンはアメリカ
ライオン（American lion）とも呼ばれ、アメリカに棲むピューマの一
種である。このロボでロレンスは1月の雪の中を登って、エゾマツが
暗く茂る中をロボ渓谷へ分け入り、獲物の山ライオンを運ぶ猟師に会
いさらに奥地へと進んで行って、彼は木の上にその巣を見付けてそれ
を次のように描く。

　　　そして木々の上に私はその雌ライオンの巣を見付けた。
　　　切り立つ血走ったみかん色に輝く岩の一つの穴、小さな一つの
　　　洞穴。
　　　それから骨、小枝、また危険な上り坂。

　　　それで、雌ライオンは山ライオン独特の、黄色い閃光のように
　　　　　　長く身体を伸ばして、そこを飛び回ることは二度とな
　　　　　　いだろう。
　　　そして輝く縞模様の霜のような顔で、血の気を帯びたみかん色
　　　　　　の岩にできた洞穴の陰から、もはやじっと見つめるこ
　　　　　　とはあるまい。

　　　ロボの暗い谷の入り口の木々の上を。

（C. P.　p. 402）

山ライオンの巣は、ねぐら（lair）という優しい言葉とはおよそ似つかわしくない、切り立っていて血走ったミカン色に輝く岩(the blood-orange brilliant rocks）のぽっかり空いた穴である。そしてその近くにわずかにその巣の営みを示す餌の痕跡の骨と小枝（bones, and twigs）を見るのである。次行に見るようにもはや山ライオンは、独特の黄色い閃光のように長く身体を伸ばして（with the yellow flash of a mountain lion's long shoot）そこを飛び回ることは二度とないだろう。そして輝く縞模様の霜のような顔で、血の気を帯びたみかん色の岩にできた洞穴の陰から、もはやじっと見つめることはあるまいと、原アメリカへの惜別の念を込めてうたうのである。

　　　その代わりに、私が見渡す。
　　　現実から全く離れた夢のような、暗い砂漠の方を。
　　　サングル・デ・クリストの山々の雪を、ピコリスの山々の氷を、

（C. P.　p. 402）

そして子供たちを慈しんだその雌の山ライオンに代わって、ロボの暗い谷の入り口の木々の上を、ロレンスはじっと見つめる。そこには現実から全く離れた夢のような、暗い砂漠や万年雪を頂く高山が、原アメリカの象徴として横たわっている。

そして私は思う、この荒涼たる世界で私も山ライオンも

　　　　住むことができた、と。

　　また思う、遠い向こうの世界で、百万も二百万もの人間が

　　　　居なくなっても平気でいながら、

　　しかも人はそれを寂しく思わないことかと。

　　しかしあのほっそりした黄色い山ライオンの、霜のような白い

　　　　顔が消えてゆくことには、何という空虚が感じられる

　　　　ことだろうか。

（C. P.　p. 402）

　そしてロレンスは、猟師が運んで行ったあのほっそりした黄色い山ライオンが居なくなることを、限りなく寂しく感じるのである。

　これら二つのアメリカの詩は、いずれも近代によって汚染・堕落したアメリカを嘆き、それ以前にあった原アメリカへの憧れの気持ちを表している。

7　20世紀の神の死滅と「不条理」

　ロレンスはその旅行記『メキシコの朝』（*Mornings in Mexico*, 1927）の、アメリカ先住民の娯楽を論じる中で、現代文明人が劇場で或る劇を観てその劇に満足と慰めを覚えるのは、観念的な一つの精神が現実を支配している、という前提にたっているからだという。そして次の

ように述べている。

　　その観念的な精神が現実を支配していると信じる限り、何か
　最高の、普遍的な観念的自覚があって、それがすべての運命を
　支配しているのだと信じる限りは、この前提は我われに慰めと
　満足を与えてくれる。
　　このことに疑念を抱き始めると、ビロードの座席に座ってい
　ても落ち着かない。
　　運命とは偶然の出来事だとは誰一人実際には信じない。夜の
　次には必ず昼間が、また冬の後には夏が来るという事実だけで、
　宇宙には法則があるということを人は固く信じる。そしてこの
　事から、宇宙には何か偉大な隠れた精神があるという信念に達
　するには、ほんの一歩だけで充分である。[36)]

上にみられる宇宙の何か偉大な隠れた精神 (Universal Mind, Anima
Mundi) とは、ヘーゲルの歴史哲学の概念で、世界史の内に働いている
超越的な精神のことであって、「宇宙精神」や「世界霊」と訳されてい
る。これこそは先に考えたルネッサンスの結果としての、人間の思い
上がりの究極的帰結とは言えないだろうか。大抵の大衆は劇を観る時
この宇宙精神の中で生きていて、世間とはそのようなものだと思い込
んでいる。
　メキシコ、ニュー・メキシコの旅行記の中では、この後でニュー・
メキシコの先住民たちの演劇観が述べられるが、彼らには上で述べた

ような文明人の観念はない。彼らは太鼓の周りで独特の衣装に身を包んで練り歩き、「聖なる」踊りを踊る。彼らは文明人の「宇宙精神」から免れているのである。

宇宙精神は特にヨーロッパにおいて、永い人間の歴史の中で考えられ成長してきた考えであって、誰もが常識的にそれが世界の仕組みだと考えているものである。すなわち神のような普遍的なものだと考えることができる。

ところが上の引用文の後半以後に書かれている事が問題なのである。すなわち今考えた世界、地球の普遍性に疑いを持ち始めたのが、神の死滅のきっかけだったからである。我われが今さらどうしようもなく、定まったものだと考えているその運命が、「偶然の出来事」にすぎないという考え、これこそは神の死と共に起こった人間観、世界観である。

ところで、このことは実は「不条理」ということと係わるのである。この言葉は神なきあとの人間存在は偶然であり、人間同士、または人間と世界との関係も偶然であり、人間の生には何らの確たる意味も根拠も目的もないということを意味するフランス語 absurdité の訳で、フランスの作家アルベール・カミユ（Albert Camus, 1913-60）に端を発する。彼は『異邦人』（*L'étranger*, 1942）で、現代の不条理の状況と不条理的人間を小説の形で、また『シジフォスの神話』（*Le mythe de Sisyphe*, 1942）でそれを哲学的・理論的に解明した。ところがこれらの作品が世に出るよりも前に、この考えはロレンスの『恋する女たち』の中で、ジェラルドと議論しているバーキンの考えの中に見出される。

　「‥‥古い理想は釘のように死んだものとなっている——何
も残ってはいないんだ。ただ女性とのこの完全な結び付きだけ
が残っているように思われる——究極の結婚のようなものが
——そしてそれ以外には何もありはしないよ。」

　「そしたらもし女性が居なければ、何もないことになるのか
い。」ジェラルドが言った。

　「まあそうだ——神が居ないことを考えれば。」[37)]

古い理想を古釘にたとえるバーキンの考えには、キリスト教の古来の
理想は何一つない。あるのはただ、女性との究極の結婚のみである。
またバーキンは次のようにも言う。

　「ところで、もし人類が滅びてソドムのようになっても、大地
と樹木に照り輝くこんな美しい夕映えがあれば僕は満足だ。そ
のすべてを知らせてくれるものがあそこにはあって、あれだけ
はこの地球上で失ってはならない。結局、人類とは不可解なも
のを表現した以外の何ものでもないよ。そしてもし人類が居な
くなっても、それはただ、この人類という特殊な表現が完全に
消滅するということにすぎない。‥‥」[38)]

　こうして近代の母体となって、何世紀にもわたってヨーロッパを育
んできたキリスト教へ、目が向けられることになる。ロレンスは『ヨ

ハネの黙示録』に早くから嫌悪感を持っていた。そして現代人は自分の事しか考えないから愛し合うことはできない、自己の個性を主張することによって、自己の内なる愛し手を殺してしまうと述べている。これがロレンスの評論『黙示録』の結論である。そしてここで先に述べた『逃げた雄鶏』にもう一度戻れば、愛の問題が鮮明に浮かび上がってくる。死んだ男は以前の伝導の時には、愛の押し付けをしていたと言ったのは前にみた通りである。

　こうしてキリスト教に対する決定的な離反がロレンスに起こり、未来の永遠との決別が起こることになる。

　同時にそれは白熱に輝く科学文明からの決別であり、それとは逆の闇への方向であった。ロレンスが先進国とは逆の方向へと向かい、霊の世界、闇の世界へと向かって行ったのは、このためであった。

8　21世紀とキリスト教民主主義　ロレンスの未来認識

　ロレンスは1915年に書いたエッセイ「王冠」（‘The Crown’）の中で、我われの前方にはキリスト教の人間観に基づく未来の永遠があり、背後には異教に基づく過去の永遠があって、人間はこれらの対立の中に置かれていると述べており、[39]また『アメリカ古典文学研究』（*Studies in Classic American Literature*, 1923）の中ではこの人間の宿命的苦しみを「煉獄」（Purgatory）という言葉で述べている。[40]

　21世紀になった今、2001年のニューヨークの同時多発テロや世界

を巻き込んだその後のいくつかの戦争など、世界にあわただしい出来
事が頻発して、今まで考えてきた、ロレンスの言うルネッサンスの悪
影響が早くも現れてきているように思われる。

　この状況はG．オーウェル（George Orwell, 1903-50）の『一九八
四年』（*Nineteen Eighty-four*, 1949）を思わせる。或る国が覇権を握
って、他の国がそれを持つことを許さない、という状況である。

　ところでロレンスも民主主義については随分警戒している。そして
今日のようになることを予測している。21世紀という世紀はどんな世
紀となるのだろうか。考えてみると、中世まではアラブの世界の方が
ヨーロッパよりも文明は進んでいた。それが、ルネッサンスによって
逆転するのである。そのことは十字軍の経過によって理解することが
できる。何回にもわたる遠征が結局は失敗に終わるが、その後ルネッ
サンスを経てヨーロッパはイスラムの文化を取り入れ、科学技術でそ
れを凌駕するのである。ここにもルネッサンスの持つ意味が見られる
であろう。

　ところで、ルネッサンスは21世紀にどんな結果をもたらすであろ
うか。21世紀は民族と宗教の時代だと言われる。このことはヨーロッ
パの根幹をなしてきた、いわゆるキリスト教民主主義というものが、
ロレンスの言うように人間の生きていくうえで完全無欠という訳に
はいかないという事を示している。先ず民主主義は国民一人一人が自
分のために生きることを意味する。他を犠牲にしてもだ。ここから出
てくるものは、我先にと進む醜い生存競争の姿である。強い者勝ちの
姿である。とりわけここに宗教が絡むと、異邦人に対する排他的考え

が加わってこの傾向が大きくなってゆく。そしてその結果ヨーロッパの植民地の争奪戦となった。こうして 20 世紀には、科学技術による大量殺戮という新しい野蛮が出現するのである。

　ニューヨークの同時多発テロ以後、世界の人々は進歩という思想に未来を描くことはできなくなった。世紀末からあった不吉な予感が、21 世紀の最初の年に早くも現実となったのである。人間の未来には、平和と繁栄よりも果てしない混乱の方が遥かに大きな可能性を持つようになってきている。ロレンスが 20 世紀の初めに考えたことが、改めて思い起こされるのである。

　ルネッサンスに端を発する近代化は、他よりも優ることであり、自分の信念を他に勧めることである。そうすると、この世界はみな自分の国と同じようになるべきだということになり、自分の考えを世界に押し付け、文化画一主義がはびこることになる。ルネッサンスももうこれ以上「発展」すると大変だ。この事をロレンスは叫んでいる。

　以上、ルネッサンスの結果を 21 世紀まで見てきた。これを考えるにつけ、ロレンスの先見性が改めて感じ取られる。ところで、人類が歩んできたこのような経過が、さらに今後継続してゆくことに、ロレンスは耐えられなかった。今の世相を見るにつけ、このままの状態で世界が前方へ進んで行ったのではたまらないという感じを我われは持つ。そしてロレンスも未来の永遠には、何ら希望を託することができなかったのである。そして人間に幸福をもたらしてくれるものを懸命に追求していくが、彼が見出したのは、未来にではなくそれとは全く逆の方向にあった。次章では、彼が追求した中で見出したものと、

それがどのような世界であったのかを、彼がたどった各地の自然やその記述と、彼がその中で瞑想して書いた詩やエッセイなどを 繙 <ruby>繙<rt>ひもと</rt></ruby>きながら考えてみたいと思う。

第2章　過去の永遠の模索

ユートピアを求めて

　これまでみてきたように、ロレンスは 20 世紀の初めに、その鋭い預言者的感覚によって近代のもつ本質に探りを入れ、ヨーロッパの人々がこれから進んで行こうとしているキリスト教を背景とした未来の永遠に、人間としての希望を託することができなくなった。そうしてそれとは逆の、今まで彼らが辿ってきた過去の中に、自分たちの生きるべき道を探ろうとする。この章では、彼のこの考えがどのようにして出てきたかをみてみたい。

1　無意識の模索　闇の追放と再発見

　ギリシャ以来、現実とは違った数々の幻想によって、ヨーロッパの人々の想像力は豊かに彩られてきた。特に中世はその空間的・文化的閉鎖性によって、豊かな想像の世界が育まれた。そしてそれは同時に、科学のまだ未発達の中での闇の世界でもあった。

　ルネッサンスと共に彼らは理性に目覚め、科学的に物事を考えていこうという機運が広まり、中世には思いもよらなかった分析と研究がなされるようになってくる。こうして宗教性の中で隠蔽されてきた聖書が、ラテン語からヨーロッパ各国の日常語に翻訳されて綿密な聖書

解釈がなされるようになる。キリスト教教義の厳密な解釈が試みられるようになり、長い間続いたカトリック教の支配からくる堕落も相まって、そこからその教義をめぐって真剣な論争がなされるようになる。

　このようにして不合理なものや、独善的で教会側が明確にするのに不都合なものなど、従来は闇の領域に属していた事柄が、理性に合わないものとして追放されてゆく。ルネッサンスはこうして西ヨーロッパに華々しく登場し、それ以後はヨーロッパは近代化の道を、脇目もふらずにまっしぐらに駆け抜けて 20 世紀に到るのである。このように西ヨーロッパの近代文明の歴史は、中世キリスト教からルネッサンスを経て進化論へ向かう、言わば闇が追放される歴史であった。

　ロレンスは 20 世紀の初めに、今までイギリスが闇の追放に向かって突き進んできたところに立ち止まって、もう一度それを見直した作家である。しかしこのような発想の転換をしたのは、ロレンスだけではなかった。近代科学の無軌道な発展に危機感を持ったアメリカの科学史家トーマス・S・クーン（Thomas Samuel Kuhn, 1922-96）は、パラダイム（paradigm）理論を提唱した。天動説と地動説など、ある時代には支配的なものの見方の枠組みがあるが、このような従来の伝統的な認識は、時代と共に転換していかなければならないとクーンは言う。ロレンスはクーンが活躍するよりも前に亡くなっているから、クーンよりも前に同じことを文学の面で発見、提唱したことになる。

　17 世紀以来、自然科学の目的は「自然の本性を究める」ということと、それによって社会を変えることだった。ところが自然の本性を究めるということこそ、クーンが否定したかった科学観である。それは

20 世紀になって、19 世紀まであれほど自律的に存在しうるとされた「理性的意識」、「宇宙精神」(Anima Mundi) という考え方が批判されるようになったからである。この認識の転換は、今日「無意識の発見」と呼ばれている。クーンは 19 世紀に信じられていたように、科学は自律的に存続し得る知的営みではなく、自然的・社会的前提を持っているというのである。彼はそういった前提の事を「パラダイム」という言葉で表現した。

　現在、科学技術はもはや人々の同意なしに、一方的に社会に持ち込まれては大変なことになると、我われはようやく考え始めている。これがパラダイムが主張される理由である。このことは今、原子力や廃棄物の処理をめぐる問題をみれば、容易に分かるであろう。クーンの思想の要点は、科学が自律的にまた蓄積的に発展するという考え方への反省を促すことにあった。

　これは自然科学の分野に限ったことではない。社会科学の面でも、社会が自律的に発展していき、我われが何も努力をしなくても人類の進歩は後退することがないのだという考えには、ベルリンの壁の崩壊や近代社会の現状を見ると、決して手放しで賛成できるものではないことが分かるであろう。人間は神的存在であると同時に獣的存在でもある限り、そこには迷い、誤りなどが必ずあり、それにつけ込む存在もまた出て来るのである。また近代生活が機械的システムや科学の恩恵を受ける度合いが大きくなればなるほど、人間的触れ合いが少なくなりエゴが主張される結果、以前からの常識では考えられなかった悲惨な事もまた起こるという事は、現今の世界の紛争を見れば明らかで

ある。17世紀から始まった近代科学の一つの時代は終わり、今こそは
その次の時代を築くべき時だとクーンはいうのである。

　ところで先に述べた「無意識の発見」ということは、実はロレンス
が文学の面で行ったことだった。彼は上で述べた科学に関することを、
文学の面で行った。すなわち人々が従来、伝統として信じて疑わなか
った事にメスを入れたのである。

　パラダイムに関連するものとして、ヨーロッパが伝統的に神の像を
表象してそれを崇拝したということがある。それに対してイスラム教
ではアラーの神の像は存在しない。面白いことにガンダーラの美術は、
それまでは言葉で語り継ぐ上でしか存在しなかったブッダを、像とい
う形にしたのである。つまりイスラム世界では抽象と無意識でしかな
かったものがヨーロッパ人によって意識化され具体化されたのであ
る。

　これはどうもイスラムとヨーロッパとの根本的相違だと思われる。
そしてこのヨーロッパの在り方は、ギリシャやローマの外部への派手
な在り方の遠因となっているようだ。そうなるとますますロレンスと
の関連性がはっきりしてくる。ロレンスの「無意識の発見」とは、実
はこのことだったのである。

　神なきあとの人間の存在は偶然であり、人間と世界との関係も偶然
である。人間の生には何らの確たる意味も根拠も目的もない。不条理
とは同時に、素朴なブルジョワ的価値観に支配された現代社会に対す
る、痛烈な批判の言葉でもあった。

　これに類する体験を描いたものが『逃げた雄鶏』の男の言動ではな

かろうか。男は肉体を尊重し生前の伝導や説教、指導などで総括される精神、上で述べた「宇宙精神」からの脱却を宣言する。また『恋する女たち』のバーキンや『息子たち、恋人たち』のポールにも、このことが分かっていた。ロレンスもまた不条理を追求した一人であった。彼が意識の巡礼者とよく言われるのは、このことであろう。

　ロレンスの作品によく出てくる闇の境地は、このようにして達した世界である。通常の光の世界から遮断された、文字通り光が失われた世界として、一人の盲目者をめぐる作品を彼は書いている。

　短編小説「盲目者」（'The Blind Man', 1920）の女主人公イザベル・パーヴィンの夫モリスは盲目であり、彼女の恋人であるバーティー・リードは、表面上は成功した弁護士で有名な文士でありながら、心の中では自分のことを何の取柄もない人間のように感じている。彼は次のように描かれている。

　　　心の中では彼は自分のことを、男性でも女性でもない中性のような、取るに足りないものだと感じていた。
　　　イザベルは彼のことを良く知っていた。彼女は彼を誉める一方で軽蔑していた。彼女は彼の悲しい顔や短い貧弱な脚を見て、軽蔑したく思った。[1]

バーティーはモリスの盲目が「大きな喪失」（great deprivation）だと言うがモリス自身は、自分には他に良いことがあると言い、イザベルも次のように言う。

「そうよ、分かっているわ。それでも——それでも——モリスの言う通りよ。他の何かがあるわ、そこに何かが、あなたにはそこにそれがあることが、全然分からなかったのよ、またそれが何であるか、あなたは口では言えないんだわ。」‥‥「‥‥それを定義することはすごく難しい——だけど強くて身近に感じられるの。モリスが側に居てくれると、何か力強いものがあるの、定義づけられないけれど、私はそれなしでは生きられない。それは人の心を眠らせるように思われるのは間違いないわ。だけど、私たち二人っきりのときは、私何も要らない。それはすごく豊かで、素晴しいものだとさえ言えるわ、本当に。」
2)

盲目の世界の、無意識が表現されている。彼女はしかし、「心の中に奇妙な太古の、時間を超越した苦悩、夜の苦悩（a curious feeling of old woe in her heart, old, timeless night-woe）を感じた」3) と表現されている。そしてそれを受けてバーティーは、

「どうも僕たちには、みんな何処かに欠陥があるようだね。」4)

と言う。これはこの作品の言わばテーマである。盲目の世界の持つ悲痛さ、永久に、大昔から続く闇の苦痛。バーティーは盲目のモリスに手を触れられた後、貝殻をこわされた軟体動物のようになる。彼は現

90

代文明の生み出した弱い人間であるのに対して、盲目の男モリスは妻との血のつながりの中にこの上もない喜びを見出し、言葉では表現できないような何物かが自分の生活にはあるのだとバーティーに述べる[5]。そしてバーティーに触れた時いわば血の触れ合いを感じ、人間の中に脈打つ永遠の流れに触れてそれに身を委ねるのである。

　偶然の存在として、何の容赦もなく盲目となったモリス、その不条理でともすれば人々によって意識されない過去から続く闇の世界。そこに唯物的に嬉々として生きるモリスとイザベルが居る。これこそは近代になって喪失した闇の再発見である。

　以上でみたように、近代文明の無軌道な発展と闇の追放に待ったをかけ、無意識を発見したロレンスは、人間の周囲にある自然についてはどのように考えていたのであろうか。

2　ロレンスの自然観

　日本人がヨーロッパの文化に接する場合、色々な異質感を持つことがある。とりわけヨーロッパ近代の周辺を学んでいると、日本では体験しなかった事にぶつかることがしばしばある。そこで先ず、ヨーロッパの近代とは何であったかという論題から、入っていこうと思う。

　ヨーロッパの近代を特徴づけるものとして、二つのことが挙げられる。その一つは物事を科学的に処理しようとする精神であった。この精神は近代科学の基礎を築いたという意味で、世界に大きな貢献をしてきた。現在目の前にあるものを疑い、分析してその内容をはっきり

させ、別々のものは明確に区別し、それのより良い在り方を追及したのである。これは美術の面に最もよく現れている。印象主義、リアリズム、キューヴィズムなど、絵画芸術にみられる数々の主義主張がそうである。そしてそれらが初めて世に現れた時、その作者は狂気だとして笑いものとなるが、面白いことに、しばらくするとそれが主流になってしまうのである。ヨーロッパではこのように、様々な「実験」が許された。狂気と天才はよく紙一重だとされる。しかし、ヨーロッパではこの種の天才がしばしば後世に正当だと認められ、従来の伝統・因習を打ち破り、新しい文化、新しい時代を創りあげ、世界に先がけて華麗な文化の花を咲かせてきた。

　しかしこのように物事をはっきりさせるというやり方は、厳しい一面も持つ。たとえばヨーロッパでは、政権交代はしばしば「革命」となり流血を伴う。敗北した一族は立直る余裕すらなく、命は助かったとしても以後は苛酷な生活を強いられる。これは日本の場合と比べてみると面白い。平安の貴族政権から鎌倉の武家政権への移行は、革命とは呼ばれていない。あの政変以後も京都の貴族達は、以前と同様花鳥風月を愛でながら文学活動を行い、むしろ以前にはなかった美的価値の意識が出てきたという事実に驚かされるのである。政権の交代はあくまでも「移行」にすぎず、貴族はやはりその下に農民を持ち、以前からの体制は依然として残っていたと考えられる。所詮は「源平」の間の内乱の結果にすぎない、日本人同士の身内の争いということになるのであろう。

　物事をはっきりさせるというヨーロッパのやり方を政治の例で見

たが、次に文化の面でみてみたい。自分と他との区別をはっきりする
という点で、鮮やかな対照をなすと思われる二つの物語がある。一つ
は“Music Box”というアメリカ映画、もう一つは『一の谷ふたば軍記』
という浄瑠璃で、両者では個人と親子についての考えが非常に違って
いる。前者はハンガリーから米国へ移民した一家の物語で、父がユダ
ヤ人虐殺のかどでハンガリー政府から告発されるが、娘である弁護士
が弁護して勝訴になろうとする寸前、その娘は母国ハンガリーで質に
入れてあったミュージック・ボックス（オルゴール）を引出し、その
中に父の犯罪の事実を見てしまう。こうなった以上、娘はその弁護士
としての良心が、またナチスの犯罪を憎む良心が父を許さないのであ
る。そして実の父親を告発することになる。最後にその弁護士は検察
庁へその証拠写真を送り、自分の息子に大好きなお爺ちゃんの事実の
話をするところでこの映画は終わっている。

　後の方の物語は日本の古典によくみられるテーマで、主君の子供の
命を救うために自分の子供を身代わりにするという話で、そのことを
母が大いに嘆く。前の映画の場合、娘さえ黙っていれば父の命は救わ
れたのに、娘は敢えて告発するのに対して、後者は自分の子供を言わ
ば無理やりに奪われる母の嘆きがテーマである。ここに親子の絆を越
えた犯罪という個人性の追求と、親子の情の追求が、非常にはっきり
とした対照を示すのである。

　このように我われの身の周りの生活の在り方とは違ったものをヨ
ーロッパは持っているが、また同時にこのようなヨーロッパ近代科学
のおかげで、今世界の人びとは物質的な面での恩恵を受けていること

も確かである。

　ここでヨーロッパが世界にもたらした、今一つの側面を考えてみたいと思う。そのもう一つとは、先に述べたこと、すなわち他のものと自己との間にはっきりとした区別を設けるということに付随して出てくる、近代自我である。これは自分の物質的あるいは精神的利益のためには、他を省みないというマイナスの面になった場合である。何ごとにも裏と表があり、プラスがあれば必ずマイナスがあるものである。ヨーロッパ近代が果たした歴史的役割が大きいことは言うまでもないけれども、負の遺産もまたあることを我われは認識しなければならない。

　他と自己とが係わる場合、日本の場合のように他のものと一体となってそれに溶け込むのではなく、それと自己とをはっきりと区別しようとするのである。

　これは先ず自然の征服となって出てくる。今まで山であった所を開拓して、人間のために利用しようとするのである。あるいはそれだけではなくて、世界の他の地域の探険もこのような考えと一連のものということができる。

　英語で文化を意味する culture という言葉があるが、culture には「文化」や「教養」の意味の他に「開墾」や「耕作」という意味があり、その語源は cultivate で、土地を耕すという意味である。日本語の「文化」には、このような意味はない。この違いの中に、自然に対する両者の相違があると思われる。すなわちヨーロッパでは、まず森林との戦いから生活が始まり文化が始まった。『赤ずきん』の話を読ん

でも分かるように、ヨーロッパでは森は狼の住む恐ろしい場所だった。人びとは大波のように押し寄せてくる森と、常に戦わなければならなかったのである。

　さて先から考えてきた自他の「区別」を更に考えてみると、人間一般と他の生きものとの区別も含まれてくる。人間と動物とをはっきりと区別するのである。「人間は万物の霊長」という言葉に端的に表れているように、人間のために動物や植物を犠牲にしてはばからなかったのである。これから更にすすむと、自分の発展のためには他のものを犠牲にしてはばからない、近代人の姿が見えてくる。そして現代の世相を考えてみると、どうもそのような自我の強い近代人が、ヨーロッパをモデルとして発展した日本の、我われの周りにいくらでも居るように思われる。このような人間の在り方の根源は、ヨーロッパの科学に根差した精神のマイナス面に求めることができるのである。

　チャールズ・ダーウィン（Charles R. Darwin, 1809-82）の「進化論」は、ヨーロッパの近代精神を象徴的に示すものであった。19世紀に始まった科学技術の急速な進歩と生物学における進化思想は、今まで誰も知らなかった新しい経験の方が、親から受け継いで何回も反復し循環する時間や経験よりも重要なのだという価値観を広めてきた。これ以前の時代、ルネッサンスより前の中世では、今言った「反復」する時間や経験の中で人びとは生きていて、それが意味あるものだとされていた。これは自然と関連していて、季節は毎年繰り返して同じ季節には同じ花が咲き、同じ昆虫が現れてくるわけである。このような安定した動きのない生活の中では、人びとの暮らしもまた繰り返し

であった。そしてこれは一年だけではなくて、人間の一生もまた親の行った事の繰り返しということにもなり、そのことが尊くて意味があったのである。この後ルネッサンスから産業革命を経て、先に触れた「進化思想」によって今までなかった物の在り方、生き方、試行錯誤による新しいものの創造と、お互いの競争による淘汰、古い物を打ち負かすユニークさこそ意味があるのだという価値観が、人びとを支配するようになるのである。

進化論はこのように、他とは違ったユニークさと競争原理を正当化する科学理論であった。そしてこの考え方こそは、ヨーロッパの今日を形成してきた根本原理である。これはその後いろいろな面に表れてきて、現在に至っている。

それではロレンスはこのような状況の中で、どのように自然を考えたのであろうか。ロレンスは従来とは全く違ったやり方で自然を見るのである。先にダーウィンに関連して述べた「循環する時間」は、ロレンスの文学の中にもしばしば感じられるものである。それを考えるヒントになるものが、作品の中で盛んに出てくる「復活」のイメージである。ロレンスの晩年の作品に『逃げた雄鶏』というのがある。キリストの復活の意味を 20 世紀的な新しい視点から語っているのであるが、その最後で「明日は明日の風が吹く」(Tomorrow is another day.[6]) と云いながら、よみがえったキリストとみられる主人公が、女性のもとから去って行く場面がある。ここにやはり復活のモチーフが見出される。この復活の考えそのものが、時間の循環を表しているのである。ロレンス晩年の作品であるだけに、このような自然観がその中

に鮮明に描かれている。

　この作品では「言葉」も同様に問題とされる。言葉は文明が生み出した高度な遺産の一つであり、人間生活の中で重要な働きを果している反面、或る意味で自然との間に最も距離があり、用い方によっては反って幸福な生活の妨げとなると、伝導活動の中で言葉をめぐって苦い経験をしたその男は次のように言う。

　　　「言葉」（the Word）は夜になると噛み付くぶよのようなものだ。人間はぶよのような言葉に悩まされていて、墓の中にまでぶよは迫って来る。7)

言葉がここでは大文字になっていることは意味深い。これは新約聖書の『ヨハネによる福音書』の第1章に出てくる'the Word'、すなわちギリシャ語のロゴス（Λογος）と考えられ、言葉が英知から生ずるように神なる'the Father'から生まれ、神を人間に啓示し人間の罪を贖った、三位一体の「子」にあたるものを示している。

　キリスト教の根本に関るこの「言葉」が単なるぶよ（midge）にすぎないという考えは、「はじめに言葉ありき」というキリスト教文明へのアンチテーゼとなり、ヨーロッパ文明そのものへと向けられるのである。そしてこの男は神としてではなく、一人の人間としてよみがえったのであり、従来のキリスト教世界に代わって今まで自分が気が付かなかった「現象世界」（phenomenal world）を楽しみ、その中で生きていこうとする。すなわち、ここには従来の神から脱却して人間へと向かう方向と、同時にこれから本書で論じられるアニミズムの方向がみ

られる。男はさらに次のようにつぶやく。

　　　私は何も言わずにこの地上をさ迷おう。何故ならこの現象世
　　界では、孤独である以上に素晴しいことはないからだ、この世
　　界はたけり狂って、離ればなれとなっている。そして私はその
　　中に巻き込まれていたために、あまりにも物が見えず、この世
　　界をまだ見てはいないのだ。[8]

ここでいう「現象世界」とは、宗教の色眼鏡を通して見られたもので
はなく、物理的な物そのものの世界、本書にしばしば出てくる生きも
のの世界にも通じる自然界そのものである。ここにロレンスの自然観
が垣間見られる。
　さてロレンスにおいて特徴的なものは、何といっても生きものに対
する観方である。彼は当時の人びとがしていた様に、動物や植物を人
間よりも劣ったものとは見ず、人間界とは違った彼ら独自の世界をそ
の中に垣間見る。そして今でもなお我われが感じる自然界の不思議さ
をすでに感じ取り、それを「闇」と名付けてそのような自然界の神秘
と共に生きた作家であった。
　これらの中には、最近よくみかける、人間も含めたすべての生きも
のという考えの萌芽がみられる。他の生きものと人間との垣根が取り
払われるのである。これこそは人間中心主義のヨーロッパ文明からの
脱却であり、それへの挑戦である。最近では今までとは違って、動植
物に全く気付かれずに動植物そのものの世界が、映像などでしばしば

描写されており、その中では大抵の場合人間に全然邪魔されずに動物たちが動き回っており、まさに動物だけの世界という感じがする。

　ロレンスの描く生きものの世界もこれと同じである。ロレンスは20世紀の初めにすでに 21 世紀に入った現在やっと人間たちが考え、やりだした事を行っていたのである。そしてこの中から、あのような独特の文学が生み出されることになる。

　このようにみてくると、ロレンスの自然観は従来のヨーロッパの伝統からはみ出すようなものであり、むしろ日本や東洋のものに近いことがわかる。日本でロレンスの文学がよく読まれるのも、こういったことがあるからだろうと思われる。

　『逃げた雄鶏』にはさらに次のような描写がある。

　　　世界が、彼が死ぬ前の世界が、永久に絶えることのない朝夕を
　　　持つ自然の世界が、いつもと変わらぬその自然の世界が緑で満
　　　ち溢れ、小川のほとりの薮の中からは夜鳴き鶯が、愛らしい甘
　　　い声で誘うように鳴いていた。[9]

これは自然の再確認であり、ロレンスによってよみがえった新しい20世紀である。ルネッサンス以前には人間と自然との間に有機的なつながりがあった。ところがルネッサンスと共に人間の尊重が始まり、それが一人歩きし始める。人間がそれ以外の自然や動植物と画然と区別されるようになる。自分の知性を買いかぶるのである。そしてひたすら知性を練磨し、科学を発達させる。その結果ルネッサンス以前にみ

られた自然と人間との有機的な触れ合いはなくなり、人間にとって自然は共に手を携えて生きていくべきものではなく、征服されるべきもの、利用するべきものとなっていったのである。

　先の文を読んでみると、男が死ぬ前にあった自然の再確認がみられ、死んだ男の復活は実は自然の復活であったことが分かる。自然は以前と変わらないが、男がそれをどう受け止めるかが変わるのである。そこでは男を代表とする人間は、霊的な超能力を備えた神にたとえられるべき存在ではなく、他の動植物と共に自然の一部として、地球の単なる一存在物として共存、共生している。

　『チャタレイ卿夫人の恋人』でもこのことはみられる。森でのコニーとメラーズとの交わりは、コニーにとってチャタレイ卿夫人から動物への変身、転身の方向を持つ。メラーズはもともとそうであり、二人が出会った時すでに野性的であったが、コニーはまだ以前のままのチャタレイ卿夫人であった。彼女のこの変化は言葉と振舞の二つの方面からなされる。言葉ではチャタレイ卿夫人に相応しい標準語から方言への移行があり、振舞の面では動物という言葉が文中で目立ってくる。二人が交わりを深めていくにつれて、動物の方向へ変わっていくのである。最初彼女は次のように描かれる。

　　　‥‥彼女は動物のように、そこの木の大枝の下で横にならなければならなかった‥‥[10]

上の「なければならなかった」（had to）で分かるように、「動物のよ

うに」なることを自分からではなく、自分では不本意にせざるを得な
かった。そしてその直後には、メラーズに対する思慕と自分の自我と
の間で揺れながらも、

　　　‥‥彼女は彼をあまり礼賛しすぎるといけないと恐れた、そう
　　　なれば自分を失い消滅させてしまうことになっただろう、彼女
　　　は未開人の女のように自分を見失い奴隷となりたくはなかっ
　　　た。奴隷になってはならなかった。自分が彼を礼賛する気持ち
　　　を恐れたが、それでもすぐにはその気持ちと戦おうとはしなか
　　　った。彼女はそれと戦うことができることが分かっていた。[11]

やはりチャタレイ卿夫人としての誇りを保ち、恥から自分を守ろうと
している。たかが森番である彼を礼賛することが恐ろしい。そんなこ
とはしたくないと彼女は思っていたのである。ところが次第に変わっ
ていく。そして雨中で走るコニーの姿は次のように描写される。

　　　彼女は走った、そして彼に見えるものは、濡れて丸くなった頭
　　　と前屈みになって走っていく濡れた背中、それに光る丸い臀だ
　　　けだった。身をすくめて走る女性の素晴しい裸像だった。[12]

描写そのものが赤裸々で、動きも激しく動物的である。ここではチャ
タレイ卿夫人としての恥と自己的・利己的・人間的意志がかなぐり捨
てられている。剥き出しの野生が表れている。そしてその後、文字通

り like an animal と表現されている。これは先ほどから考えている事の帰結である。そしていよいよ最終的な段階がくる。先ずメラーズからである。

> ‥‥彼はこれこそが自分のなすべき事だと悟った。男としての誇りも威厳も高潔さもなくすることなく優しく触れ合う事が。結局、たとえ彼女に財産があり、彼が無一文であっても、そのために彼女に対する優しさを差し控えるようなことがないほど、彼は誇り高くなければならなかった。[13]

ここに階級からの脱却がある。貴族と庶民の結婚がある。それによる精神的な萎縮からの脱却がある。これがこの作品のテーマでもあるのだ。この後コニーにも同様なことが起こるのは自然の成り行きである。そしてコニーのこのような変容は、メラーズが居なければ起こりえなかった事であった。ここには、従来のヨーロッパ文明人より脱却して、動物にも似た自然な純真さを持った在り方へと向かおうとする、ロレンスの自然観がみられるのである。

　植物もまたこの作品では大きな意味を持つ。コニーは羊歯の茂みで腹ばいになるが、羊歯は花も種子もない不気味な植物で古代ローマでは霊草の一つとなっており、ビーナス（Venus）の髪だと信じられた。コニーは羊歯の茂みで腹ばいになるが、そのことに彼女の女性性への願いが感じられる。チャタレイ家の家政婦ボルトン夫人がコニーに水仙を見に行くよう勧める[14]が、この花は破壊に対する復活や死に対す

る再生、生命の復活を意味しまたキリストの復活を祝う花でもあるので、彼女はコニーの生命の復活を無意識に願っていると考えられる。桜草は森の木陰に人目を避けてひっそり咲く花であるが、コニーの憂いを秘めた美と、女性としての豊かな芳しさをかもし出すのに用いられている。ジャスミンはメラーズの小屋の扉の横手に絡みつく蔓性の潅木で、夜間に特に芳香があり官能的である。ヴェニスへ旅に出るコニーに、メラーズがジャスミンとザクロに言及するのは暗示的である。因みにザクロは種子が多く、豊穣の象徴である。

　ジギタリスは魔女が指輪代りにはめると言われていて、不気味で縁起が悪い。コニーがメラーズの小屋へ行く途中この花を認めたことは、彼女が悪魔に魅せられる時のような心理状態を示す。ヒヤシンスはメラーズにとって傷つき易い純粋なもので、コニーはそのような存在であった。また次のようにも表現されている。

　　　彼は彼女の前に立って、細い道を耐風ランプを振りながら歩いた。濡れた草や蛇のような黒く光る木の根、それに蒼白い花などが浮かび上がって見えた。[15)]

この時もコニーがメラーズの小屋へ行く途中で、彼女が或る種の不安に駆られていた時であるが、その不安、重苦しい心の状態をこのように蛇や蒼白い花で表現している。そしてこの時、この動植物・自然の意識はあらゆる人間臭いものを払いのけ、階級を払いのけ言葉の虚栄を払いのける。

森とその樹木も大きな意味がある。オーク、はしばみ、さんざし、ぶな、もみなど、この作品には多くの樹木が描かれているが、ここではそのうち松を見てみよう。松（pine）はキリスト教伝説では十字架の用材とされており、松脂（まつやに）を出し芳香がある。また根からは油（松根油）が採れ松明（たいまつ）としても利用される。コニーは松の林でうっとりとする。ここには、今述べてきた草花や樹木をすべて含んで、それらが渾然一体となった森の力が溢れている。この作品は「森」によりコニーが救われた物語なのだ。

　このような人間と生きものとに関る描写を考えてくると、ロレンスには独特の自然観があることが分かる。ロレンスの晩年の二つの作品をとりあげてみたが、『逃げた雄鶏』の中では従来のヨーロッパの伝統たる神から平凡な一人間への方向を、次の『チャタレイ卿夫人の恋人』では人間から動物への方向を、また、後に言及することになる短編「馬で去った女」では、それに無生物も加えてすべてが渾然一体となる方向が示されていて、ここにロレンスの広い意味での自然観が完成されるのである。

　ヨーロッパでは他の地域に先駆けて人間の自覚が起こった。そして人間以外の生きものを自分の中に取り込み人間中心の考えを発展させた。そうして起こったのが「擬人化」である。人間以外の生きもの独自の在り方を認めず、何でも人間の在り方に当てはめようとする考えである。ロレンスはこれに疑問を持つ。あらゆる生きものにはそれ独自の在り方があり、この地球上に人間と共に、いや人間よりも以前から生存し続けてきたものとして、それは尊重されなければならない

というのである。そして彼の作品では人間が他の生きものや自然に没入して、むしろ前とは逆の「擬物化」が起こるのである。

ここで取り上げてきた神、人間、動物、無生物相互の関係を示す彼の考えは、このロレンスの自然観を表わすものである。これはロレンスの思想の中核となっていて、彼の作品の中で姿を変えてしばしば登場することになる。最近生態系の悪化がグローバルな規模で問題になっており、人間が自分だけでこの地球を支配しようとするのは、もう許されなくなってきている。そのことを考えるとロレンスのこのような自然観は、我われが今後生きていくうえで大きな示唆を与えてくれるように思われる。

以上、ルネッサンスから起こった人間中心主義の犠牲にされた自然を、循環する時間や生の復活によってもう一度よみがえらせようとしたロレンスの考えを、人間と神や動物との係わりの中で探ってみた。

3　アニミズムについて

先の「無意識の模索　闇の追放と再発見」と「ロレンスの自然観」でみたように、クーンのパラダイム説を経て、この地球が人間の独占物ではなく進化を経て生まれてきたあらゆる生きものが、それぞれのやり方でその生を全うしている場所であるということが、明らかになってきたのが 20 世紀であった。人間は脳が他の動物に比べて重いだけに、他の動物が考え付くことのできない事柄をどんどん作って、万物の霊長と自らを称して誇り高ぶってきたが、それが或る限度を越え

ると不都合な事をするようになり、従来のようにその行為が神によって守られている訳ではないという事が、神の死滅と共に明らかになってきたのである。ロレンスの文学にアニミズムが多く見られるのは、このように人間が自分の思うままに他の動植物を扱ってきたことに対して、ロレンスが贖罪の気持ちを強く感じていたからだと思われる。

　自然は我われ人間がこの世に出現するよりもずっと前にすでにあったが、この世に姿を見せて以来、人間は自分の身の周りの自然と対話しながら自然と共に生きてきた。自然は生きていて、外界に対していろいろな反応をする。植物の場合でも光に対しては著しい反応をしている。その顕著な例がひまわりであって、その名前が示す通り朝は東を向き夕方には西の方を向く。落葉樹も1年の季節感をわきまえていて、春には新芽を吹き、夏に成長し、秋には実を付け葉を落として冬に備える。

　このような自然の営みを見て、人は同じ生きものとしての親しみを感じ、文学や音楽などで自然に呼び掛けてきた。そして人間の在り方についても自然からいろいろと学んできている。

　特に東洋、とりわけ日本では、人間の生き方に自然を取り入れることが、古来、西洋よりも甚だしいように思われる。奈良時代の万葉集にみられる大和の山とか、平安時代の京都を取り囲む山々や曙の表現の中に、このことがうかがわれる。

　ところで、自然の観察による科学上の新しい発見から、その自然観にも時代と共に移り変わりがあることが最近分かってきた。耳を持つものは人間だけだと思われていたのが、最近、自然にも「耳」がある

ということが分かってきたのである。

　乳牛に明るい音楽を聞かせるとミルクの出が良くなるという話は以前から聞いていたが、花も音に反応を示して鮮やかな色になるというのは、どうも気のせいだけではなくて、花も音を聞いているらしいということが最近分かってきた。植物の葉の一枚一枚に電極をつけて表面電位を測定すると、クラシック音楽では落ち着いた気分になって反応が抑制され、演歌や打楽器では植物は興奮して反応が著しく促進されることが分かってきたのである。

　人間に次いでこの地球の支配者となるのは、ウィールスだろうと言われている。現在恐れられているエイズウィールスのことや、また近年アフリカで発生したエイズに似た高い死亡率の病気の事を考えると、これは決して故なきことではないと思われるが、それらは人間よりもはるかに高度な仕方で伝達を行っていることになる。

　このことから分かることは、ただ感覚では捉えることができないだけで、今まで我われが思いもよらなかった伝達の現象が、思いもかけない所で行われているということである。更にまた、我われは傲慢にも今まで自然界のことが分かった、分かったといってすべて認識したかのように考え、多くのことを見逃してきたことになるのである。

　鳥が鳴くのを聞いていると、いろいろな鳴き方があることが分かる。物の本によると、鳥は賢い鳥でいろいろな複数の情報を互いに伝え合うのだそうである。鮭や鱒が自分の育った川へ必ず帰ってくるのも不思議な事である。彼らは人間よりももっと精密な仕組で、互いの伝達を行っているのかも知れない。

脱線が長くなったが、ロレンスは従来の伝統的な観方で自然を見なかった。彼は近代の機械文明の発達によって次第に狭められてゆく自然を前にして、その自然を元のままで保とうとした作家であった。

　彼の初期の作品の中にもすでに、自然物の中に生命を見出す考えがみられる。『息子たち、恋人たち』では、主人公のポールにとっては自然は何物にも汚されることなく生き生きと存在している。炭坑が盛んに活動し休閑地の若麦が絹のように輝く情景を前にして、ポールは母親と次のように語り合う。

　　　「この世は素晴しい場所ですよ。」と母は言った。「そして素晴しく美しい。」

　　　「炭坑もそうだよ。」ポールは言った。「見てごらんよ。何か生きもののように、常に積み重なっている——得体の知れない大きな獣みたいだね。」

　　　「そうね。」彼女は言った。「そうだろうよ。」

　　　「それにトロッコがみんな待っている、食べ物を貰おうと獣が一列に並んでいるみたいだ。」彼は言った。
・・・・

　　　「だけど僕は人が生きている間に物に残した、人間の感触が好きだ。トロッコには人間の感触があるよ、だってみんな人間の手で動かされてやって来たんだから。」[16]

ポールは景色だけではなく、炭坑も美しいと言う。このように、ロレ

ンスの自然の描写の中に自然の神秘が感じ取られ、動植物の描写の中には、人間の支配から脱却した自然の姿を読み取ることができる。

　モレル一家の住んでいるのはザ・ボトムズ（The Bottoms）で、階級のはっきりしている英国においては文字通り「底辺」である。坑夫という職業柄とはいえ、モレル一家がそのような場所へ引っ越して来たのは、誇り高いモレル夫人や子供たちにとっては決して満足のできるものではなく、夫人は心の片隅に言いようのない怒りをつのらせてゆく。ポールと母とがミリアムの家を訪問する途中、美しい自然に混じって炭坑の姿が目に入るが、それは「ミントン炭坑は鳥の羽が波打つように白い蒸気を出し、咳をし、しわがれた声をしてガタガタ鳴っていた」（Minton pit waved its plumes of white steam, coughed, and rattle hoarsely. [17)]）と表現されている。この文章にみられる coughed（咳をする）や hoarsely（しわがれた声を出して）は人間や動物がするしぐさである。また plumes はここでは蒸気がゆらゆらと立ち上がっていくのを指すが、もともとは鳥の羽の意味である。ポールは美しい自然に抱かれた炭坑を生きもののように親しみをこめて眺めている。この表現の中には、自然に生命を見出すアニミズム的なものが見られる。これに類するものを、他の作品の中にもみてみよう。

　ロレンスはイタリアのトスカーナ地方に滞在したことがあるが、その地方はローマ人に滅ぼされた古代国家エトルリアの遺跡がある所である。今ではそこにこんもりとした糸杉が密生しているが、かつてローマに全滅させられ、その独自の言語を後世に伝える者は誰一人なく、その遺跡は今は空しくその神秘な姿を留めているのみであるとい

う。ロレンスはその糸杉の林に古代エトルリアの象徴を見る。糸杉は次のように描写される。

　　　暗い思いのように内に何かを秘め、

　　　それを表す言葉は今はない、

　　　トスカーナの糸杉よ、

　　　大きな秘密があるのか、

　　　我われの言葉は通じないのか。

(C. P.　p. 296)

　糸杉を暗い思い（dark thought）に包まれると表現すること自体がアニミスティックであるが、その暗い謎を表現する言葉は解読できない。これは古代ローマに皆殺しにされて、誰一人それを伝える者はいないという意味の他に、糸杉というもの言わぬ植物には語ることができないという意味も込められている。ロレンスは糸杉に語りかけるが、その言葉は空しく消えてゆく。では空しく消えるままで終わってしまうのだろうか。ロレンスは次のようにうたう。

　　　適者は生きのびると言われる、

　　　だが私は亡び去った者の霊を呼び戻そう。

　　　生き延びなかった者たち、闇に葬り去られた者たち、

　　　この者たちが持ち去って

　　　静かな糸杉の林、エトルリアの糸杉の中に、

　　　侵しがたく包みこんだ、この者たちの意味を、

　　　もう一度よみがえらせるために。

（C. P.　p. 298）

　ロレンスは進化論の基本理念である「適者生存」に疑問を持つ。生き
延びることのなかった地球上の不適格者、自然淘汰された者たちに対
して限りない哀れみを持ち、逆に滅び去った者の霊を呼び戻したいと
言うのである。闇に葬り去られた者たち（the darkly lost）とはロー
マ帝国に闇のうちに黙らせられ滅ぼされたエトルリア人のことであ
る。ロレンスはこの静かな糸杉の中に、その意味が侵しがたく包み込
まれているのだと言う。イタリアに限らず世界のいたる所でロレンス
が出くわし、彼の作品の中でしばしば述べている地霊（The Spirit of
Place）は、彼のアニミズムを示す重要な言葉である。このような考え
の中に、ロレンス独特の自然観が表れているのが分かる。

　次いでロレンスが動物に対してどのような考えを持っていたかを
みてみよう。ロレンスの親友であったオルダス・ハクスレイ（Aldous
Huxley, 1894-1963）は、ロレンスが動物に接する時、通常の人間の場
合と違ってその動物の体内にまで入り込み、動物が人間とは違ったや
り方でどのようにものを感じ考えるかを、自信を持って詳細に伝える
ことができた[18]と述べている。

　これは非常に巧みな表現である。その時までにヨーロッパでは、たと
えば『イソップ物語』とかガーネット（David Garnett, 1892-1981）の
『狐になった夫人』（*Lady into Fox*, 1922）など、動物が描写された文

学が多く書かれていたけれども、それらはあくまでも動物を擬人化し、動物に人間の代わりをさせたにすぎないもので、それを通して人間に教訓を与えようとするものであって、動物の中へ入り込みその動物がどのようにものを感じ、どんなに微妙なやり方で人間とは違ったふうに考えるかなどといった描写は、誰一人していない。それがロレンスの場合は人間はそこには居ず、動物そのもののための世界を探っていることになる。まさにロレンスは人間には未知の領域に踏み込んでいる。

　ロレンスがイタリアで体験した蛇との出会いの中にも、同様なものが見られる。1912 年に初めてヨーロッパ大陸に渡った後ロレンスは 2 年間をそこで過ごしたが、迫り来る第 1 次世界大戦の暗雲を避けていったん帰国し、大戦が終結した 1 年後の 1919 年の末に再びヨーロッパに向かう。そして 1922 年の初めまでシシリー島のタオルミーナに滞在して、イタリア各地を旅行した。

　「蛇」の詩はこの時期に書かれたものである。ロレンスはイタリアで多くの動植物に出くわすが、特に蛇は彼の注意を引いたものであった。或る暑い夏の真昼間に、彼は水を飲みに宿の水鉢の所へ行き、そこで一匹の蛇に出会う。彼は自分の受けた教育に従って、黄金色をしていたその蛇に棒切れを投げつけた後、次のようにうたう。

　　そして私はすぐにそれを後悔した。
　　いかにつまらぬ、下品で、卑しい行為だったかと思った。
　　私自身と私の受けた呪うべき人間の教育の声に吐き気がした。

(C. P.　p. 351)

ここに見られる人間の教育（human education）という言葉こそは、自然に対する従来の伝統的な在り方を示すものであり、黄金の蛇は毒蛇なので殺さなければならないという、人間中心主義に基づく考え方を象徴するものである。彼はその声に従って棒切れを投げつけた後、自分の受けた教育が呪うべきものだったと気づく。

　「人間の」（human）は animal に対する言葉であり、「人間の教育」とは動物をないがしろにし人間だけに通用する教育のことである。ロレンスがこの詩で自分が受けた教育を見直していることが分かる。自分が受けた教育の見直しは彼のエッセイの中でも行われており [19]、彼が独特の教育観を持っていたことが分かるが、とりわけ蛇を尊ぶ気持ちを次のように弁明する。

　　　私には彼が再び王様になったように思われたからだ、

　　　追放され地下の世界で王冠を奪われ、

　　　今、もう一度王冠を戴くべき王様のように。

（C. P.　p. 351）

王冠を剥奪されて地下に追放された王として蛇を敬うという考えの中に、アニミズムが見られる。ロレンスはアニミズムを通して、従来のヨーロッパの伝統の見直しを迫ったのである。

　このことは「イギリス、わがイギリス」（'England, My England', 1922）という短編小説の中でもみられる。この作品はロレンスが1915年1月から7月まで、イギリスのサセックスのグレッタムに住んでい

た時の体験に基づいて書かれたものであるが、他の存在にはいっさい左右されずに生きてゆく、女主人公の父親の力強い生活態度が、植物の力強い生き方にたとえられて次のように表現されている。

　　たとえ人類が突然死滅しようとも、梨の木やスグリの茂みが何年にもわたって、壁で囲まれた庭の中で実をならし続けようとするように、彼は自分で作りあげた社会機構の避難所の中で、何世代も生き続けていくだろう。[20)]

ここには人間とは何の係りもなく、毎年その季節が来ると繁茂している植物の姿が浮かびあがってくる。また 1924 年、ロレンスがメキシコへやってきた時に書かれた「メキシコの朝」という旅行記の第 1 章では、メキシコの先住民であるアステカ人の信仰を引き合いに出して、この地球の分裂のことを述べている。[21)] ここには人類の滅亡という考えがある。人類の滅亡ということは先の引用でも見られるが、この考えの中には地球の主人公が単に人間ばかりではなくもっと広い「生きもの」であり、人間に限らなくてもよいという考えが見られる。また『恋する女たち』の中の主人公バーキンが、人は愛すると言いながら実際には憎しみ合っているのだから、この世はそのような人類の居ないさっぱりした世界となればよいと言う[22)]のも、同じ気分である。

　ちかごろ最新鋭の撮影技術や生物学、地質学、生態学などの発達によって、我われは今までとは違って、動物に全く気づかれずに動物そのものの世界を見ることができるようになった。そこでは大抵の場合

人間に全然邪魔されずに動物たちが動き回っており、まさに動物だけの世界という感じがする。

　ロレンスの描く生きものの世界もこれと同じである。ロレンスは20世紀の初めにすでに、21世紀となった現在やっと私たちが考え、やりだした事を行っていたことになる。この中からあのような独特の文学を生み出すのである。最近このようなことがようやく一般の人びとにも分かってきて、人間だけでなく生きもの全体が受ける、人間が作り出した現代文明の利器による、言わば負の遺産に対する償いの精神が芽生えてきている。またその償いはひとり人間のみに限られるものではなく、今地球上に生きていて、人間の作り出した公害のとばっちりを等しく受けている生きものすべてに対してなされなければならず、ここから今よく言われる全ての生きものとの「共生」の精神が出てくるのである。

　ところで自然という場合、今述べた動物よりもむしろ植物が大きな範囲を占めている。先に述べたように、人間よりもずっと前にすでに自然はあったが、この世に人間が出現して以来人は自分の身の周りの自然と共に生きてきた。動物以外の場合はあまり動かないので、それと接していてもその動きを我われはともすると見逃してしまいがちであるが、最近になってこの植物の観察が細かくなされ、色々なことが分かってきている。

　今までみてきたように、その発端においてヨーロッパと日本ではずいぶん自然に対する対処の仕方が異なっていた。では次にこのような違いはどのようなところから起こったのか、何がその背後にあるのか

を考えてみたいと思う。

　ヨーロッパはもともと一神教であるキリスト教に支配された地域であるため、一人の神の独裁的な在り方が人間にも及び、自分自身を強く出し自分中心にやっていこうという生き方が、ルネッサンス以後も強く打ち出された。

　一方『古事記』でも分かるように、多くの神々を戴く日本では、多神教とアニミズムが支配してきた。このような状況のもとでは、支配者は独裁者というよりもたかだか「世話役」程度にとどまり、一神教のように世の中を統一しその頂点に立って他を支配していくというよりも、多くの仲間で協力して皆でやっていこうという考えが支配的となる。しかしこの場合には何事もうまくいく訳ではなくて、他との区別ははっきりしない代りに、今度は明確な自分というものを持たない結果、何か事が起こった時はっきりと No, と言えないことになる。すなわち付和雷同ということが起こって、結局世話役の言いなりになる危険がある。我われが戦った太平洋戦争もこれが現実となったものであり、また最近のオーム真理教も、ヨーロッパのように確立した自我をもつ以前に、科学に囚われてしまった事から起こった悲劇だったように思われる。いずれにしても長所、短所いろいろあって、どちらでなければならないということはなかなか決められないし、またそれは反って危険で両方の良いところを取っていけばよいと思われる。キリスト教徒でアメリカの或る神学者は日本の多神教を評価し、新しい多神論を説いている。彼は信仰と実生活を分けて、自我を越えた（Transpersonal）瞑想を通して信仰が実現できると述べている。面白

いことにはここでも、ロレンスも言っているアメリカの先住民の宗教
の在り方を一つのモデルとしているのである。

　ところでロレンスは、前にも触れたように 20 世紀に入ったばかり
の時すでにこのことを知っていた。彼は当時の人びとのように動物や
植物を人間よりも劣ったものとはみず、人間界とは違った彼ら独自の
世界をその中に垣間見た。そして今我われが感じる自然界の不思議を
すでに感じ取り、これを楽しみ恐れたのである。

　交通・通信手段が著しい発展を遂げてきた現在、ものの考え方がグ
ローバル化してきている。その中では、この世界は宇宙に漂う地球と
いう一個の星に過ぎず、今のところ宇宙のどこを探しても同じものが
見つからない貴重な星に、我われは生きているのだという考えを人間
は持つに至っている。宇宙のどこにも見つからないという事は、地球
のような環境がごくまれにしか起こり得ない偶然の産物であり、それ
なりにまた壊れ易いものである事になる。地球に生きものが発生して
高等動物へと進化していき、人間が支配して思いのままに地球を改造
して 21 世紀に至ったが、ごく最近の地球環境問題をみるに及んで、
もうこれ以上この地球を人間が独占していってよいものだろうか、と
いう事が考えられるようになってきている。そして人間だけではなく
他の生きものも共に、この美しい地球を楽しむといういわゆる共生の
考えが生まれている。

　中世から近代にかけての近代科学によって、理性に基づく自然の征
服がなされた。我われはともするとヨーロッパは最初から立派な理性
によって支配されていたと思いがちであるが、それはルネッサンス以

後しばらくたってやっと実現されていくものである。まして中世など
は、理性に基づかぬ諸々の事柄が右往左往していた。魔女はそれの典
型的なものであった。魔女は近代的理性に基づく自然の征服に従わぬ
ものであった。

　ところでロレンスは 20 世紀に入った後、一神教に基づくヨーロッ
パにあってその枠をはみ出し、人間以外の生きものをも含めたアニミ
ズム的生命共同体をこのように信奉することによって、なおヨーロッ
パ流の理性に従わぬものとして残ったのである。ロレンスの自然観が
この事を写し出している。ロレンスこそは 20 世紀になっても、あた
かも魔女のように一神教的、画一的論理にどうしても従おうとしない
存在であった。

　ロレンスの自然観に関わって、彼の考えは Being と Doing とに分け
られる。ダレスキー（H. M. Daleski）によれば、彼の表す人間の活動
は大きく Being と Doing の二つに分けられる。そしてこの二つを比べ
た時、より好ましい状態は、Doing よりも Being の状態であるという。
そして良い仕事や公共の福祉のためのどんな努力も「自己保存」のた
めの労働に過ぎず、そのようなものは人生において真に意味のあるも
のではなく、人間にとって真に重要な究極の目的は「花」であり、春
の小鳥に象徴されるような羽ばたきうたう核心であり、月光のもとで
野兎が自己に満ち溢れて爆発する Being の魔術的ほとばしりであって、
その時彼は a Being となって物の間を自由に動き回るのだという。ま
たそれは芥子の場合で言えば赤色になる事であり、キャベツにあって
は火のような花を咲かせることであり、叙事詩『アイネイド』(*Aeneid*)

に登場する英雄アイネアスに失恋したカルタゴの女王ディドにあっ
ては、ディドになりきって運命のままに死ぬ事であると言う。[23]

　この a Being とは「一個の存在」という意味であり、これをロレン
スは「血の意識」(blood consciousness) とか、男根の意識 (phallic
conciousness) とか呼んでいる。そして Doing は言わば人生の二次的
目的のことであるという。

　ロレンスがニュー・メキシコで体験した先住民の娯楽観も、このこ
とと関連している。彼らの娯楽、特に太鼓に象徴される舞踊と音楽に
は、ヨーロッパにおけるようなイメージによる歌詞はなく、踊り手は
意味を超越した宇宙の鼓動に身を委ねていると述べ[24]、彼らの「在る」
べき姿そのものを重要視している。また、ヨーロッパの場合はたとえ
辺境の地であるヘブリデス諸島の漁民でも、その歌にはイメージが伴
うという。この場合もアメリカの先住民の方を Being、ヨーロッパの
方を Doing と考えることができよう。

　そして 21 世紀になった今、ロレンスが論じたこの音楽論・演劇論
はどうなっているだろうか。現在の世界の音楽の流れは先住民たちの
太鼓などを取り入れて、昔のクラシック音楽に比べて「肉体」的なも
のとなっていると言えるだろう。この事を考えるにつけても、ロレン
スの先見性に驚かされるのである。

　この事の背景には、現代の人間性の尊重、階級的因習に絡む Doing
の堕落、この世に生を受けた事自体のもつ不可思議さ、宇宙の一員と
して生きること自体の持つ喜び、更にはこれを全生物にまで拡げ、植
物、魚、鳥、蛇などをそれ自体として尊重することなどがある。

ロレンスの生きもの観・アニミズムの中には、上で述べた共生の考えに通じる、言わばそのはしりの思想がみられる。人間だけでなく他の動物たちの生命も同様に大変貴重なものであり、それはこの地球上で生きていることの不思議さにも通じるのである。ここに 21 世紀を展望する人間観、いや生きもの観を我われはみることができる。

4　原初の模索

(1)　「バラ」と「ブドウ」

　ロレンスはルネッサンスに始まる近代の流れに歯止めをかけ、ルネッサンスによって追放された過去の闇を再発見しようとしたが、我われはその具体的なものを詩の中に見出すことができる。「ブドウ」の詩では、近代の派手な在り方を、リンゴやイチゴ、桃、梨などバラ科の果物で総称される多くの果物のもとになる花にたとえ、これらはバラの派手な咲き方に似て、近代を象徴的に表す解放的で開けっぴろげの様子をしていると、次のようにうたう。

> とても多くの果物がバラからやって来る、
> すべてのバラのうちのそのバラから、
> 開いたバラから、
> 全世界のバラから。
>
> リンゴもイチゴも桃も梨も黒イチゴも

　　みんなバラ科の果物で、

　　解放的なバラから、開けっぴろげの顔をして、

　　空に向かってほほ笑むバラから、生まれたものだと認めよう。

　　　　　　　　　　　　　　　　　　　　　　　　（C.P.　p.285）

ここではロレンスはバラに肉体よりも精神を象徴させている。「開いた」とは、そういうバラの一つの姿であり、バラの派手な咲き方から来る。二行目の「そのバラ」とはそのようなバラのことである。「全世界の」とは、「全世界に開かれた」の意味である。

　「バラ科の果物」は生物学的な意味であり、バラと同じ種類の表情を持つという文学的な意味ではないが、リンゴもイチゴも皆派手な花を付けることは確かだ。第一連の「開いた」がここでは「解放的な」や「開けっぴろげの顔をした」とか、「空に向かってほほ笑む」と表現されている。ロレンスの生物学好きから来たものと思われる。

　これらの表現は花の性質から人間の在り方へも及んでいく。現代人の生きている世界は上で述べたバラの在り方と似ていると、ロレンスは次のようにうたう。

　　僕らのは開いたバラの世界、

　　開けっぴろげで

　　まっすぐ表れ出たもの。

　　　　　　　　　　　　　　　　　　　　　　　　（C.P.　p.285）

「僕らの」は現在の時点でのこと、すなわち次に出てくる「大昔」でないものである。と同時に、ルネッサンスを経た後と先の違いでもある。ルネッサンス以後は人間の精神が解放され、それに伴っていろいろなものが明らかになってくるが、それらはすべて開けっぴろげの世界なのだ。この詩はブドウの詩であるのに先にバラに関することが述べられ、バラから派生する多くの花は、解放的で開けっぴろげの現代人を象徴するものとして描写されている。こういう前提をしておいて、おもむろにブドウが登場する。

　　　ではブドウのつるはどうだろう。
　　　おお、つるをなすブドウについては。

（C.P.　p.285）

先ずそのつるに目を付け、「つるをなすブドウ」と表現される。そしてこの後がこの詩の本番で、ブドウの醸し出す世界が現代からは遠く離れた太古のそれであると、ロレンスは考えていたことが分かってくる。そこでは先に述べた現代を彩るバラとその一族の、派手な花はまだ地球上に咲き匂うことはなく、氷河と洪水の渦巻く厳しい環境の中で、つるを持った植物が生きていたと次のようにうたう。

　　　しかし大昔は、おお、バラが
　　　会心の作り笑いを始めるよりも前には、
　　　すべてのバラのバラ、全世界のバラが芽をふく前には、

　騒がしい海と風から、氷河が一つに集められるよりも前には、

　さもなくば氷河がノアの洪水の中に、再び沈められるよりも前

　には、

　別の世界があったのだ、薄暗く、花も咲かず、つるを持った世

　界が。

　そして生きものは水掻きを持って沼地に棲み、

　そしてその片隅で、人間は柔らかい足をし汚れがなく、

　無口で、それに敏感で、また活発に行動し、

　聴覚が鋭く、自分の位置を定めるつるのように敏感な触覚があ

　り、

　月が潮を感じる時よりもっと微妙な本能をもって伸び、

　　つかみかかっていた。

（C.P.　p. 285)

　ブドウに似た大昔の人間の登場である。ここでブドウの成長は原始人
の本能にたとえられている。つるのように敏感な触覚を持つ人間が描
かれる。ブドウの持つつるは、現代人が失ってしまっている敏感さを
象徴するものとして表現されている。こうして我われは、ロレンスが
ブドウと原初とを結び付けたゆえんを納得するのである。そして上の
文中の「汚れのない」という言葉によって、そこで生きる人間の現代
人とは違った純粋さを感じとるのである。さらにブドウは次のように
うたわれる。

123

このような世界で、ブドウは人目につかぬバラだった、
　　花びらが開く前の、色が邪魔になる前の、
　　　　目がものを見過ぎる前のバラだった。

(C.P.　p. 285)

　このバラは現代のバラとは違ってブドウのように「人目につかぬ」ものであり、人間の原初の状態の比喩として使われる。「ひと目につかぬ」とは、バラが派手に見えてくる時よりも前の状態である。この時期は他の所でも「ぬかるんだ、水掻きのある」というように、氷河やノアの洪水のイメージとして表現されている。

　「花びら」も「色」もバラの派手さの象徴である。「ものを見過ぎる」は現代人の知性の過剰を表す。これらが「人目につかぬ」とは全く逆の、ルネッサンス以後の現代人の姿だ。こうして原初の象徴たるブドウをつぶさに描く。

　　さあ、今さらながら、ブドウが見えない力を
　　　　いかに保っているか見るがいい。
　　いかに暗く、いかに濃い藍色で、エジプトの暗黒の玉をなして
　　葉の間から、暗いブドウが落ちかかり、
　　　　垂れ下がっているか見るがいい。
　　あそこのブドウの奴を見ろ、黒ずんで、
　　　　目には見えないがはっきり感じ取れる。
　　奴のことを誰に尋ねようか。

　　黒人ならば少しは分かるだろう。

　　ブドウがバラだった頃、神々は黒い皮膚をしていた。

　　バッカスは夢のまた夢だ。

　　昔、神はみな黒人種だった、今では白人種だが。

　　だがそれはずいぶん昔のことで、ブッシュマンの老人は

　　　　　　僕らよりも完全にそれを忘れている、僕らは

　　　　　　全然それを知らなかったのだ。

　　　　　　　　　　　　　　　　　　　　　（C. P.　p. 286）

　現在のブドウの状態を述べる。今でもそれはいかにも暗い感じで力強いという。この暗い、黒いから黒人へとイメージが移り、アフリカの黒人先住民のブッシュマンへと話が飛ぶ。一方、神も昔は黒人だったという。これは「黒」を原初の象徴とすれば理解は容易である。他の作品にもしばしば出てくる黒い神（dark god）を思い出そう。バッカス（Bacchus＝ディオニソス）は昔のギリシャの神ではあるが、この宗教はアポロン神より後に出てきて世間を風靡した。ギリシャとしては新しい神だが、ブドウがバラだった頃からみれば、皮膚の黒い神からはほど遠いというのが「夢のまた夢」だ。ブッシュマンは皮膚こそ黒いけれども現代人で、老人でさえ昔のことは知らず、我われよりもなおさらそのことは知らないということを、「僕らよりも完全にそれを忘れている」で表現している。現代人への批判である。黒い神々への言及は、後で論じられる他のロレンスの詩「西洋カリンとナナカマド」

('Medlars and Sorb-apples') の「白い神」[25] の逆のものである。
黒への言及はさらに続く。

　というのも、僕らはまさに思い出そうとしている。
　恐らく、それを恐れて、アメリカは酒と縁を切ったのだ。
　青白い日は黄昏の中に沈もうとしている、
　そしてもし僕らがブドウ酒をすすれば、迫り来る夜から
　夢がやってくるのが分かる。
　いや、ノアの洪水以前の時代の羊歯の匂いのする境界線を
　越えていることが分かるのだ、そこでは人は黒い肌をして
　引っ込みがちで小さなブドウの花はあらゆるバラの
　　　　　　バラとして咲き匂い、
　今僕らの格式ばった世界観では決してできないような仕方で
　　　　　　まったく裸の交流で意志を伝え合っているのだ。
　僕らがブドウ酒をすする時、
　見通しのある暗い通路が見えてくる。
　ブドウは黒みがかり、通路は薄暗くつるが絡みつき、
　　　　　　巧みにつかまえようとする、
　だが僕らはハッと目を覚まし、民主的な通路や並木道、
　　　　　　電車、警官につかみかかる。
　僕らに僕らのものを返せ、
　酔いを醒ますためにソーダ水の泉へ行こう。

　　　　　　　　　　　　　　　　　　(C. P.　p. 286)

ロレンスはブドウを見てそのつるが空間に揺れ、何かを探ろうとしているのを見て、原初の世界へ立ち帰ろうとする。「思い出そうとする」のはもちろんブドウがバラだった頃のこと、すなわち原初の頃の事である。アメリカが酒と縁を切ったというのは禁酒法のことで、アメリカが原初の象徴たるブドウ、従って酒と縁を切って原初へと回帰する事を忘れてしまったという、アメリカもしくは現代文明批判である。アメリカの禁酒法は 1920 年から 1933 年まで続いた。建国に勤しみピューリタニズムを掲げて近代を邁進してきたアメリカが、バッカスと共に酔いしれるのを忘れたことへのアイロニーである。「青白い日は黄昏の中に沈もうとしている」とは、今やワインを飲むことによって、闇、すなわち原初へと戻ることである。飲酒は原初へ戻る手段だ。ロレンスは詩の中でしばしばこのことを述べている。そしてアメリカの禁酒法と一連のものである「しらふ・正気」を「子供じみた片意地」と皮肉っている。こうしていよいよブドウから酒の世界へと入っていく。

　　ブドウ酒の道は暗い、

　　そして僕らは嫌でも境界を越えなければならない、

　　失われた、羊歯の匂う世界の境界を。

　　羊歯の種を僕らの唇にのせ、

　　目を閉じ、そして降りて行こう。

　　つるの絡みつくブドウ酒の道ともう一つの世界へ。

(C.P.　p. 287)

「酒に到る道」は暗くて、いかにも今見てきたブドウの雰囲気に相応しい。そこは近代人には忘れ去られ、羊歯の匂う世界だという。そしてその境界線を越える時、羊歯の種子を唇にのせ目をつむるのだという。何かの儀式であるかのようだ。言い伝えによると、羊歯の種はものの姿を見えなくする [26] とか、透明人間に変身を可能にする [27] と言われる。つるが絡み付こうとするのを避けながら、「もう一つの世界」に向けて、近代人であることを隠し、近代に汚染された我が身を覆い包もうとするのである。これこそロレンスが求めた過去の永遠であり闇（Darkness）の世界、原初への回帰を示している。もう一つの世界といえば、先に読んだノアの洪水よりも前に「別の世界」（another world）があったと、ロレンスはうたっていたことが思い出される。

(2)　「変革者」

　前の詩ではブドウのつるが伸び、何かに掴みかかりながら中空を暗中模索しているイメージがはっきりと残っている。次の詩もこれと同じく暗中模索をうたうものである。それを旧約聖書の士師記の中に出てくる盲目のサムソン（Samson）の中に見ている。旧約聖書では怪力の持ち主サムソンはペリシテ人の計略にかかって、恋人のデリラ（Delila）に怪力の秘密を明かし、捕らえられ目を抉られて盲目となり、その怪力を見せ物にされようとした時、その会場の柱を抱えるや渾身の力を込めてそれを引き倒した。そして数多くの敵と共に、その建物の下になって死ぬことになっている。

　ところで旧約聖書のこの物語は、イスラエルとペリシテ人との間の

いさかいの中で起ったもので、サムスンはイスラエルを治める者として、ペリシテ人に反抗している。ところでロレンスはそのサムスンに、ペリシテ人ではなくキリスト教とそれが生み出した近代社会への反抗と改革を行わせている。「ブドウ」の詩で、ブドウのつるが視力を持たず、ただ触覚と聴覚とに頼りながら原初の闇の世界を模索したように、この詩では盲目のサムスンを近代世界に登場させ、改革を求めてそれを模索させているのである。[28]

　それでは作品を見てみよう。先ず今では何の権威も持っていない、青白い顔をした女人像の柱頭が描かれる。その像は近代が生んだ理想主義者のもので、理想の象徴としての天空を苦労して支えている。この青白い顔はロレンスの詩にしばしば出てくる白い神を思わせる。サムソンはその時次のように考える。

　　　　空が落ちようとする時、彼らも落ちるだろう
　　　　大津波か雪崩となって。

　　　　おおそして私は超ゴシック風に高く聳える天が今落ちて欲しい我われが憧れ、熱望する頭上の天が。

　　　　　　　　　　　　　　　　　　　　　　　　　（C.P.　p. 287）

ゴシック様式とは13世紀から15世紀に栄えた建築様式で、高い天井や天をつんざく尖塔があり、ノートルダム寺院やケルン大聖堂がそれであった。そしてこれこそはキリスト教の象徴たる尖塔を有するので

ある。ロレンスのサムソンは、キリスト教への反逆者として描かれている。「超ゴシック風に高く聳える天」がそれを示している。それが落ちて欲しいと反逆者サムソンは言う。さらに盲目の意味が次に強調される。

　　　僕は憧れも熱望もしない、盲目のサムソンだから。
　　　そして大空に僕が見る日光とは、何だろうか。何の意味もない。
　　　僕がただ、手探りするだけだ、おまえたちの間を、女人頭柱の
　　　　　　青白い顔よ、高い理想の天のドームを支える
　　　　　　柱の森の間を探るように。
　　　天は僕の牢獄で、
　　　これら人間の崇高な柱はすべて、その責任の重さで
　　　　　　金属のように気絶してこわばり、
　　　僕はそれらにつまずく。
　　　つまずきの破片、厄介な者共だ。

（C. P.　pp. 287–288）

反逆者である私は他の人々とは違って、キリスト教世界に憧れも熱望もしないばかりか、天は自分には「牢獄」(prison) だという。次を読むと、これはキリスト教世界と同時にもっと広い理想化された文明であることが分かる。

　　　このような理想的な文明を支え続けるのは

　　　苦しいことに違いない。君が金属のように堅くなるのでなければ。

　　　　　　　　　　　　　　　　　　　　　　　　（C. P.　p. 288）

　そしてそのキリスト教に裏打ちされた現代文明を支えるためには、そこにじっとして金属のように堅くなっていなければならないという。
　こうしてサムスンがしたように、「人間の柱」に手をまわして引き倒そうとする。

　　　　家が崩れ落ちたらとても嬉しいことだろう。
　　　　僕は彼らの「無限」の中の有限性には飽き飽きした。
　　　　僕は「精神」の見せかけには飽き飽きした。
　　　　僕は青白い顔をした人間の尊大には飽き飽きした。

　　　　　　　　　　　　　　　　　　　　　　　　（C. P.　p. 288）

　ここには反抗者、革命家の情熱が見られる。近代が築きあげてきた理想を象徴する柱が引き倒される事を願う気持ちである。そしてその根拠は、現代人がよく言う「無限」が実は有限なものに過ぎないという事や精神の見せかけ、それに青白い顔の尊大さなどには飽き飽きしている事である。「青白い顔」は初めの方の柱の女人像のそれであったことが分かる。ここまでくるとサムスンが対抗しているものがゴチックなど形の上ではキリスト教でありながら、もっと広いキリスト教と共に広まってきた近代文明そのものであることが分かる。
　次にサムスンが盲目である事の意味と、それが前のブドウの詩の

「つる」と共通の世界を醸し出すことが述べられる。

> 僕はぐるぐる回る粉挽き臼につながれて、盲目ではないか。
> それならどうして彼らの青白い顔が恐ろしいはずがあろうか。
> また彼らの聖なる光の輝きを有り難がるはずがあろうか。
> 彼らの正義の太陽の輝きを。
>
> (C. P. p. 288)

ぐるぐる回る粉挽き臼とは、サムスンが士師記の 16 章で恋人のデリラに怪力の秘密を打ち明け、ペリシテ人に目を抉られてガザに連れて行かれて獄舎でつながれて挽いた、あの粉挽き臼の事 [29) である。盲目であれば厳しい女人像の青白い顔を怖がる必要もなければ、聖なるキリスト教近代社会の御光の輝きを有り難がるはずもないのである。ここには大いなる皮肉があり、その輝きをわざわざ正義の太陽と言い直している。これはロレンスの詩によく出てくる原初の暗い太陽とは似ても似つかぬものであり、サムスンの盲目の状態を、虐げられてはいるがその悪に染まらず、悪を見向きもせずひたすら自分の道を貫き通す、人間として唯一の可能な在り方として示している。ここに至って先の詩のブドウのつるが象徴する、原初を模索するロレンスの姿が彷彿としてくるのである。次はその盲目者から見た外界の様子である。

> 僕にはあらゆる顔は暗い、

あらゆる唇は暗くて二枚の弁だ。

君たちの唇を生き返らすがよい、おお青白い顔たちよ、
それは金属の唇だ、
自動販売機の透き間のように、君たち金をやり取りする柱よ。

僕にとって大地は重々しく回り、実に見事に
前後の考えもなく僕の所へやって来る。
僕にとって人の歩みはのろく、柔らかな音をたてながら、
　　　　　　不気味にしかし優しく
僕の方へやって来る。

しかし青白い顔よ、君の歩みはそうではない、
それらは外れた金属の断片が動きながら、
カチカチと音をたてている。

(C.P.　p. 288)

サムスンにとって外界の一般の人々の顔は暗いが、その口は現代の自
動販売機のコインを入れる透き間のように、死んだ金属の感じがする
という。「金をやり取りする」(give-and-take) はロレンス最後の作品
『逃げた雄鶏』によく出てくる[30]ように、金銭勘定的な取り引きの事
でこれまた現代文明の根幹をなす醜部である。「大地」はまだ近代文明
に毒されてはいず、現代人が打算であと先の事を色々考えて事を行い、

133

金属の断片のようにカチカチと音をたてるのとは全く逆に、自然のままの状態で生を営むという。

　　　　僕にとって人々は暗闇の中で、目には見えないが
　　　　　　近くで触れることができ、
　　　　警告して引き寄せながら、真っ黒な鼓動をして
　　　　　　磁力の振動を送り出すもの。

（C. P.　p. 289）

「暗闇の中で目には見えないが近くで触れることができる」という状態は、ちょうどブドウの詩の最後でブドウのつるが、あたかも神秘的な磁力の振動を発信しながら、盲目的に中空を模索して物に掴みかかろうとするのに似ている。これこそは原初の境地の状態である。

　こうしていよいよサムスンの最後の働きがなされる。女人像をした柱を引き倒しすべてを一挙に破滅させるのである。次はその前のサムスンの言葉である。

　　　　僕が君も、君のすべての高ぶった考えも、
　　　　善悪の理念で屋根を葺いた君のすべての重々しい建物も、
　　　　君たち独特の天国も、
　　　　一撃のもとで打ち倒さないか見ていろ。

　　　　君たちの天が落ちていかないか見ていろ。

　　　　そして少なくとも僕の頭だけは、その打撃に耐えるに充分に
　　　　　　　頑丈であるかも。

　　　　君たちの世界が破滅する時、むきだしで広漠として暗い天国の
　　　　下で、
　　　　君たちが落ちてきた空の下で、僕が動かないかどうか見ておれ。
　　　　女人像柱よ、青白い顔の者たちよ。
　　　　僕が死ぬ前に動く闇の天使たちの支配者にならないか
　　　　見ておれ。

　　　　　　　　　　　　　　　　　　　　　　　　（C.P.　p.289）

　「‥‥ないか見ておれ」、という口調に見られるように、最後にサムス
ンは自分のやり遂げようとしている事に、何にも揺らぐことのない誇
りを持っていることが分かる。この詩のサムスンはミルトン（John
Milton, 1608-74）のそれとは違っていて、共に倒れた後死ぬのではな
く、その前に「動く闇の天使たちの支配者になろう」と宣言している。
　こうみてくると、先にも触れたように、ブドウの盲目的なつるの動
き、執拗に原初を求めるあのひたむきさは、一見全く別もののように
思われるけれども、ペリシテ人やキリスト教が育む世界への、サムス
ンの反抗の精神と似通っていて、その根底において連なっていること
が分かる。

(3)　「夕暮れの地」の原アメリカ

　ロレンスのアメリカに対する考えは第1章でみたが、それは近代アメリカの行き過ぎに対する警告であった。この詩の中にはロレンスのアメリカに対するもう一つの気持ちがあり、それをここで考えようと思う。ロレンスは詩「夕暮れの地」の初めの方で、近代アメリカの数多くの行き過ぎを指摘した後、次のようにうたう。

　　　　しかし、アメリカよ、

　　　　君の小さないたずら好き、

　　　　君のニューイングランドめいた不気味さ、

　　　　君の西部の粗暴な妖艶さ。

(C. P.　p. 291)

この「しかし」からロレンスのアメリカに対する揺れる心情が表れる。いたずら好き、不気味さはその揺れる心を表しており、まして西部の粗暴な妖艶さまで読むと、ロレンスのアメリカに対するアンビバレントな気持ちが明らかとなり、次のようにはっきりと表現される。

　　　　僕の魂はとろけかけている、だまされてしまいそうだ。

　　　　君の中にあって僕を運び去る何かが、

　　　　ヤンキーよ、ヤンキー、

　　　　人間的と呼ばれるものが、

　　　僕が望んでいる所へ運んでくれる...
　　　あるいは僕の望まない所へ運んで行くのか。

　　　それがどうだというのだ
　　　人間的と呼ぶとか呼ばないとかが。
　　　バラは同様に甘く匂うだろう。
　　　そして単なる言葉による制限は、飛び跳ねる蚤よりもっと
　　　　　　つまらぬことだ、蚤でも一飛びでそんな障害物は
　　　　　　飛び越える。

　　　　　　　　　　　　　　　　　　（C. P.　pp. 291-292)

「バラ」はここでは上の「人間的」と対照させて、「人間以外のも
の」の代表として使われている。これは前節の「アニミズム」論で
述べたように、ロレンスの長編小説『恋する女たち』の中で主人公
バーキンが言う「人間が居なくとも自然は地上に繁茂する」という
考え [31] がここに出ている。また上に見られる「言葉」の軽さも、ロ
レンスの知性よりも肉体を重んじる考えから出ている。次も同様で
ある。

　　　しかしその上
　　　暗く計り難い意志で、ユダヤ的でなくもないもの。
　　　堅い、冷静な忍耐でありながら、ヨーロッパ的でないもの。
　　　本源的に向こう見ずでありながら、アフリカ的でないもの。

わざとらしい寛容でありながら、東洋的でないもの。

（C.P.　p.292）

　アメリカがさすがに新世界に相応しく、ユダヤやヨーロッパ、アフリカ、東洋の性質を少しづつ持っていて、それぞれの点でユダヤやヨーロッパ、アフリカ、東洋に似てはいるが、そのどれでもなくアメリカ独特のものがあるというのである。そしてこのような要素が、アメリカの今後の可能性を開いてくれると、次のようにうたう。

　　　君の魔力的な新世界の性質を表す、不思議な見慣れない振舞が
　　　時としてチラリと見える。

　　　誰も君を知らない。
　　　君も君自身を知らない。
　　　そして僕は、半ば君に恋しているこの僕は、
　　　一体何に恋しているのだろう。
　　　僕自身の想像にだろうか。
　　　そうではないと言ってくれ。

　　　アメリカよ言ってくれ、アメリカよ
　　　君のあらゆる機械の
　　　枝の間で、
　　　言ってくれ、君の理想的などくろの深い眼窩の中で、

　　　暗い、原初の目が

　　　冷静に、長い間待つことができる状態で

　　　見つめているのだと。

(C.P.　p.292)

　ここにも原初の目 (aboriginal eyes) があることに注意しなければな
らない。それはアメリカの現在の機械文明の茂みの間でみつめながら、
寛容にながい間待っているという。ここまでこの詩を読んでくると、
それが一連の果物の詩と共にこの詩集に収められ、その果物の詩と共
通する何物かに触れる思いがする。機械文明と本来の原初の入り交じ
った複雑なものを持つアメリカ。このアンビヴァレントな気持ちは次
にも見られる。

　　　言ってくれ、君のあらゆる機械や白い言葉、

　　　白く塗ったものたるアメリカ的なものの響きの中で、

　　　不思議な心臓の深い鼓動、新たな脈動が、

　　　真実の前に来る、間違った夜明けのもとでうごめくようだと。

(C.P.　p.292)

　白く塗ったものであるアメリカ (white-wash America) については、
この詩の前の部分にも漂白された骸骨 (bleached skeleton) などで出
てきている。「白く塗りたる墓」はマタイ伝に見られる [32] ように、白
色は軽薄なものの代表として用いられている。一見きらびやかで軽薄

139

に見えるアメリカだが、それは真実の前に来る間違った夜明けであって、真実は必ず来ると信じたいのだ。

> 初期のアメリカ的なものが
> 魔神のように、多くの枝を張った機械と
> 松の木のように煙る煙突の下生えの間に隠れている。

(C. P.　p. 293)

魔神はここではダエモン（daemon）で、神と人間の間にある霊であり邪悪な意味はない。初期のアメリカ的なものは、ディオニソスの地下の世界を思わせる。魔神はそこにこそ相応しい存在である。アメリカでも、ロレンスはこのような世界を求めたのである。その気持ちが次の引用にもうかがえる。

> 暗くて、妖精のように、
> 近代的で、まだ芽が出ない、不気味なアメリカよ、
> 君の初期の魔神のような人々が
> 君の産業の深い茂みの間に潜み
> 僕が我を忘れるまで僕を誘惑し、
> 狂気にさせてしまうのだ。

(C. P.　p. 293)

先にみた魔神のような初期のアメリカ的なものが、ここでは「妖精の

ような」や「まだ芽の出ない」、「不気味な」といった言葉で表現されている。

　ところで、このようにしてロレンスは「初期のアメリカ的なもの」を求めてメキシコやニュー・メキシコを巡るのである。

　「山ライオン」の詩はニューメキシコのロボで書かれたことは第1章で述べたが、彼は山ライオンが居なくなることを限りなく寂しく感じていると同時に、メキシコやニュー・メキシコにあるこれと対照的なものを、アメリカの雄大な自然の中に見たのであった。

5　地下の地獄の世界

(1)　「西洋カリンとナナカマド」──秋の排泄物、熟成された酒

　『息子たち、恋人たち』の中の父親の炭坑の世界、地下の闇の世界の体験は、炭坑そのものの描写がつぶさになされる作品がその後あまり書かれなかったこともあって、その後の作品ではあまり現れず立ち消えとなるように思われがちである。しかしロレンスがニュー・メキシコに行った後、北米先住民であるホッピー族の蛇踊りの体験の中に再びそれは現れる。その時には毒をもったがらがら蛇が神官の口にくわえられて登場し、最後には地面に放たれて地中へ帰って行く。

　またシシリー島の山荘フォンタナ・ヴェッキアで書いた[33]「蛇」の詩などに見られるように、タオルミーナに滞在した時には地下に対する関心の表れている詩が続々と書かれる。ここでは、詩集『鳥・獣・

花』の中に出てくる「西洋カリンとナナカマド」と「平穏」（'Peace'）の詩の中にそれを探ってみたい。前者は次のように始まる。

　　　私はおまえが好きだ、腐ったのが、
　　　腐った美味しさが。

（C. P.　p. 280）

しょっぱなから「腐った」とか「腐った美味しさ」とか、妙に気になる言葉が出てくる。西洋カリンはザクロに似て果物として食べられる。ナナカマドは小さいもので胡椒として使う。それは「七竈」のことで、その木は７回もかまどにくべないと燃え尽きないと言われるほどに材質が堅い。「腐った」という表現はこの詩に何回も出てくる。腐りかけないと美味しく食べられない。日本の銀杏<rt>いちょう</rt>の実に似ている。そしてこの「腐った美味しさ」という言い方の中に、この木の実やそれをうたうこの詩の持つ独特の雰囲気の秘密が隠されている。がそれよりも、後に出てくるディオニソス教につきまとう酒への傾倒、恍惚がこの「腐った」という言い方に感じ取られる。

　　　私はおまえを皮から吸い出すのが好きだ。
　　　濃い茶色でとても柔らかく、しだいに口当たりが良くなるが、
　　　イタリア人風に言えば、とても病的な感じだ。

　　　何て珍しい、力強い、思い出を誘う風味が

142

　　　おまえの腐って落ちるあいだに、

　　　流れ出てくることか。

(C.P.　p.280)

上で述べた独特の雰囲気というのは、その木の実を「皮から吸い出す」
という食べ方や、その実の「口当たりが良い」とか「病的な」という
形容の仕方、さらには腐る時の美味さの表現に表れている。次にいよ
いよこの雰囲気に適合する酒が登場する。

　　　シラクサ・マスカットのワインかマルサラの

　　　地酒と、どこか似た風味がある。

　　　もっともマルサラという言葉だけで、すぐに

　　　西方の紳士の国では気どった感じが漂うが。

(C.P.　p.280)

初めから漂う独特の雰囲気というのが、その地方の地酒のものである
ことが分かる。そしてここで改めてその独特の秘密を探っていこうと
する。

　　　それは何だろう。

　　　干しブドウになっていくブドウの中に、

　　　西洋カリンの中に、ナナカマドの中に、

143

気味悪い感じの茶色い皮袋、

こうした秋の排泄物の中に何があるのだろう。

白い神を思い起こさせるものは何だろう。

（C. P.　p. 280）

皺くちゃの干しブドウや西洋カリン、ナナカマド、ブドウ酒を入れる
気味悪い茶色の皮袋などをまとめて「秋の排泄物」と表現する。そし
てこれらが白い神を思い起こさせるものだと言う。白い神とは何だろ
うか。

真白の木の実のような白い肌身をさらした神々、

汗をかいているみたいに

奇妙で、気味悪いほどに肉の香りがして、

神秘で濡れている。

死の王冠をつけたナナカマドと西洋カリンよ。

本当に、地獄の経験は不思議なものだね、

神秘に満ちて上品な

冥界のディオニソスよ。

（C. P.　p. 280）

「王冠」とは、西洋カリンもナナカマドも正面が開いていて、見た目
に王冠の形をしているからである。「死の」とは秋に取り入れられて

しなびている事と、次の地獄へのつなぎである。ここで上に見られる「汗をかき、肉の匂いがして濡れている秋の排泄物」の雰囲気が、地獄の経験と結びつけられている。とすれば、オルフェイスやディオニソスは先の「白い神々」のことであろう。ここで言う地獄とは、ギルバート（S. M. Gilbert）も言うように、キリスト教でいうようなものではない[34]。ここまでくると、「死の王冠」の中に地獄と神々のイメージへと導くものがあることが分かる。酒の神ディオニソスには亡き母を追って冥界へ降りた伝説がある。「神秘に満ちて」はOrphic の訳であるが、これは古代オルフェイス教と関係がある。オルフェイスはアポロとカリオペの息子でトラキアの堅琴の名手であり、亡き妻エウリディケを追って冥界に下り音楽で地獄の支配者ハデスを魅了して妻を連れ帰る許しを得たが、約束に背いて振り返ったため永久に妻を失う。後、女たちによって八つ裂きにされて殺された。この事からあたかもキリストの犠牲のような信仰となったという[35]。その響きがここにはある。ディオニソス教の方は、ディオニソスが巨神タイタン族によって殺されて食べられ残された心臓から復活したと伝えられ、あたかもキリストの復活のごとくにディオニソス教となった。信者は酒をがぶ飲みして狂い、死んでも魂は不滅と信じた。オルフェイス教団の方はそれほど酒は飲まず、音楽に浮かれたという。

　　　くちづけ、そして離別の痙攣、破裂の一瞬の激しい興奮、
　　　それから湿った道を一人で、次の曲り角まで行く。

するとそこには、新しい相手、新しい別れ、新しい二者への分
裂、さらなる分離に向かう新しいあえぎがあり、
腐りゆく霜枯れの葉に混じって、新しい孤独に酔いしれる。

(C.P. pp. 280-281)

「くちづけ」も「激しい興奮」も、ここではナナカマドや西洋カリン
の生命活動である。激しい興奮を orgasm とまで言う中に、秋の果物
の人間にも似た開花や受粉、成熟などが表現されていることが分かる。
「曲り角」や「新たな別れ」などは取り入れ時など季節の分かれ目で、
「二者への分裂」は冬枯れと、それを慰めるための酒への熟成のこと
である。オルフェイス教には、特に女性たちが群れをなして集まり飲
み騒ぐ秘儀があるから、ここでもそのこととの関連があると思われる。
酒神ディオニソスは同時に植物神でもあり、枯れた植物をよみがえら
せて豊かな恵みを人々に与えた。これは次の詩行とも関係する。

さらに深い孤独に浸りながら、地獄の不思議な小道を下って行
くと、心臓の筋肉は一つまた一つと離れていくが
魂は素足で歩き続け、煽られてますます白熱した炎のように
なおも生き生きした姿をして
深い深い闇の中で
ますます絶妙なものに昇華され分離してゆく。

(C.P. p. 281)

酩酊による原初の地下の地獄の体験である。肉体が滅び魂が肉体化するのは、冬枯れの死の様子である。そしてその魂が昇華してゆく（distilled）過程が、原初の地獄のイメージと結び付く。と同時に上の古代ディオニソス教では、魂の不滅と復活が説かれたことも関係しているであろう。

　　このように、西洋カリンとナナカマドの奇妙な蒸留器の中に
　　地獄の蒸留されたエッセンスがある。
　　離別の絶妙な香り。
　　　　　では、ご機嫌よう。
　　オルフェウスよ。そして曲りくねり、
　　　　　枯れ葉が絡まる地獄の静かな小道よ。

(C.P.　p. 281)

ここで西洋カリンとナナカマドと地獄との関係が一部明かされる。この蒸留器（retorts）の中に地獄のエッセンス（essence of hell）があるという。これは酒と共に味わう地獄、過去の永遠の体験である。

　　どんな魂もそれ自身の孤独に浸って去って行く、
　　すべての見慣れぬ仲間のうちでも、とりわけ見慣れぬ存在として、そして最善の存在となって。

(C.P.　p. 281)

147

人間の魂の孤独をうたう。肉体、すなわち秋の豊穣とその死の後に残るエッセンスや、それを体験した人間の魂の孤独である。ディオニソス教の「魂の不滅」が根底にある。「仲間」とは一年の季節毎のさまざまな自然の移り変わりや、自然が育む動植物との出会いであろう。それはめまぐるしく移り変わる故に「見慣れぬ」ものであり、人間の魂はその最たる物のまま去ってゆき、またその生こそが最善のものだという。ここには人間存在の根底に横たわる孤独、近代が生み出した繁雑な精神の領域に属するものからの解脱、日本の虚空の思想、世捨て人の思想がうかがえる。

　　　西洋カリンよ、ナナカマドよ、
　　　えも言えぬ甘さが
　　　秋から流れ出て来る
　　　おまえたちの干からびた殻を吸って

　　　ちびりちびりと、おそらく、マルサラブドウ酒で割ってすする。
　　　すると、宙に揺れ、空から滴り落ちるブドウは
　　　　　　　その風味をおまえたちに添える、
　　　陶酔の中での別れ、さらば、さらば
　　　そしてディオニソスの「われ存り」
　　　完全な酩酊の中の「おお　われ謡う」
　　　最後の孤独の酩酊。

　　　　　　　　　　　　　　　　　　　　　　　　(C. P.　p. 281)

ここには、秋の排泄物である西洋カリンとナナカマドとブドウ酒による、酩酊と陶酔がみられる。そしてさらにディオニソスの陶酔と最後の孤独・死へと終わる[36]。これはディオニソス教に酔いしれる女性たちが、恍惚となることと通じる。ロレンスはキリスト教以前のディオニソス教やオルフェイス教の、近代の偽善の入らぬ悪擦れのしない信仰をこそ信じた。それは先にみたように地下の地獄でのそれであり、これこそはロレンスの追求している過去の永遠の世界である。ロレンスにおける酒はこのような意味を持っていた。

(2)　「平穏」の奥にある地獄

　このようにロレンスは、秋の豊穣をギリシャの神々の世界と関連づけて考え、一年の自然のめぐりを地下の世界に見出したが、その地下の豊穣と力強さを、火山の吹き出す溶岩の中にも見た。

　21世紀になった今でも地震と火山は人間の支配を免れ、最近になっても東南アジアを大津波が襲い、大災害をもたらしたのは誰もが知るところである。これらは共に地下のマグマに関係して起こるもので、これだけ科学が発達しているにもかかわらず、人間の力ではそれをどうすることもできない。人間の努力を嘲笑うかのように、火山は何時でも噴火し地震は時を選ばず起こる。

　このように人間に無関係に、人間の受ける被害に無関心に起こる自然の在り方の中に、ロレンスは神のごとき敬意と畏れとを抱いた。イタリアのナクソスでロレンスが目の当たりに見た黒々として堅い溶岩。その中に彼は王冠を剥奪され地下に追われた、あの蛇の不気味さ

を見たのである。

「平穏」もロレンスが地下への関心を示す今一つの詩である。この詩は詩集『鳥・獣・花』の冒頭を飾る「果物」という名の一連の詩の中に、果物とは無関係な名の詩として収められていて、読者を戸惑わせる。

ロレンスがニュー・メキシコの牧場へ来て2年目の1923年10月メキシコへ旅行中に、「裸のアーモンドの木」（'Bare Almond Trees'）や「熱帯性気象」（'Tropic'）と共に、この詩はニューヨークの『ネイション』（*Nation*）誌に掲載された[37]。ロレンスが1919年にイタリアに来て、タオルミーナに2年間住んでいた間にこの詩は書かれたと考えられる。

この詩に出てくるナクソス（Naxos）については、ギリシャの旅行ガイドによると、エーゲ海のキクラデス諸島最大の島にナクソスというのがあって、それはパロス島と共に大理石の産地として知られ、ディオニソスがゼウスの腿から生まれた場所だとされているが、どうもこの詩とは関係がなさそうだ。ロレンスはギリシャの方へは行ったことがなく、従ってナクソス島へも行っていない。

もう一つはギアルディーニ・ナクソス（Giardini Naxos）でシシリー島最古のギリシャ都市であり、タオルミーナとエトナ火山を見上げ、海浜の切り立った岡の底にあって海に溶岩が突き出ている。この方がこの詩に合致している。

さてこの詩は溶岩が固まって、今は平穏そのものの状態の描写から始まる。

　　　　戸口の所に溶岩で平穏と

　　　　書かれている。

（C. P.　p. 293）

「溶岩で平穏と書かれている」という表現そのものにアイロニーがある。それは地下の世界への入り口だが、今までみてきたロレンスの地下の意識からみて、この入り口をどのような感慨を込めて、通過したことだろうか。その気持ちが次の言葉の中にみられる。

　　　　平穏、黒い氷りついた平穏。

　　　　私の心は山が爆発するまで

　　　　平穏を知らないだろう。

（C. P.　p. 293）

黒ぐろとした溶岩が冷え固まった様子は氷りついた平穏（peace congealed）と表現されている。詩集の中でこれまでうたわれてきた一連の果物の詩の最後として、この「黒」はやはり地獄の象徴となっている。これまでの一連の地獄の幻想の嵐からみれば、この黒い静かな溶岩を見てもとうてい平穏とはならず、果物にまつわる神話や伝説の絵姿が目の前を通りすぎるのである。

　地獄の象徴としての溶岩が不気味で、普通の石のようではなく光っていて見るに耐えないものであり、それが溶岩流となって海岸に向かって流れる様は、さながら王者のようだという。これは「蛇」の詩に出てく

る地下の住人たる蛇とつながっている。また次のようにも描かれる。

　　森、都市、橋が
　　溶岩の光る跡へまた消えた。
　　ナクソスはオリーヴの木の根よりも数千フィート下だ、
　　そして今オリーヴの葉は溶岩の火よりも数千フィート下だ。

(C. P.　p. 293)

森、都市、橋は文明の象徴であり、「また」によって幾世代にもわたる
文明の興亡を示す。ナクソスがオリーヴの木の根よりも数千フィート
下にあるのは、何回も噴火しては固まる様を表現していて、シシリー
島にあるナクソスが溶岩が固まってできた都市であることを述べて
いる。いずれも「平穏」とは逆に歴史と伝説の激しい動きを思い浮か
べるくだりである。

　　平穏が戸口の所で固まって黒い溶岩となる。
　　その内部では白熱の溶岩は平穏どころではなく
　　ついにはそれは爆発して地球を盲目にし、しなびさせる。
　　再び岩になろうとして、
　　灰黒色の岩に。

　　そんなものを平穏と呼ぶのか。

(C. P.　p. 294)

平穏の内側にあるエネルギーをうたう。最後の「そんなものを平穏と呼ぶのか」は、この詩の最初から詩人の考えてきたことである。地球の鼓動、脈動、それは毎年春になると地上に実りをもたらし、年末には死んでいく植物の姿に似ている。それが最終行に出ていて、付加疑問によって溶岩に覆われたナクソスの荒れ地の不気味な平穏を見ながら、我われは計りしれない噴火力、マグマを思う。

　ロレンスと地下の世界との出会いは、初期の自伝的作品『息子たち、恋人たち』を通してみることができるが、少し前でも述べたようにその地下の体験は、あたかも伏流のようにロレンスの意識の奥深く沈潜しそれにまつわる「蛇」や神話の世界となって、メキシコやイタリアなど彼が巡った世界の各地で泉のごとく吹き出すのである。

　そしてこの地下の意識は、21世紀になった今でも地震や火山、それに伴う洪水、津波、火災など、あらゆる災難の根源とつながっている。そこにはディオニソスにまつわるギリシャ以来の神々の醸し出す豊かな酒の熟成する世界と同時に、今なお有限の存在たる私たち人間を翻弄する自然災害をもたらし、畏敬の対象となっている。

　ロレンスの文学的生涯の始まりが、彼の父親の生活の本拠であったこの豊かな地下の世界であったことは大きな意味を持っている。それは近年叫ばれている、人間も動植物も含まれる生命共同体を育んでくれる自然と通じるものであり、ロレンスは本質的にそれが持つ、マイナスにもプラスにもなる豊かなエネルギーを感じ取っていたのである。

第3章　ロレンスが探った世界

──21世紀に向けて──

　これまではロレンスが探ってきた世界各地をみてきたが、これから
は彼が未来に向けてどのような夢を描いていたかを考えてみたいと
思う。

1　擬人化より擬物化へ　新しいロマン主義

　ルネッサンス以来ヨーロッパは、ギリシャやローマの先人の成し遂
げた文化を基礎として急速な発展を遂げた。文学もその例に漏れず、
特にエリザベス朝の英文学では、シェイクスピアの戯曲の中に我われ
はこの事実をみることができる。そして18世紀では小説において、
19世紀ではロマン主義文学とリアリズム文学において、また20世紀
では意識の流れへと発展してゆく。

　19世紀の末に生まれたロレンスは、それまでのイギリス文学の上に
たってそれに新しい世界観をつけ加え、20世紀に相応しい、また21
世紀を展望する文学手法を編み出した。

　ロレンスの作品を読んでいると、その闇を求める中にロマン主義の
領域に入るけれどもロマン主義ではない、むしろそれとは逆のものが

感じられる。

　ここで擬人化というものを考えてみたい。擬人化ということは文学の中で今までよく用いられてきたレトリックであるが、ロレンスの文学を読んでいると、それと対比して擬物化ということが考えられる。従来、人間以外のものがともすれば人間のように考えられてきたのに対して、人間以外のものは勿論のこと、人間をも他の生きものや物質と同じ性質を持ったものとして考えようとするのである。すなわちキリスト教の伝統の中で考えられてきたような、霊や神といった特別のものが人間に宿っているとは考えない。

　イギリスのロマン派は自然をあるがままに見ようとしたけれども、なお自然の中に特別なものを認めようとしたと、ロレンスはその評論集「トマス・ハーディー研究」（‘Study of Thomas Hardy’）の中で言っている。その一つとして彼はＰ.Ｂ.シェリー（Percy Bysshe Shelley, 1792-1822）がその詩「雲雀によせるうた」（‘To a Skylark’）の中で雲雀について、

　　　ああ、快活な精霊よ。
　　　　おまえは鳥ではあるまい、
　　　天の方から、溢れる思いを、
　　　　即興の技に満ち満ちた
　　　調べにのせてうたい出すおまえは。[1]

とうたったことに対して、我われは肉体を持った美だけしか知ること

156

ができないのに、何故シェリーは肉体を持たぬ美、精霊としての美を
主張しなければならないのかと言う[2]。そしてシェリーは生を超越し
たが、我われは生から成りたっているのだから、生を超越することを
欲するはずがないというのである。

　この中にはいみじくも 20 世紀のモダニズムの考えがみられる。ロ
マン派は上の引用中の鳥に代表される動植物や自然を神や精霊にし
てしまい、ロレンスはそれを再び元の、肉体を持った本来の動植物や
自然に戻したのである。ロレンスのよく言う「肉体」の意味はここに
根ざしている。それは神の領域にまで上昇した人間や自然を、再び本
来の地上へと引き下ろす意味を持っていたのである。この「肉体を持
った自然」が、ロレンスの詩、特に『鳥・獣・花』には溢れている。
これについてアネイイス・ニン（Anais Nin）は、ロレンスは詩の中で、
自分が入ってゆく動物の世界の感覚に一瞬の間でも浸ろうとしてす
べての人間的感覚を棄て、また感傷的な詩人がいつもそうするのとは
逆に、人間としての感情ではなく動物独自の感情、人間のものとはほ
とんど、あるいは全然関係がないと思われる感情が動物にはあると考
えているという。[3] これこそは先に述べたロレンスの非擬人的レトリ
ックであり、擬物的手法である。

　さてロレンスは先ず、人間と同じように生きて動いてはいるが、人
間のようには高等な精神活動をしない動物、魚を次のように描く。

　　　水が揺れる度に
　　　おまえも揺れる。

波が打ち寄せると、
おまえも共に打ち寄せて
決して姿を見せない。

決して認識せず、
決して把握しない。

(C. P.　p. 335)

水に隠れたまま完全に水に身を任せ、ものを認識（know）したり把握
（grasp）したりすることはないという。認識、把握といえば人間にお
いてのみ考えられることだという前提の言い方だが、魚は独特の認識
や把握の方法があることが最近分かってきている。さらに肉体だけの
ものとしての魚の描写が続く。

彼らは他の世界で生きている。

よそものたち。
水を旅するものたち。
一つの領域に棲むものたち。
水に生きるものたち。
それぞれ孤独を保つものたち。

(C. P.　pp. 339-40)

158

魚が人間以外の世界（other circles）で孤独を保ちながら生きていることに、今さらながら驚くのである。そして最後に次のようにうたう。

　　　しかし私は、私はただ不思議に思うが
　　　分からない。
　　　魚が分からない。

（C. P.　p. 340）

ロレンスは魚の不思議な領域に切り込み、それをうたった。これは魚だけではなく他の動物についてもうたわれている。コウモリに関しても、その生態についての驚きが次のように描かれる。

　　　何かが円を描いて急降下し、光が差し込む
　　　橋のアーチの下を、素早く放物線状に飛ぶ、
　　　空中で何かが急に宙返りし、
　　　水に急降下したりする。

（C. P.　p. 341）

ここでは、人間と同様にこの地球上で喜々として生を営んでいる生きものたちと同様、普通なにげなしに見過ごされているコウモリの生態が、正にコウモリそのものが、シェリーが雲雀をうたったとは全く逆の方向から、驚異の目でもって見られるのである。
　同様のことが同じ詩集の「聖マタイ」の中でも述べられている。聖

マタイはそこで自分のことを a man と述べて人間宣言をおこない、ロレンスが晩年に書いた小説『逃げた雄鶏』に登場する人物と似た立場で、俗人として生命であふれた地上を楽しむのである。これはロレンスの詩ばかりではなく彼の文学全体に満ちていて、20世紀文学の新しい意味をなし、21世紀への展望を与えている。

　ロレンスが物質を語る場合、それは常に魂の宿る生きたものである。彼は事物を認識する時、有機物と無機物、精神と物質との違いをつけずに、全世界、全宇宙を「生きている」ものとみなしていた[4]。これは原始宗教で行われていたやり方と同じアニミズムであり、『チャタレイ卿夫人の恋人』の森の中で、女主人公のコンスタンスが感じる次のものも同様である。

　　　今日彼女はそれを自分の身体の中にほとんど実感することができた、巨大な木々の中の樹液が自分の身体をものすごく圧迫し、上へ上へ高まって芽の先に達し、血にも似た青銅色の小さな炎のような樫の葉になろうとしていた。[5]

樹液、炎のような若葉、これらは現代においても、有機体の持つ生命力の表現によく用いられるものである。そして彼女はこの体験以後、ラグビー邸を脱却していく。それのきっかけとなるものがこの森体験だった。彼女はメラーズとの接触・肉体関係において、貴婦人的な心情が次第に薄れていき、次第に野生化していくのである。

　チャタレイ家の森にいたるまでの、イギリスやヨーロッパの森の系

譜が考えられる。人間はもともと森と共生しながら森に畏敬の念を抱き、それを信仰の対象として生きてきた。グリム（Jacob Grimm, 1785-1863）童話には全編を通して、森林の生きものや木々が登場するのをみても、それは明らかである。

　ロレンスの作品でもチャタレイ家の森にいたるまでに、『白孔雀』など他の作品の中で多くの森をみることができる。チャタレイ家の森を読んでいると、それはそれまでの森の集大成のように思われる。とりわけ松は古来十字架を作ったと言われるほどに強靭である。松根油、芳香、松明などをみても、いかに力強いかが分かる。

　さて、今まで動植物を含む自然とロレンスについてみてきたが、ここで先に触れたロマン派とシェリーに話を戻したいと思う。自然といえばロマン主義がすぐに考えられる。新古典主義に見られるような、ヨーロッパ古典に沈潜して自分の身の周りのものを見失った人間観を脱して、もう一度自分の目で周囲を見て、その美にうっとりなろうとするのである。その点ではロレンスも同じであるが、ロマン派の詩人たちとロレンスの間には約百年の隔たりがあり、またその間にはロマン主義に次いで、あのヴィクトリア時代のリアリズムがその巨大な姿を横たえている。そのリアルな人間の生臭い実態をまのあたりにして、かつて百年前にロマン主義者たちがしたように、ロレンスはもう一度自然へ帰ろうとするのである。

　しかしロレンスがその時見た自然は、百年前にロマン主義者たちが見たものとは似ても似つかぬものだった。表面的には華やかな経済の隆盛を誇り、その巧みな国家的経営によって着々と植民地を獲得して

世界経営に乗り出していったのとは裏腹に、それを担う国民はヴィクトリアニズムという名の持つ残酷な苦しみの中で喘いでいたのであった。百年前にロマン主義者たちが見た新古典主義と、いかに異なったものだったことだろうか。その百年の間に神は死に、人間は神の庇護から見放され、文字通り厳しい現実の中に身を置かなければならなかったのである。

　もはや自然の崇高さの中に神を見出すことはできなかった。見い出すことのできるものはただ、人間と同じ生きものとして樹液と体液を持つ存在物であり、人間の苦しみをよそにこの地球上で営々として生きている有機体であった。そこでは人間は小さな存在となり、自然の中で生きている有機体の一つにすぎなかった。そして『恋する女たち』の中でバーキンが言う[6]ように、仮に人間が地球上から居なくなっても、自然は相変わらず営々として生き続けるであろうということであった。こうして「擬物化」した人間がロレンスの作品の中に出てくるのである。擬人化は人間が神によって庇護されている時代に考えられるレトリックであり、擬物化はごく最近になって、宇宙精神もしくは世界霊（Universal Mind もしくは Anima Mundi）の消失に伴って出てくる現象である。当時はまだ環境悪化による自然の破壊はロレンスの作品の中には見られず、やさしく人間を包んでくれるものとして自然は描写されている。それでもその自然は、シェリーが見たものとは全く違ったものとして描写されている。ここに自然をめぐるロマン主義とロレンスのそれとの違いが鮮明になってくる。

　19 世紀のロマン主義復興運動は、ユートピアを目指す第二の運動だ

った。それに対してロレンスの新ロマン主義は第 3 次の、ユートピア追求運動であると言える。

　そしてこのようなロレンスの自然観、19 世紀のロマン主義を超脱しリアリズムを経て 20 世紀に入った後の自然観は、人間が自分の身の周りの自然の生命力を新しい目で認めて霊の力と交流する、太古のアニミズムの世界のそれである。ここにロレンスが理想として夢に描いた「過去の永遠」[7] を我われは見ることができる。

　元来、我われが学んでいる文学史に出てくる文学思潮の区分は、初めからあったのではなく後世の学者・批評家が後にその文学を見渡し、その流れに沿ってなされるものである。今までにロレンスの詩には「イマジズム」（Imagism）的なところがあるとされているが、これは主に詩の手法に関するものであり、もしそれに従って今みてきたロレンスの自然に対するあり方を思想的なものから考えるとすれば、これを新ロマン主義（New Romanticism）と呼ぶことができよう。

　ロレンスの自然観はこのように考えることができる。そして従来人間だけが地球の担い手であると考えられてきた人間中心主義に対して、人間を含んだあらゆる生きものがその担い手であるという考えを示唆してくれるのである。そしてこの考えは、後で述べられる唱道者としての聖マタイの達した境地[8]、擬物の世界、さらには生命共同体[9] へと発展してゆく。これは最近になって特にはっきり出てきた「共生」の精神のはしりである。

2 「馬で去った女」に見る擬物化より宇宙への方向

　擬物化が文字通りよく現れている作品が短編小説「馬で去った女」である。この作品の舞台はニュー・メキシコのロッキー山地で、一白人女性がインディアンの支配する山地深く分け入り、そこで犠牲者となる物語である。彼女は馬に乗って立ち去り、再び帰ってはこなかった。同じ頃書かれた「セント・モア」も種馬セント・モアと共に二人の女性がニュー・メキシコへ行き、再び文明世界へ帰ることはない。

　登場人物は文明に倦み疲れた一人の白人女性である。馬に乗って出発する時には、女一人で山へ入ってゆくことを心配する自分の子供や隣人たちを、振り返って手を振りさえしなかった彼女も、山の奥へと入って行き、西洋文明社会の女性が示す振舞などには、全然関心を示さないアメリカ先住民に出会うと、文明人としての彼女の自我がなくなっていく。ニュー・メキシコの自然は西洋文明女性を拒む。

　こうして、彼女の中にある文明人的要素は次第に風化してゆき、自然がより一層迫って来て、彼女自身も次第に自然にとけ込んでゆく。人間と動物との区別がうすれてゆくと同時に、生きものと無生物との区別もなくなってゆき、白人女性が山の中で風化してゆく様を、我われはまのあたりに見るのである。

　こうしてこの西洋女性には個性の滅却が起こる。彼女は夜の間に自分の中枢で物の壊れるすさまじい音を聞いたように思う。それは西洋的なものが崩壊してゆく音であり、彼女は文明女ではなくなってゆき、

異教の神を率直な気持ちで求められるようになる。そして自分が「物」として写っているにすぎないことを知る。

　この時今まで西洋が築きあげてきた精神文化は崩れ去って、単なる「物」に過ぎなくなってしまう。ここでは先に考えた「擬人化」からの脱却と「擬物化」が起こるのである。先住民の女性たちが踊る異教のダンス、大きくて奇怪な象徴を頭にのせて、一心不乱に夢中になったその様子を見ていると、それが西洋キリスト教世界で自分が楽しんできたものとは全く別ものであると思い、彼女が持っているような種類の、きわめて独特で個性的な女性らしさは抹殺されねばならないと思うのである。

　こうして彼女の個性はなくなっていき、彼女は非個性化していくことになる。そしてこれに代わって、宇宙の意識が現れてくる。これについては、後で 21 世紀の流れの中で論じたいと思う。

3　ロレンスの季節感　四季の巡り、円環する時間

　ロレンスはどのような季節感を持っていたのだろうか。ロレンスにとって四季のめぐりとは何だったのだろうか。そしてそれは花とどんな関係を持っていたのだろうか。花の詩を読んでいると、ロレンスがいかに季節というものに敏感であったかが感じとれる。ここでは彼の二つの詩を通してそのことを考えてみたいと思う。

　先ず春をうたう詩「紫のアネモネ」（‘Purple Anemone’）である。アネモネはもともとアジアの原産であったものがギリシアから西ヨー

ロッパに伝わった。従ってその語源は wind-flower を意味するギリシア語の Ανεμωνη からラテン語の anemônê となった。色は種々あるがイギリスには、この詩にうたわれる紫系統のものとしては wood anemone とも呼ばれている白色に薄い紅と紫を帯びたものがある。英文学の中ではこの花がほとんどギリシアの美少年アドーニスの伝説に影響されているのは、この色のためであろう。アドーニスが狩りに出て傷ついて死んだ時、美の女神ヴィーナスがアドーニスの血に自分の涙を加えて花を染めたと言われているからである。しかしロレンスのこの詩は違っていて、アドーニスとは無関係である。

　この詩は問答の形式で始まる。最初に春にこの世に花をもたらしてくれたのは誰なのか、天国の神なのかと尋ねられる。

　　誰が我われに花をくれたのでしょう
　　天でしょうか、白い神様でしょうか

(C. P.　p. 307)

上の白い神（white God）とは一体どのような神であろうか。先にも考えたようにこの white は、次に出てくる地獄の闇（darkness）と対照して用いられている言葉であろう。従って太陽神アポロを考えていると思われる。ところがこの問に対する返事は、まったく予期せぬものである。

　　とんでもない。

166

地獄からのぼって来たのだ、

地の底から、

冥府の神ディースから。

(C. P.　p. 307)

　この世に花をもたらすものは、天の恵みでもなく有り難い神様でもキリストでもなくて、地獄の底に住む冥府の神ディースであって、花はそのもとから地上へのぼって来て咲くと言うのである。同じ死にまつわるものであっても、ギリシャ神話の美少年アドーニスに対するヴィーナスの哀れみと、嫉妬深い冥府の神ディスとは大きな違いがある。

　ディースとはローマ神話の呼び方で、ギリシャ神話ではプルートーもしくはヘイディーズと呼ばれる下界の王である。そしてここで我われに思い浮かぶのは、シシリー島のエンナの草原で花を摘んでいたペルセフォネを奪い去っていって自分の妻としたのが、他ならぬこのプルートーであったことである。

　この詩が書かれたのはタオルミーナであることは詩の最後の地名の記入で分かる。そしてタオルミーナはシシリー島にある。ロレンスがこの詩を書いた時、その島の中央部の高原の都市エンナでのペルセフォネの言い伝えと、その都市がギリシャ以前からペルセフォネとその母ケレースの信仰の中心地となっていたことを、ロレンスは当然知っていた。また母のケレースはプルートーに自分の娘を与える条件として、1年の三分の一は下界で暮らしても良いが、残りの三分の二は地上で母と共に暮らすよう言ったと伝えられている。そこからエンナ

の草原とは、永遠に春の季節が支配する所とされているのである。

　春先にプルートーがペルセフォネに「では行くがよい」[10] と言うのは、妻のペルセフォネに 1 年のうち地上で母と共に暮らすことを許す時のことである。そして彼女が地上へ出た時、ついてきた地獄の番犬たちが花となって咲いたという。後の方ではクローカスは頬に縞のあるホイペットの子犬から、またスパニエル犬から水仙が咲き出したと述べられている。そしてこれらの花に、ペルセフォネとその母親の監視をプルートーが命じるのは、次の文で分かる。

　　　　おや、頬に縞のある子犬で、ホイペットのように
　　　　　　　やせたクローカスだ、
　　　　「向かえ、おまえたち、奴らに立ち向かえ、
　　　　ほー、黄金のスパニエル、美しく機敏な水仙、
　　　　彼らを嗅ぎ出せ、彼らを嗅ぎつけろ」

　　　　　　　　　　　　　　　　　　　　　　　　(C. P.　p. 309)

春と共にペルセフォネが地上へのぼってくるのは彼女が春を呼ぶためであり、彼女が地上へ現れる季節である春に花が地上に咲くことを、このように考えたのである。

　　　　それでシシリーの、エンナの草原で、
　　　　彼女は彼から逃げおおせたと思った。
　　　　しかし彼女の紫のアネモネの周りに、

洞穴ができた、

色のある小さな地獄、闇の洞穴が、

地獄が、彼女を追って現われた。堂々とした、豪華な

落し穴が。

彼女のすぐ足元で

地獄が開いてゆく。

彼女の白いくるぶしのところで

地獄が亭主の自信に輝く、蛇の頭をもたげて、

(C. P.　p. 308)

シシリーのエンナにある伝説の草原でプルートーから逃げおおせた
と思った瞬間、彼女の紫のアネモネの周りに小さな地獄の洞穴ができ
る。彼女のすぐ足元で地獄が開いてゆき、地獄は亭主の自信に輝く蛇
の頭をもたげて、彼女を捕らえようとするのである。

ああ　支配権とは。

地獄の亭主の花が

地上でもう一度咲く。

(C. P.　p. 308)

男たる亭主の強大な支配権が地上で毎年花を咲かせるのが、紫のアネ

169

モネだというのである。その美しい花の周りには、毒草のトリカブト
が地獄の魅力にあふれて、今解放されたばかりの平原を包囲している
と、次のようにロレンスはうたう。

　　　気をおつけ、ペルセフォネ。
　　　ケレース夫人、あなたも、気をつけなさい、敵はすぐそばです。
　　　あなたの足元に自生のトリカブトが、
　　　地獄の魅力に溢れ、そして紫の亭主の暴力が
　　　あなたの解放されたばかりの平原を包囲している。
　　　　　　　　　　　　　　　　　　　　　　（C. P.　p. 308)

ペルセフォネの母親ケレースは自分の娘がたとえ１年の一部分でも
逃げおおせたと思ったのは間違いで、その嫉妬深い地獄の王は地上へ、
自分の妻に付きまとってやって来る。

　　　地獄がのぼって来た。
　　　地獄が地上に、そして深みに住むディースが。
　　　　　　　　　　　　　　　　　　　　　　（C. P.　p. 309)

　ではこれほど嫉妬深いプルートーが、何故彼女を地獄から地上へ行
かせたのだろうか。これに対する言葉から、ロレンスの季節感や春の
考え、また同時に人間観がうかがわれる。

　　　「何故彼は彼女を行かせたのでしょう」
　　　彼女を追って行くためだ。
　　　夏と春のあらゆる楽しみのためさ、そして花は
　　　　　　彼女のくるぶしに噛み付き彼女の髪の毛を掴む。
　　　何と哀れなペルセフォネと彼女の女性としての権利。

(C.P.　p.309)

　プルートーが妻を地上へ送るのは、地上へ戻った彼女を追って春と夏のあらゆる楽しみに耽るためだという。そして花となったプルートーは、彼女のくるぶしに噛み付き彼女の髪の毛をもてあそぶ。
　春には美しい花が咲き新しい生命が息吹き、生の営みが展開する。枯渇しそうになった暗い地下の冬枯れの地獄から、生命がよみがえるのである。母親にとっては自分の養育した娘はいつまでも自分の愛児であり、ましてこのように地獄の罠にかかった娘であってみれば、最初の約束とはいえもう夫のところへ帰したくない。ところが地獄の夫は、

　　　娘は亭主が耕作した一部だ。

(C.P.　p.309)

と言って夫たるものの権利を主張するのである。そしてロレンスは次のようにうたってこの詩を結ぶ。

かわいそうな姑たち

　　彼女らはいつも裏切られる。

　　それが春なのだ。

(C. P.　p. 309)

「裏切られる」(are...sold) と言ったのは、楽しい春と夏を経て冬枯れること、すなわち苦しい育児によってやっと育てた子が、毎年秋になると繰り返し行われる結婚で奪い取られるという、1年のめぐりを示すのである。これこそが「冬枯れ」の意味するところである。アネモネの花を従来のようにヴィーナスとアドーニスの物語でなく、ペルセフォネとプルートーとにまつわる話にしたことの中に、ロレンス独特の死生感と季節感が見出される。そして「白い神」と表現される近代の神にではなく、暗い地下の神の支配する永遠の過去の世界に、想像を馳せるのである。

　もう一つはリンドウの詩である。リンドウの詩が生まれる経緯は次の通りであった。ロレンスは 1912 年 5 月 3 日、チャリング・クロス駅で恋人フリーダ（Frieda）とおちあい、フリーダの両親が住んでいたメッツへと出発する。この町はフランス北東部のアルザス・ロレーヌ地方にあり、当時ドイツ領であった。フリーダの父親フリードリッヒ・フォン・リヒトフォーフェン男爵（Friedrich von Richthofen）はかつてプロシャの軍人であり、フランス・プロシャ戦争で負傷したが、当時はアルザス・ロレーヌの知事であった。後に第 1 次世界大戦の前

にはメッツ市長にもなった格式のある有力者であった彼が、この時、一炭坑夫の息子でもの書きとの恋を娘に許すはずもなかった。ロレンスはホテルや友人宅を転々とした後、5 月 24 日ミュンヘンでフリーダとおちあい、その近郊にある社会学者アルフレッド・ウェーバー（Alfred Weber）の山荘で 6 月から 2 か月間新生活を過ごす。詩集『見よ、我らは勝ち抜いた』（*Look! We Have Come Through*, 1917）の四分の一がここでの生活から生まれた。そして 8 月初旬、アルプス越えの徒歩旅行に二人は出発する。

　「バヴァリア・リンドウ」（'Bavarian Gentians'）という詩が生まれたのはこの時である。フリーダはその手記『私でなくて風が‥‥』（*Not I, But the Wind...*, 1935）の中で次のように書いている。

　　　ロレンスがリンドウ、一輪咲きの青いのを最初に見つけた時、彼はあたかもその花と不思議な心の交流をしているかのように、あたかもそのリンドウがその青さ、その精髄そのものを彼に与えているかのように私には感じられたのを覚えている。彼が出会うあらゆるものには、まさにその瞬間に生まれ出た創造物の新鮮さがあった。[11]

リンドウの花は日本でも良く見かけるものである。日本では小さくて二つ以上群れをなしているのがよく見られるが、ロレンスはこの時バヴァリア地方で大きなのが一輪咲いているのを見たようである。そしてその時ロレンスは、新しく創造されたものの持つ純粋さに魅入られ

たかのように、その花と不思議な精神的交流をしているとフリーダは感じるのである。

　リンドウは9月 29 日のミカエル祭の頃に咲く花であるが、この時ロレンスに大きな感動を与えたそのリンドウは、どのようにうたわれただろうか。

　　　バヴァリア・リンドウ、背丈が高く暗い、しかしその闇は
　　　プルートーの暗闇の煙る青さで、
　　　　　　松明のように昼間を暗くしている、
　　　縞があり突っ立った地獄の花は、闇の炎を青く広げ、
　　　昼間の重く白い隙間風に吹かれて、ばらばらに倒れ伏す。
　　　　　　　　　　　　　　　　　　　　　　　　（C.P.　p.960）

バヴァリア・リンドウは、我が国のものとは違って背が高く見るからに暗い感じを与える。この詩でもロレンスは前の詩と同じく、リンドウの醸し出す闇の感じをペルセフォネの悲しい運命をからませてうたう。花を咲かせるものは地獄に住む冥府の神だと前の詩でうたったことが、そのままここでも起こるのである。

　上の「プルートーの暗闇の煙る青さ」（the smoking blueness of Pluto's gloom）は、プルートーと一体となったペルセフォネの宿命を表している。

　　　青く煙る闇の松明の花、プルートーの暗く青い炎

地下の広間からもれる黒いランプ、暗い青色に煙り

大地の母ディミーターの薄黄色の昼間に、闇を、青い闇を放射

する。

ここ、白く煙る昼間に、おまえは誰を求めて来たのか。

（C.P.　p.960）

プルートーの闇の世界と、先の詩ではケレースと呼ばれていたペルセ
フォネの母ディミーターの薄黄色の昼間（yellow-pale day）とは、鮮
やかな対照を示す。

私にリンドウを掴ませてくれ、私に松明を与えてくれ、

青い、炎が三つ又に裂けた花の松明で、自分を案内させてくれ

暗い暗い階段を降りて行くと、青は青さで暗くなり、

今や、初霜が降りる九月に、ペルセフォネが通った道を降りて、

ものが見えない世界へ行くと、そこでは闇が暗がりと結婚し

花嫁のペルセフォネ自身は、ただ声がするだけで、

もの見えぬ暗がりは、プルートーの腕の深い闇の中に包まれる、

プルートーはもう一度彼女を犯し、黒い青色の松明の輝きの中

でもう一度彼女を刺し貫き、婚礼の床に計り知れぬ

闇を注ぎ込む。

（C.P.　p.960）

ここで松明（torch）の意味がはっきりしてくる。上の3行目と6行目

などに出ているが、10 行目で、闇の中での道案内のためだと分かる。自分自身でプルートーの世界まで松明を持って降りて行くのである。初霜が降りる 9 月に、ペルセフォネが通った道を降りて行くのである。そこでは毎年 9 月に暗がりの中で改めてペルセフォネとプルートーとの婚礼が行われるのだ。

> 私に長い茎のついた花と、三つの暗い炎を与えてくれ、
>
> 私は婚礼に列席し、生きている暗闇の中で、
>
> 婚礼の客となりたいからだ。

(C. P.　p. 960)

リンドウの花を見ていると、地下で 9 月に行われるその婚礼に列席したくなると言う。リンドウのあの暗い感じを、冬には地獄へと帰らねばならない運命を背負ったペルセフォネの暗さにたとえているのである。秋の悲しさ、秋の移り変わりを覚えさせる。ロレンスの季節感を感じさせる詩である。

　ロレンスはこの時バヴァリアのリンドウを見て、プルートーとペルセフォネの物語を思い、うっとりとなっていたのである。フリーダが見たのはそのロレンスの姿であった。

　ロレンスの草花や自然描写に接する時、何か豊かなものが感じられるのは、その背後にこのような季節感があるからであろう。

　そしてさらにその背後には、毎年繰り返される 1 年のめぐりの考えがあり、晩年の作品に至ってますますその傾向を強めていく、復活、

さらには中世に見られる円環する時間の中で生きる人間観の兆しが見られるのである。

　第 2 章でみた「バラ」と「ブドウ」の原初の世界や、「西洋カリンとナナカマド」の地下の世界にも、このような円環する時間がある。ロレンスが探った世界のうち、この季節感は 21 世紀へと伝えるべき美しいものと彼は考えていたに違いない。

4　Impersonality について　I

　前節で述べたことをもう少し広げて考えると、ロレンスの作品の中に良く出てくる Impersonality という言葉に行き着く。ロレンスの文学を読んでいると、Impersonality という言葉がよく出てくる。何気なしに読んでいると何度も出てきて、それが多種多様な意味で用いられていることが分かる。この言葉は「非個人性」とよく訳されるが、その意味だけで片づけるにはあまりにも多くの含蓄がある。そこで、ロレンス独特のものとしてあえて IMPERSONALITY のままで表記した。

　フランスの歴史家、アラン・コルバン（Alain Corbin）はその『みずからは記録を残さなかった人物の伝記』（Corbin, Alain. *Le monde retrouvé de Louis-François Pinagot sur les traces d'un inconnu 1798-1876*, Paris: Flammarion, 1998）についてのインタヴューで、その書物が一切の痕跡を残さずに死んでいった普通の人々に、＜個人性＞を与えることができるかという問いに答えようとしたものだという。話題にならず罪も犯さず、歴史の底に埋もれてしまう無名の人

物の歴史を書きたかったというのである。[12]

　そしてロレンスが Impersonality という言葉によって表わそうとしたのも、これと同じことであったように思われる。すなわち、人間社会、特にヨーロッパ文明が今までに培ってきた個々の人間の個人性、特に個人の偉大さとその偉大さを持った個人には目を向けずに、コルバンの言うように人生において一切の痕跡を残さずに死んでいった個人にこそ目を向けようとする態度である。

　このことから人間の今まで歩んできた歴史を振り返り、人間があるべきものとして築きあげ規定してきたその理想像としての種々の観念を見直し、そこに現代の病弊を見てそれから脱却しようとするのである。そして現代よりもむしろそれ以前の社会の在り方の中に、より好ましい方向を見つけようとする。

　このことは当然、人間だけに限るものではない。ヨーロッパ的な意識活動からは免れている他の種族から始まって、万物の霊長としての人間のたゆみなき知的活動から免れている他の生きものなどにも及んでいく。ここではこのうち人間の精神活動の中に見られる Impersonality について、順序を追って述べることにする。

　Impersonality という英語は、Personality ではないもの、つまり人間性や人間の本質とは異なったものという意味をその言葉自体に持っている。人間の歴史は他の動植物の歴史からみればまだ浅いものである。進化により環境にうまく順応していくことを覚えた人類は、限りない学習を繰り返すことによって他の生きものを凌駕してきた結果、その生きることの尊さを忘れてしまって、20世紀に至ってどうし

ようもない行き詰り状態に陥ってしまった。Impersonality はこのことの対極を指す言葉である。この状態にあって、他の生きものを虚心坦懐に眺めるのである。そしてそこに人間にないもの、人間の持たない、より一層尊いものを発見する。Impersonality とはこのようなものへの指向性を示す言葉である。蛇や魚、糸杉などをうたう詩で、ロレンスはこれらの動植物と文明人の対照性を描く。これら動植物についてはすでにみてきているが、ここでは『逃げた雄鶏』について考えたい。

　『逃げた雄鶏』はキリスト復活のパロディであり、従来のキリスト像とはだいぶ違っている。キリストの生きた紀元前後、ヨーロッパにまたがる大帝国を築き上げたローマの時代は、ルネッサンスを経て列強との領土争奪をくぐり抜けてきたイギリスのヴィクトリア時代にも比すべきものであったろう。そしてそのイギリスの植民地政策を、一人のアウトサイダー文学者として冷やかに傍観していたロレンスにとって、ローマ帝国の一地方、一辺境の地であるパレスチナに生きるキリストのイメージは、他人ごととは思われなかったに違いない。政治上のローマの重圧と宗教上の色々な問題、偽善や虚飾の渦巻く中での伝道は、ロレンスに大きな意味を持つテーマを与えたと思われる。

　子供の頃から嫌というほどキリスト教をたたき込まれた彼は、従来のキリスト像をそのままには受け取らなかった。キリストは 20 世紀のロレンスに乗り移り生まれ変わるのである。

　死の眠りからよみがえった男は誰にも属さず、誰とも何の係り合いも持とうとしない。伝道や福音の仕事は自分から去ってしまったと自

分に言い聞かせる。この言葉は従来のキリストの面影すらも我われには感じさせない。初期に書かれた小説『虹』や、中期の短編小説「イギリス、わがイギリス」の最後は共に死の体験で終っているが、『逃げた雄鶏』は言わばこれらの作品の終るところから始まる作品である。また復活した彼は傷が治り、苛立つことなく生きる不死の状態を享受していることを考えると、彼は中期の終り頃出版された「セント・モア」の中の主人公の苦しみをも乗り越えたことになる。『逃げた雄鶏』のテーマは確かに復活ではあるけれども、このようにその死の内容はロレンスがしばしば述べている、復活の前提となる積極的なものであることが分る。このことは次の文をみても明らかである。

> そうして彼はまだ病身でありながらも、また一人になったことにほっとして、その庭先でまた横になった。農民たちと一緒だと一人になることができるが、友人たちは彼を決して一人にしておいてはくれなかったからである。[13)]

すなわち「ひとりになること」(aloneness)こそ、その究極的な目的なのである。これはロレンスの作品においてしばしば見られる「闇」の状態と類を共にするものであり、機械文明に汚されてどうしようもなくなっている現代からの脱出であり、遠い太古の静寂に満ちた状態である。

　男は一度死んだために外界と完全に分け隔てられていて、自分自身を楽しむことができる。生前にあれほど苦しめられた「言葉」も、も

う彼を追って来ることはなく、死んだ男はそれを超越している。従来
のキリストが復活して説く言葉が、実体を持たない言わば肉体を伴わ
ないものであることに対する批判である。このようにして、死んだ男
は従来のキリストを越えた、いわば第２のキリストとなるのである。

　もはや自分の考えを他人に説教する必要もなく、彼が後で深い関係
を持つにいたる、エジプト古代の女神イシスに仕える尼僧にも何も尋
ねようとしない。彼女の名前すら尋ねようとはしないのである。彼は
イシスに仕える一人の尼僧一個人ではなく、その尼僧を通してより大
きな広い世界を見ている。ここにロレンスの Impersonality──非個
人性──が見られるのである。

　Impersonality と共に Personality という言葉も多く用いられてい
る。男が復活して最初に出会う農夫の妻と、この男との係りは次のよ
うに表現されている。

　　　彼はこの女の小柄な身体にも、けちな個人生活にもまた他の何
　　　にも触れることができなかった。彼は躊躇することなくそれに
　　　背を向けた。14)

上の「小柄な身体」は the little, *personal* body と、また「けちな
個人生活」は the little, *personal* life と書かれていて、
Impersonality の意味を鮮明にしてくれる。ここでは personal という
言葉は「個人的な、平凡な」という意味であり、死の体験を経ていな
い農婦の状態である。死んだ男はこれとは対照的である。

同じくロレンスが晩年に書いた短編小説に「島を愛した男」（'The Man Who Loved Islands' 1927）というのがあるが、その中では島の大きさと人間の個人性（Personality）とに関して、或る男は次のように考える。

> 島は仮に充分大きいものでも、大陸には及ばない。それが島らしい感じがするためには、実際に小さくなければならない。そしてこの物語は、島を自分一人の個人性で満たそうとするためには、その島がいかに小さくなければならないかを教えてくれるだろう。[15]

　「島を愛した男」は自分の個性で島を満たそうとして敗北した現代文明人の物語であり、『逃げた雄鶏』と全く逆の人物を描いている。さて死んだ男はこのような世界に入って初めて、真の意味で個人性の限界から脱却することができた。ここに、人生の苦悩を克服し、止揚して純粋となりえた静寂の世界、個人が個人に留まらずより大きな全体と合体する神話の世界がある。この時死んだ男はキリスト教世界の枠を越えて、空間的にはヨーロッパからアメリカや小アジアにまで広がる範囲を生き、また時間的には古代エジプトからギリシャ、ローマ時代に及ぶ巨大な時間を生きている。この大きな時間や空間を生きるためには、人間一個人のまま留まっているわけにはいかない。彼はキリストの復活した姿であると同時に、時には古代エジプトで殺害され、死体をばらばらにされたといわれるオシリス神の姿ともなり、それが姉

妹で妻でもあるイシスによって復活してナイルの守り神となって、何
千年ものあいだ四季の巡りと共にナイルを訪れるのである。

　死んだ男は救世主として復活したのではない。救世主としての熱心
さも、燃えるような純粋さも若さもなかった。先に述べた非個人性の
点では、次の引用にみるように聖書のキリストの様子とはおよそ反対
である。

　　　　今彼は、肉体の偉大な生活を知り、物や教えを貪欲に与えたり
　　　　得たりはせず、ただ肉体を交えることができる女のために、女
　　　　たちのために自分がよみがえったのだということを知った。し
　　　　かし死を体験した今、彼は辛抱強くなり時間が、永遠の時間が
　　　　あることを知った。そして彼は貪欲に動かされて自分を他人に
　　　　与えたり、自分のものにすることはなかった。何故なら彼は死
　　　　を体験してきたからである。[16]

死んだ男は「肉体の偉大な生活」（greater life of the body）とい
う、人間の個人を越え生きもの全体に及ぶ事柄を認識しているという
意味で、Impersonality を認識していることになる。このようにこの
作品の世界は、日常を越えたものに支配されてはいるが、それと対照
的に personal なものも多く描かれている。personal なものの表現を
他にもみてみよう。

　　　　しかし死んだ男は悲しかった、何故ならその農夫はちっぽけな

個性のある体つきをしてそこに立ち、あとでより大きな報酬を
　　金で得ようと目を狡猾に輝かせていたからである。[17]

復活して最初に出会った農夫も、「個人性に支配された」（personal）
存在であった。

　　三日目の朝、ちっぽけな了見の狭い個人的な生活を越えて、肉
　　体の偉大な生活のことに思いをはせながら、男は果樹園の方へ
　　歩いて行った。[18]

初めはそうでもなかったが、三日目ともなると男は Impersonal な意
味での、肉体の偉大な生命力（the greater life of the body）を感
じてうっとりとするのである。「Impersonal な肉体の活力」、これこそ
はこの男が求めたものだった。死んだ男の肉体の復活とはこのような
ものだった。
　ところで、死んだ男が後で肉の交わりを結ぶこととなるイシスに仕
える巫女は、Impersonal なものの象徴である。イシスの社へ自分は行
くがあなたも来るかと、彼女が死んだ男に言った時の様子は次のよう
に描かれる。

　　これが彼女の夢だった、そしてそれは彼女自身よりも大きい、
　　自分ではどうしようもないものだった。今や彼はごく些細なこ
　　とについても、彼女の邪魔をしたり彼女を傷つけたりすること

184

に耐えられなかった。彼女には女の神秘の炎が満ちていた。[19]

夢（dream）、彼女自身よりも大きい（greater than herself）という表現の中に、文字通り彼女の俗世の個人性よりも大きな、個人性を越えたもの（Impersonality）が見られる。

　死んだ男の感じる歓喜は、自分が世俗によって色々と邪魔された日を生き延び、またそれからくる死をも生き延び、今なお死んではいないということなのである。男は以前人びとに形だけの愛で自分に奉仕するように求めたのだと覚り、自分もまた愛の形骸のみしか彼らに差し出すことができなかったことを覚る。そしてキリストの説く空虚な愛に代わるものとして、真実の愛をイシスの女神に仕える女との間に完成する。イシスの女と逢い引きの約束をした男は新しい激しい感情に捕われ、その時彼女はこの世ならぬ女性の輝きで燃えるように思われる。その様子は次のように描かれている。

　　数ある太陽の彼方の数ある太陽が、神秘の火、力強い女の神秘の火で彼女を浸し、彼女に触れることは太陽に触れるようなものだった。何よりも素晴らしいものは、とても柔和で静かな日光のような、彼に対する彼女の愛であった。
　　「あの女は私には太陽の光のようだ」と手足を伸ばしながら彼は独り言を言った。「彼女の私への愛のような日光を浴びて、私は今まで手足を伸ばしたことがない。あらゆる神々の最高神がこのことを私に許したのだ。」

同時に彼は外界を恐れる気持ちに襲われた。「ひょっとした
　　ら、彼らは私を殺すであろう」と彼は心の中で言った。「しかし
　　我われを守ってくれる太陽の掟がある。」[20]

　同じ晩年に書かた小説『チャタレイ卿夫人の恋人』の主人公の一人
メラーズが考えそうなくだりである。メラーズもまた今消え入ろうと
する愛の炎をコニーによって燈し直されたのである。死んだ男の愛は
ここでは「柔和で静かな」（soft and still）ものだと言う。とくに
「静かな」は意味深い。死んだ男の状態をもう少し見てみよう。男は
人間同士の触れ合い、とりわけ伝道者としてのいかめしい衣服をまと
った触れ合いが形式ばったものにすぎず、生身の血の触れ合いとは縁
遠いものであることを次のように述べる。

　　彼は再び考えた。「私は裸で傷をつけられたままよみがえった。
　　しかしこの触れ合いに適した裸だとしたら、私の死は無駄では
　　なかった。死ぬ前は自由に触れ合えなかったのだから。」[21]

イシスに仕える女との触れ合いは、人間同士の優しい血の触れ合いの
象徴である。この男の体験と同様にメラーズも一度死んだと同様の体
験をした男である。そしてコニーと出会って、無駄に死んだのではな
かったことになる。同じ頃書かれた両作品の持つ共通性である。
　しかし、ロレンスがこの作品を書いた 20 世紀にヨーロッパ世界は
キリスト教をその根底として持ち、キリスト教を否定することはそれ

自体ヨーロッパそのもの、あるいは自分自身をも否定することだった。この作品の第２章で、死んだ男がエジプト神話へと放浪せねばならないのは、このような理由によるのである。キリスト教によって支配されたローマ時代以後の世界は、もはや真の意味で死んだ男を復活させる力は持っていない。

　興味深いことには、メラーズの描写にも Impersonality という語がしばしば伴う。コニーが初めてメラーズと出会う時の様子は次のように描かれる。

　　　その男は見回して犬を探した──鋭い、注意深い目つきだった。‥‥（コニーは）庭へ入る門を開いた。彼女が門を支えている間、二人の男は彼女を見ながら通過した、クリフォードは批判めいた顔つきで、他の方は妙に冷たく不思議そうで、彼女がどういう人間であるかを客観的に見定めたい様子だった。そして彼女は彼の青い無関心な目に、悩みと孤独と、それでいながら或る種の温かみを感じた。それにしても、どうして彼はそれほど孤立し世間離れしているのであろうか。[22)]

同じ頃書かれた二作品でこのように同じ言葉が書かれるのは、何かそこに共通の意識が働いているに違いない。上の訳では「客観的に」とか「無関心な」とか訳したが、Impersonal は普通「個人の意識を越えた」とか「個人的な関心を超越した」という意味である。それにしては、余りにもこの語は頻出するではないか。そのように考えると、こ

の言葉は上でみた普通に訳される意味よりも、もっと意味深長なものとなると思われる。

　試みに『逃げた雄鶏』に登場する男の意味を、ここに当てはめてはどうだろうか。そうするとメラーズという人物の正体が躍如としてくる。メラーズは『逃げた雄鶏』の中の男と同じく、まさに detachment（上の訳では「孤独」）と Impersonality を兼ね備えた存在となるのである。

　ロレンスの作品には、ヨーロッパの昔からの意識活動としての理解（understanding）が近代にいたって肥大化し、その結果歪んだものになっているという考えがしばしば見られる。そして彼は Impersonality を通して、その understanding からの脱却を試みているのを見ることができる。死んだ男はイシスの女に傷を癒されながら、

　　私は再び温かくなろうとしている、そして私は完全な存在になってゆく！私は朝のように温かくなるだろう。私は男になるだろう。それには理解など必要ではない。新しさこそが必要なのだ。彼女は私に新しさをもたらしてくれる――。[23]

男にはもはや聖書や近代文明の生み出した「理解」活動ではなく、イシスの女が与えてくれる、朝のような新鮮なものこそ必要なのである。理解活動は人間が長い間にわたって作りあげてきた知性に関わるものであり、それからの脱却は人間たる所以からの脱却であり、まさに Impersonality そのものである。

　さてロレンスの特に晩年の作品を読んでいると、人物は「馬で去っ
た女」とか『逃げた雄鶏』とか「島を愛した男」で分かるように、は
っきりとは名前を記さずに描写される。死んだ男とイシスの女は何回
か逢瀬を重ねた頃、次のように描かれる。

　　　そして彼は内心言った、＜私は彼女に何も尋ねないでおこう、
　　　彼女の名前すら。名前は彼女を私から切り離すだろうから、──
　　　──そして彼女の方は次のように思った、＜あの人はオシリスだ。
　　　私はそれ以上のことは知りたくない。＞[24]

名前こそは人間の人間たる所以の最たるものであることを考えると、
このように名前が書かれないということは、Impersonality のうちで
もその極致であると言えよう。「島を愛した男」でも作品の名前そのも
のが「男」であり、その男の名前がキャスカートであるということは
後の方で何度か出てくるので分かり、船長がアーノルドでその息子が
チャールズであるというのは分かるが、家政婦にしても土地管理人に
しても名前はついに出てこず、いつも土地管理人であり家政婦もそう
であり、大工や石工も同様である。執事は一度だけエルヴァリーとい
う名で書かれている。その代わり人物の出身地へのこだわりがある。
すなわち土地管理人はコーンウォール出身であり、農場労働者の一人
ジョンはバークシャー、もう一人の方（これにも名は書かれていない）
はサフォーク、船長のアーノルドは大きな島出身である。また Master
という呼び名が多い。これは『逃げた雄鶏』という呼び方と同様

Impersonality の一つの現象で、寓話によくあることである。

　『アロンの杖』（*Aaron's Rod*, 1922）の中では、リリーは、観念も
しくは理想は自分にとって腐った肉のように死んでしまっていると
述べる。そしてその理想とは愛や自由の理想であり、人間生活の神聖
さであり、善良さや慈善などの理想だと次のように対話する。

　　　「よろしい、それじゃこのように言いましょう。——観念や
　理想は私にとっては死んでしまっていると——死骸のように
　ね——」
　　　「詳しく言えばどんな観念でどんな理想なのですか。」
　　　「愛の理想、受け取るよりも与える方が良いという理想、自
　由の理想、人間皆兄弟という理想、人間生活が神聖だという理
　想、いわゆる善、慈善、慈悲、公共心、大義のための犠牲とい
　う理想、協調と全員一致の理想——すべての理想だよ——理想
　という巣箱のすべてだよ——これらは皆現代の蜜蜂の病気に
　かかり、腐って悪臭を放っている。‥」[25]

この場面でロレンスの代弁者となっているリリーが求めたものは、知
性の産物であるいろいろな主義のような社会の表面的なものではな
く、人間の個人個人に奥深く根ざした何ものかであった。ここに従来
の人間の生み出した観念への批判がある。そしてこれら人間臭いもの
を越えた所に、つまり Impersonality の領域に、ロレンスは自分の理
想を求めたのである。

　ロレンスはアメリカのニュー・メキシコを訪れた時、後に出た旅行記「メキシコの朝」に収められたエッセイを書いた。彼はその中で、アメリカ先住民と白人の考え方とが、何かにつけて全く異なったものであると、次のように言っている。

　　　　或る人種の意識のあり方は、別の人種の意識からすれば全く無意味なものである。つまり、アメリカ先住民の生、その意識的存在の流れは、白人にとってはまさに死である。そして我われは白人の意識を押し殺すことによってのみ、アメリカ先住民の意識を理解することができる。[26]

先住民の娯楽観を理解するためには、我われヨーロッパ人は自分独自の考え方を押し殺さなければならないと言うのである。ここにも人間がその生い立ちという個人性を越えなければならない、という考えが見られる。ロレンスが先住民の中に見たものは、まさに Impersonality の世界そのものであった。

　このことをもう少し具体的に別の面からみてみよう。アメリカ先住民が歌を歌う時、その歌詞は叫びや擬声語に類するもので、はっきりした意味内容を持たずヨーロッパのそれのように明確な言葉や影像を伴わないが、それにもかかわらずその歌には人間に共通した情緒があるとロレンスは言う。そして彼らが歌を歌う時、彼らはその歌の持つ情緒と自分たち一人一人の情緒とを一致させることによって、自分を滅却し個人性を脱却するのである。また次のようにも言う。

191

しかし熊狩りから帰宅中の男は、どの男でもよくあらゆる男を意味し、熊はどんな熊でもよくあらゆる熊の意味である。個人個人で別個の経験はないのだ。そこにあるものは、すべての熊たちの斜視の神霊と戦った男性一般の、熊狩りに疲れてはいるが勝ち誇った神霊である。経験は一般的なもので、個別的なものではない。それは人間の血の流れの経験であり、心や精神のそれではない。[27]

ここには文明以前の労働、狩猟の喜びがある。また歌にはメロディがない。メロディは個人的な情緒だからである。またここに神話への関連性も感じられる。神話は永い間人口に膾炙してきたものである。人々に語り継がれてきた人物がその個人性を脱却して、万人に共通した人物となり、その結果生じたものが神話である。だとすれば、アメリカ先住民の世界は神話の世界と似ている。

『逃げた雄鶏』の男もこのような人物の一人である。そしてロレンスは 20 世紀においてこのような人物を創造し神話の世界の、あの肌で感じる喜びを再現したのである。

ここでいよいよ議論は愛に進んで行く。ロレンスの小説の中には愛に関する議論がよく見られるが、それは複雑で混沌としている。今まで論じてきた Impersonality を糸口としてこのことを考えてみよう。

『恋する女たち』のバーキンは、ある時には神が居なくなった今、愛が真に純粋な唯一の行動である [28] と言うけれども、別のところで

は、人は愛すると言いながら実際には憎しみ合っているのだから、この世はそのような人類の居ないさっぱりした世界となればよいと言う。[29] ところで今問題にしている Impersonality と愛とに関して、バーキンはどのように言っているかをみてみよう。彼は自分が他人に与えたり他人から欲しいものは愛ではなく、もっと Impersonal なものでもっと稀にしかみられないものだと言う。

　バーキンによると、我われは愛が人生の基本だと誤解しているが、人間は最後には愛から見離されて孤独となり、愛を越えた Impersonal な存在となる。バーキンのこの考えが次に見るように「星の均衡」観になっていく。

　　「僕が望んでいるのはあなたとの不思議な結合です──」彼は静かに言った。「──出会ったり混じり合ったりする事ではないのです。──‥‥そうではなく均衡ですよ、二つの存在の完全なバランス──ちょうど星が互いにバランスを保つようなものです。」[30]

バーキンがアーシュラとの間に求めるものは、星のバランスのように二つの単独なものが均衡を保つことであるが、アーシュラは最初この意味が分からず、これに賛成できないけれども、第 29 章「大陸」の中のグドルーンとの話の中では、相手が愛こそは最高のものであると言ったのに対して、愛よりももっと高いものがあると次のように言う。

「‥‥愛はあまりにも人間臭くてちっぽけなものよ。何か人間
臭くないものがあるに違いないわ、そして愛はその一部にすぎ
ないのよ。わたしたちが成し遂げなければならないものは、未
知な所からやって来て、愛からは無限に隔たったものだと信じ
るわ。それは単に人間臭いだけのものではないのよ。」[31]

ここには Impersonality という言葉こそ使われてはいないが、内容から
言ってそれと同じことを言っていることが分かる。すなわち「人間を越
えたもの」、宇宙時代における地球を越えたものという要素がある。

　他の作品の中にも、愛に関するこのような考えが見られる。『アロン
の杖』の主人公アロンは妻子を棄ててイギリスを脱出し、イタリアへ
行って歌手のマルチェッサと恋におちるが、この場合も彼は個人の自
由を追求してその「愛」に身を任せることができず、孤独の状態を保
つことがいつも必要である。『カンガルー』(*Kangaroo*, 1923) におい
てもベンジャミン・クーリーとサマーズは愛について対立し、サマー
ズは愛のような人為的なものによって創造はなされるものではない
と言う[32]。

　『無意識の幻想』(*Fantasia of the Unconscious*, 1922) の中でも、
ロレンスの愛に対する考え方が述べられている。そこでは愛は自発的
なもので、ちょうど木が深い所に健全な根を持ち、邪魔するものがな
いかぎりすくすくと真っすぐに伸びるように、真の愛も自発的な深い
所に根ざす魂から出てくると言う。それが伝統的な原理とされてしま
った場合には、観念もしくは理想とされてしまった道徳と同様、「悪」

以外の何物でもない。そして現代にはいかなる自発的な愛もなく、この世に今あるものは宿命的な意志的な愛であり、知識としての愛にすぎないものであって、昔の純粋で思いやりのある愛はこわれてしまっていると言うのである[33]。そしてこのような外からのものではなく、体内の四つの神経中枢を敏捷活発に保っておけば、人間は堕落することはないという。ロレンスがここで言っている四中枢とは、太陽神経叢、腰部神経節、胸部交感神経叢、心臓神経叢である。これらはロレンス独自の考えであって、このうち太陽神経叢は最も根源的なものだと言う[34]。ロレンスの言う神経中枢の持つ意味は、このように Impersonality と関連づけて考えると新しい意味が出てくる。このように愛も understanding（理解）と同様、あまりにも人間臭いものとして、Impersonality を求める中で断罪されるのである。

5　Impersonality について　Ⅱ

　前節ではロレンスの考える非個人性のうち、人間の知的活動に関わるものについて述べたので、ここでは人間とは別のもの、あるいはその中間、両者に関わるもの、動植物について考えてみたい。ロレンスはその作品の中で、人類の滅亡ということを述べている[35]。地球の主人公が単に人間ばかりではなくもっと広い「生きもの」であり、人間に限定しなくてもよいという考えである。

　この考えは第 2 章で少しふれたが、ロレンスのメキシコ旅行記「メキシコの朝」の第 1 章の終わりにある、人類の滅亡した後に何が次を

引き継ぐだろうかという、次のような疑問でもうかがうことができる。

> アステカ人は、この我われの世界は地震で内部から爆発するだ
> ろうと言った。それでは、我われの地位が奪われる時、別の次
> 元では何が起こるのだろうか。[36]

また『恋する女たち』の中にも主人公バーキンの考え[37]として見出す
ことができることは先に述べた。これらに共通するものは、グローバ
ルな意味での生きものの観念であり、他の生きものと人間との垣根の
除去である。人間中心主義の西洋文明から脱却しようとする意志の表
れである。

　ロレンスにあっては、「蛇」という詩の中で見られるように、動物の
中でも蛇は意外と大きな意味を持つ。この詩はヨーロッパという人間
中心主義社会の中での、「人間は万物の尺度ではない」ということの宣
言なのである。蛇は古来生命の再生の象徴で黄泉の国の支配者とされ、
キリスト教が支配する前には神とも考えられていた。しかしその後そ
の王座は奪われてキリスト教の神は蛇を足で踏み付けている場合が
多い。安田喜憲氏によるとキリスト教の風靡と共に、どうした訳だか
他の動物たちも虐待された。まずノアの洪水は人間が森を伐採したり
してそれが原因で起こったのに、箱舟に乗せて救われたのは良い動物
だけだった。アニミズムの段階では動物の虐待はなかったが、それ以
後動物は虐待されるようになったという。そしてその最大の被害者が
蛇である。そしてそれをきっかけとして、人間同士の差別も起こって

くるのだ。キリスト教はそのいわば元凶であり、ギリシャ神話で頭髪が蛇の怪物メドゥーサはキリスト教以後、森で魔女となったと言われている[38]。そしてロレンスの蛇の詩の中の教育に関する考えもヨーロッパ中心主義のそれであり、その教育への反発をこの詩はもっている[39]。

　晩年の小説『逃げた雄鶏』ではよみがえった男の目に写る自然がたっぷりと描写され、ここで改めて自然そのものの再確認がなされる。あたかも20世紀に中世がよみがえったかのような自然の再確認である。ここでは人間は地球の主役から退き、あくの強い個性は見せなくなる。

　それとともに人間は自然に近づいていき、自然に近い物となっていく。『逃げた雄鶏』の中で女は男の傷口に香油を塗り、さすりながら次のようにつぶやく。

　　　　「引き裂かれたものは新しい肉となり、過去の傷は新鮮な生命
　　　　に満ちる。この傷はすみれの目。──」[40]

「スミレの目」の目（eye）は、スミレの花の中心を意味するが、このような表現の中には、自然の草花としての「スミレ」と人間の目の両方が意識されている。同様の表現が他にも多くある。二人の触れ合いの完成の後、男は次のようである。

　　　　＜見よ！＞と彼は言った。＜これこそ祈りに勝るものだ。──

それは深い、内に包み込むような温かみ、染み込むような生き
　　た温かみ、女性、バラの芯ではないか！私の住みかは込み入っ
　　た温かいバラだ！この花こそは私の喜びなのだ。＞[41]

ここでも愛の温かみのことをその女性そのものとし、また「バラの芯」
（the heart of the rose）だとし、自分の住みかは「込み入った温か
いバラ」（the intricate warm rose）と言い、自分の喜びは今までの
ように伝道の仕事ではなく自然の一部にすぎない「この花」だとして
いる。また女は後、

　　女はマントに身を包み、盲目のように、その黄金の芯を新鮮な
　　生命で満たしながら再びゆっくりと閉じる蓮の花のように、も
　　の思いに耽りながら無言で帰宅して行った。[42]

「蓮のようにもの思いに耽りながら」（brooding like the lotus）、
「その黄金の芯を新鮮な生命で満たしながら」（with its gold core
full of fresh life）と述べる。ここには人間が自然の一部としての
物、すなわち人間の擬物化とも言えるものがある。またよみがえった
男は海に降り注いでゆく夜明け前の星座を見て次のように考える。

　　何とそれは私を包み込み、私をその一部に、宇宙の偉大なバラ
　　にしてくれることだろうか。私はその芳香の一粒で、その女は
　　宇宙の美の一粒のようだ。[43]

198

ここでもまた自分は自然の一部で、それは「宇宙の偉大なバラ」（the great rose of Space）、男は「芳香の粒子」（a grain of its perfume）、女は「美の粒子」（a grain of its beauty）だと表現されている。

　これらはみな先にも言った人間の擬物化、人間と自然の間の区別の消失、さらにはもっと言えばこの節の主題そのものである個人性の消滅（Impersonality）の一つの現象とも考えられる。ここでも自然は、死を通過してきた男にとってますます新鮮なものとなる。先に筆者が論じた擬物化の現象 44) が、ここでも見られるのである。

　『逃げた雄鶏』第二部でも自然がたっぷりと描かれる。とりわけ太陽の光が美しい。

　　　　そのすべてに 1 月の午後の日光がさんさんと降り注いでいた。いやむしろ、輝きも実体も全くの孤独な海も、また純粋な明るさも、すべては偉大な太陽の一部だった。45)

上の考えでは、明るい輝きだけでなく実質（substance）とか海の純粋な孤独（immaculate loneliness of the sea）でさえも太陽の一部である。ここに『逃げた雄鶏』独特の自然観がある。何もかもが太陽から発しているという考えがある。次の文もこのことを表している。

　　　　太陽は海に触れようとしており、小さな湾の向こうの隆起した岬は湾に影を落としていた。今は影の中に青く冷たく広がる砂利の向こうへ、やや老いた女性が、水辺にうずくまる老人の

平たい籠の中に散らばる魚を見ようと、やはり影の中をとぼとぼと歩いていた。その老人は裸の奴隷で、大きな臀と肩の柔らかく美しいオレンジ色の身体には最後の日光が輝き、そして消えた。[46]

また、よみがえった男が女との間に結び付きを感じる時の状況は次のように描かれる。

彼は真新しい感情に巻き込まれてうっとりとなった。イシスの女はその容姿というよりもむしろ、女らしい、素晴らしい輝きにおいて、彼には美しく感じられた。[47]

太陽はここでは特別のものとなり、死んだ男は手足を伸ばしながら、女が太陽の光のようだと感じる。そしてこの太陽は力強い神秘の火でイシスの女を浸し、女がそこから生命を受けるべきものとなっている。すなわち太陽はここでは女の子宮に注ぐべき生命の象徴、男の象徴となっているのである。イシスの女はこの男に相応しい女として登場している。ちょうど死んだ男が新しい時代へとよみがえった後、以前の威厳や役割をすべてかなぐり捨て、肉体としての男として再出発するように、とても柔和で静かな日光のようなものとなって、彼女もよみがえるのである。しかしホルスの母としての女ではなく、夫オシリスを奪われた妻、その夫を探し求める妻としての女である。死んだ男はオシリスと二重写しになり、オシリスの復活の象徴とされている。次

の引用の中にそのことがもっとはっきり表れている。

　　　そして彼女は彼（オシリス）の手を見付け出さなければなら
　　なかった。彼女は彼を寄せ集めてそれがもう一度温かくなって
　　生命を回復し、彼女を抱き彼女を孕ませることができるまで、
　　そのつなぎ合わされた彼の肉体を抱き締めなければならなか
　　った。[48]

こうして死んだ男はオシリスとなって、彼女との肉の触れ合いが完成
する。『逃げた雄鶏』という作品には、このように男女一組の役者が揃
っている。時はローマ時代となっていて、女の父はマーク・アントニ
ーの軍隊の司令官であり、アントニーが彼女に求愛するが彼女は彼の
権勢にも屈せず冷えきったままだったのが、時を経て今度は死んだ男
とは肉の愛を完成する。これは死んだ男が「太陽」であったからであ
る。彼以外によってはオシリスの復活を実現できなかったのである。
ここでもまた自然が入り混じる表現となっている。

　　　‥‥彼女は微妙な蓮のイシスであり、隠れて蕾のまま待つ子宮
　　で、男性としてのオシリスの腰からその光線を送り出す、あの
　　もう一つの内なる太陽に触れるのを待っているのだった。[49]

ここではイシスに仕える女は「微妙な蓮のイシス」（Isis of the
subtle lotus）と表現され、蕾のまま、ひっそりと隠れて夫のオシリ

スから放射される内なる太陽光線が触れるのを待つ子宮だと表現されていることに注目しなければならない。これは世俗の人間を越えた神話の世界である。そして死んだ男は神話的存在としてイシスに仕えて、イシスの身代わりの女と交わるのである。

　このようにこの女が待っているものは「黒い」「内なる」太陽であり、生まれ代わった男（re-born man）であって通常の太陽ではないと、作品の中で或る哲学者は彼女に次のように言う。

　　　　何故なら蓮は周知のように、太陽の明るい熱にだけ応じる訳で
　　　はない。蓮は暗い蕾を曲げて深い池の底に隠し、身動きさえし
　　　ない。そして夜になって、殺されて輝かない目に見えぬ稀な太
　　　陽の一つが、見分けられないほどの紫色でスミレに似た姿を星
　　　の間に現し、その稀な紫色の光線を夜に放つと、遂には蓮は愛
　　　撫を受けたようにこれに応えてうめき‥‥その激しい至福の
　　　光を放ち、いかなる他の花も持たないような柔らかい黄金の深
　　　みを開くと、いったん死んでよみがえり、もはや虚飾をひけら
　　　かすことがない暗紫色の太陽が、溢れんばかりに差し込む。[50]

蓮にもたとえられるイシスに仕える女は、上のように死んだ男と好一対をなす。彼女を動かせるものは上の生まれ変った男であり、死んだ男なのである。そしてそれは一度死に、もはや輝かず、虚飾にとらわれぬ太陽（sun that has died and risen and makes no show）でもある。そして女もそれに見合うように、いかなる他の花も持たぬよう

202

な鋭い恵みの光を投げかけ、その光は「紫色」で夜を照らすと書かれている。ここに、この作品が男だけではなく女も大きな役割を果たしている所以がある。

　さらに、上の蓮（lotus）に注意したい。蓮はギリシャ神話でその実を食べるとすべての俗世の憂さを忘れるという。それがこの女の象徴として表現されている。またこの男と対照的な別の男の在り方が、先に述べたアントニーにも似た真昼の太陽（day-suns of show such as Antony）やシーザーのごとき厳しい冬の太陽にも似た権勢（the hard winter suns of power, such as Caesar）と表現されている。同じ太陽でも先の死んだ男の「一度死に、もはや輝かず、目に見えぬ希有な太陽」と比べてみると、見事な対照が見られ、俗世の虚飾と権勢の空しさを表していることが分かる。死んだ男は虚飾もなく力もなく目に見えず輝くこともない、或る太陽なのである。次の文章はこのことをいみじくも表現している。

　　　男の顔をみて、生まれて初めて彼女は深い感動を覚えたのだった、ちょうど生命の細い炎の先が彼女に触れたかのようだった。生まれて初めてのことだった。[51]

これこそは彼女が長年にわたって探し求め、ついに発見したものであった。アントニーやシーザーといった歴史上の偉人と、伝道の苦行から解放された人間キリスト、この両者の対照的な扱い方の中に、ロレンスの歴史観、人間観が出ている。これには先に紹介したコルバンの

考えが息づいている。

　『チャタレイ卿夫人の恋人』の中で女主人公コンスタンスとその恋
人メラーズが森で交流を深めていくにつれて、コンスタンスはチャタ
レイ卿夫人から野生的存在へと変身、転身してゆくことは本書第2章
ですでに述べたが、これもチャタレイ卿という階級制度の存在を含む
ヨーロッパの伝統からの脱却だと考えられる。何故なら上流階級の言
葉から方言への変化にしても、また二人の交わりが深まってゆくにつ
れて振舞が大胆になってゆく変化にしても、共に広い意味での自然化、
非個性化だと考えられるからである。

　ところでPersonality（個人性）といえば、ヨーロッパにおいて人
間の人間たる所以として、古来尊重されその伝統を作りあげてきたも
のであり、それ故に他の地域とは異なった独特の文化を築きあげる契
機となったものであるが、20世紀にいたってその影響を受けた人々
は、それを追及するあまり独りよがりとなり、他を省みることがなく
なってしまった。その結果科学技術の無反省な応用がなされ、現在我
われが目にしている公害や環境問題が起こってきたと考えられる。大
抵の人々が気の付かなかった20世紀の初頭に、庶民から身を起こし
たD．H．ロレンスはこのことを予見していて、それに対応するもの
として、従来とは全く逆の人間のあり方であるImpersonalityを考え
たのだった。

6　ケルト体験と中世への憧憬

　文学の歴史をたどってみると、それぞれの時代の文学はその時代の風潮の影響を受けて描かれていることが分かる。そしてその背景となるそれぞれの時代の人々の考え方がそれに反映されているのである。特に世紀末には、或る時代の終りに際して、次に来るべき時代への不安が色濃く人々の考えに現れ出てくるものである。例えば科学技術の飛躍的な発達によって、それまで人間がおこなっていた仕事が機械に奪われるのではないかという不安によって騒動が起こったり、不治の病気にとりつかれた人間の絶望的な不安が文学に描かれたりする。しばらく経てばその病気に対する特効薬が現れて、以前の不安が滑稽に思われる場合さえある。西洋の中世の時代には、キリスト教の影響や科学技術の未発達などによって、上で述べたような不安に基づく考えが人々を支配していた。

　ところで現代はどうであろうか。人間が今まで築きあげてきた科学技術の積み重ねによって、今まで我々の祖先たちが考えた不安は一つ一つ解決・解消し、私たちは未来に向かって希望を持って歩んで行くことができる。

　しかしいつの世にも必ず悩みはある。現代にもまた新たな不安が、今までなかったような大きな規模で人間を襲っている。それは文字通り大規模に、地球規模で迫っているのである。2020 年から現在にかけて世界を騒がせている新型コロナウィルス感染症、オゾン層の破壊、

炭酸ガスの過剰による地球の温暖化などである。エイズは今までのように、いつか画期的な治療薬の発見によって解決することを期待するとして、問題は地球の修復である。

　地球が広い大宇宙でもめったに見られない高等動物の住む貴重な星であり、人間は本当に偶然の幸運によって、いわば「神の恵み」によってそこで生きているということを、今ほど深くかみしめてみる時はなかろう。

　その意味では現代は、中世の置かれていた状況の再現であるとも言えるのである。この規模が余りにも大きいために、日常生活の中では反って我われの目につかず見逃されてしまいがちであるが、我々は今や謙虚な気持ちになって、このことを深く考えてみる必要がある。

　ところで先にも述べたが、ロレンスはそのエッセイの中で、人間の在り方として行為（Doing）よりも存在（Being）の方が尊いのだと言う[52]。これは一見分かり難い言葉であるが、上で述べた中世の在り方を考えてみると、Being の在り方が中世の民衆の在り様であったことが分かる。彼らは新しい何をするかよりも、自分が何であるかの方が重要であった。

　また何らかの障害を持つ人々についても、最近その人間としての固有の生き方の尊重が叫ばれている。この場合も彼らが仲間たちと共に在ること、仲間たちと生きていくということ、すなわち Being が重要となる。

　ルネッサンスから産業革命を経て、先に述べた「進化思想」によって今までなかった在り方、生き方、試行錯誤による新しいものの創造

こそが意味があるのだという価値観が人びとを支配するようになるが、これこそは上で述べた Being よりも Doing の方を重んじる考え方と通じるものであった。この考え方はヨーロッパの今日を形成してきた根本原理であり、今問題になってきている「登校拒否」も、この「競争原理」とか「淘汰」と無関係ではない。また近年自然破壊、生態系の破壊ということが問題になり、それに立ち向かう一つの在り方としてリサイクルが叫ばれている。バブルの前には「大きいことは良いことだ」として物がどんどん使い捨てにされたが、そのことに対する反省が今出て来ている。先に中世の在り方として、何回も反復し循環する時間や経験のことを述べたけれども、この「循環」という言葉は期せずして「リサイクル」という言葉と同じである。21 世紀の今、進歩の街道を突っ走ってきた後、しばらく立ち止まってじっくりと考えてみる時期にさしかかっているのである。

　ロレンスがこの問題を、或る意味で強く意識しながら生きた作家である。彼はヨーロッパがその最も強烈な自己主張をおこなった、19 世紀の末から 20 世紀の初めに生き、予言者的な敏感さによって現代の価値観の多様化と、工業のハイテク化に伴う人間の機械化、自然の喪失などを敏感に感じとり、自分の生まれたヨーロッパに飽き足らず、先に述べた反復し循環する時間や経験を求めて世界のあちこちを駆け巡り、新しい生き方を求め続けた。彼は 1920 年代にすでにこの考えを持っていたが、経済のバブル崩壊の時期に至って初めて、彼の考えの深い意味が我われにやっと実感されてきている。ここにロレンスの中世に対する興味を見直す所以があるのである。

ロレンスが 1915 年にエッセイの中で書いた未来の永遠と過去の永遠について [53] は既に述べたが、ここで注意すべきことは、ロレンスが未来の行く末に見たものは、彼がその中で育ち彼のいわば raison d'etre (存在理由) となっているキリスト教だったということである。ロレンスはキリスト教の在り方についてはあまり良い考えは持っていなかった。詳しくはこれから述べるが、彼はキリスト教の中に未来を約束するものを見出すことはできなかった。

行く末に理想を見出すことのできなかったロレンスは、方向を転じて今度は今まで人間が生きて来た方向にそれを求めて各地を放浪するようになる。ここから彼の放浪癖が始まるのである。彼の最初の放浪地はコーンウォールであった。これはロレンスが 1916 年から 17 年にかけて、第 1 次世界大戦の混乱期に訪れたもので、その時の体験はその後オーストラリアで書かれた長編小説『カンガルー』の中の「悪夢」('Nightmare') という章の中に見ることができる。その中で主人公サマーズはコーンウォールの或る農夫の農場で働くが、そこで彼はキリスト教が広まる以前の原初の響きを自分の血管の中へとり入れて血と闇の中に漂いたいと思う。[54] これはロレンスのヨーロッパ古代のケルト体験であり、先に述べた「過去の永遠」の方向であった。

こうしてヨーロッパの各地への放浪が始まる。おりから第 1 次大戦の前夜であり、また人妻フリーダとの、母国イギリスからの逃避行が始まる時期であった。最初はイタリアであった。『イタリアの薄明』(*Twilight in Italy*, 1916) の中に我われはその消息を読み取ることができる。ここでもロレンスはコーンウォールで体験したと同じも

のを発見し、先にみた未来の永遠と過去の永遠という対照的な二つの
ものを軸として、物事を考えてゆこうとするのである。

　ロレンスとフリーダがドイツからアルプスを越えてイタリアへの
旅に出発してから約 1 か月後、ガルダ湖畔のガルニャーノ（Gargnano）
に着き、山荘のイジュア（Villa Igéa）の周辺で紀行文「ガルダ湖畔
にて」（'On the Lago di Garda'）は書かれたが、彼はここで明るい
陽光に輝く国イタリアとはまったく逆の、夜のように暗い魂や影、獣
の巣穴や闇の洞窟のようなこの世ならぬ世界を描いている。それらは
まさに中世の世界そのものである。そしてロレンスは、彼らイタリア
人が永遠に続く影に似ているとすれば、英国の世界はつかの間の光に
似ていると述べて、近代と比較してイタリアの中世的な闇に対する憧
れを示している。[55]

　こうしてロレンスは、ルネッサンス以後に始まる近代文明がもたら
したものが、我われの近代生活の中にどっぷりと根を下ろしていて、
それ以前の中世的なものと二元的に対立していることを感じ取るの
である。

　イタリアと同様の体験を、ロレンスはアメリカのニュー・メキシコ
でもしている。そこの先住民は何か野生的なものにみえるが、文明人
と違って彼らの目には、自然物崇拝からくる宗教的な超然としたもの
が見えるという。彼らと白人の間には相互否定の深い淵が横たわって
いるのである。その具体的なものがダンスである。それはヨーロッパ
のものとは違っていた。ニュー・メキシコの先住民の場合は、個人的
な喜びや幸福は表面に表れることはない。彼らは男女が一組になるこ

とはなく、集団での行動となる。そして衣装にむしろ注意が払われ、素朴な飾りものを頭につけたりひょうたんや鈴を身体に付けたりして踊る。その踊りを見ていると、彼らの関心は個人的なものよりもむしろ精神的で、素足で地面を踏みつけることによって、大地と天空との交流に加わっている自覚がみられるとロレンスは述べている。

　このようにしてロレンスは、ニュー・メキシコでヨーロッパではめったにないものを体験する。ここに二つの違った考えがみられる。一つはヨーロッパのヒューマニズム、すなわちこの世の中心は人間であり、人間の幸福そのものが人生の目的であるという考えであり、いま一つはアメリカ先住民のアニミズム、すなわち人間のみならず自然界のあらゆる動植物と共に生きていこうという考えである。

　19世紀末から20世紀の初めにかけてヨーロッパは或る種の「行き詰まり」に陥り、彼らは今までの伝統と違った生き方を求めて新たな方向を模索しながら現在に至っている。ロレンスはこの渦中にあって、一つの新たな方向をここで示唆したのである。こうみてくると、ロレンスは未来の永遠と過去の永遠との境目をルネッサンスに置き、それ以前、特に中世を過去の永遠の一つとして考えたことが分かる。

　中世では聖なるものの一環として農村に伝わっていた古来の魔術や妖術は、ルネッサンスに至って教会の枠組みから外れて、暗闇のうちに、そして遂には地獄ないし悪魔主義へと追いやられてしまった。合理主義においては透明な論理が追及され、政治的事件に関心が移され、非合理的なことがなおざりにされてくる。そして「死」の観念についても、農民の魂は死後垂直的な上昇を持つキリスト教の死者の魂

とは逆に、「水平的」にさ迷うのだという。[56] これこそロレンスの考える「中世」の心情を説明してくれよう。人間の歴史が始まってこのかた、様々の努力によって文明が発達し多くの遺産が生み出されてきた。ところで人間の歴史は文化・文明の開化の歴史であり、また特に機械文明の歴史であってそれが人間の発展なのだとされているが、果たしてそうであろうか。確かにヨーロッパは科学技術の開発によって近代へと脱皮して世界を征服することができた。ところが最近になって科学が一人歩きを始め、それは負の遺産と呼ばれるような、人間にとって不都合な結果を生み出すようになってきている。このことにいち早く気づき、近代というものを見直そうとしたのがロレンスであった。ここでロレンスがこうして達した中世の境地、過去の永遠がどのように作品の中に描かれているかを見てみよう。

　『カンガルー』には、上で考えた二つの永遠を思わせるものがある。その登場人物の一人クーリーは、オーストラリアの民衆の大半は心のよりどころがなくて迷っているから、この国を一種の教会のような国家として、或る指導者によって導かれるようにすべきだと言う[57]が、この時クーリーの理想と考える人間のあり方が、あたかも中世の臣下と領主のような絶対服従の関係と同じであることが分かる。中編小説「てんとう虫」（'The Ladybird'）の登場人物ダイアニスも同様のことを述べ、自分の中のデモン (demon) の呼びかけを常に求めるのである。神と人間との間に介在するこの超自然的なデモンをロレンスは人間社会における非常に重要なものだとみなし、近代の民主主義を否定してむしろ有能な指導者の「律法」による教門政治を主張している。

他の作品にもそれが見られる。『逃げた雄鶏』には幾度となく'I must go to my Father!' [58] とか、'...I must ascend to my Father!' [59] のように my Father という言葉が出てくるが、これによって旧来のキリスト像から脱却したこの死んだ男も、やはり旧来の律法の指導者である my Father には敬意を持っていることが分かる。

ちなみに男は鶏に 'Surely thou art risen to the Father, among birds.' [60] と言っていることも注意を要する。これは鶏に対して特別の見方をしていることであり、the Father にいたる霊的な何ものかを認めていることである。また最後で女との接触が完成されるに至って、男はやはり父に呼びかける。

> 彼は麻の上着の紐を解いてその衣装を滑り落とし、黄金色に白い乳房が輝くのを見た。そしてそれに触れると、自分の生命が溶けてゆくのを感じた。「父よ！」彼は言った。「あなたは何故これを私から隠しておかれたのですか」[61]

ここにはキリストから「父なる神」―dark God―への脱皮が見られる。これはロレンス独特のものではなく、ジョイス（James Joyce, 1882-1941）にも見られるように 20 世紀の一つの傾向のようである。[62]

さて話を『アロンの杖』に移すと、この作品の登場人物アーガイルの中世や奴隷制に関する意見は、今考えている中世独特の生き方と関連づけてみると分かり易い。彼はギリシャやローマ世界が依拠してきた堅実で健全な奴隷制は、我われの近代世界よりも遥かに素晴らしいも

のであるという。近代とともに一旦は民主制となるが、民主的で悪平等な人間関係の後に再び奴隷制へと変わるべきだという。一人以外のすべての人が皆奴隷になる。理想主義者も紳士も銀行家も医者も弁護士も。自分の夢を他人に押し付けず、他よりも多く金銭を儲けようとはせず、良い格好も求めないこと、これこそは奴隷制だ。また観念や理想は現在では死んだ腐肉のようなものであり、今あるものは理想化された愛や自由、兄弟愛、神聖さ、善良さ、慈善、公共心などといったものであり、人間の高邁な目的のために犠牲になることに過ぎないという。

　キリスト教もまたこれら死んだ理想の一つなのだ。そしてこのような理想を民衆は持つべきではなく、もし持たないのなら奴隷と同じではないかというのである。また奴隷制に絡んで、劣った人間は自分の生きる目的を優れた人間に委託すべしとも言う。これで彼のいう奴隷制の意味が分かるが、それにしてもあれほど我の強かったロレンス自身はこれで納得するのだろうか。「自由」「孤独」と「奴隷制」とは最もかけ離れていると言えるにもかかわらず、一人の指導者に屈服するという考えがみられる。ここに、近代の民主主義とその悪弊を経てきた後の考えがみられるのである。

　『アメリカ古典文学研究』の中にもこのような考えを見出すことができる。アメリカの作家デイナ（Richard Henry Dana, 1815-82）の書いた航海記『水夫暮らしの２年間』（*Two Years before the Mast*, 1840）の中で、先ず嵐が起こってその後それは収まるが、その経過が次のように描かれる。

嵐というものは或る偏った流れに一種の急激な再調整を行うものだ。偏った流れ、不安定な均衡状態の流れがあるのだ。その不安定がつのっていくうちに、ついには衝突が起こる。あらゆるものが崩壊するように思われる。雷鳴が轟き稲光がきらめく。主人が唸り鞭が飛ぶ。天は甘い雨をもたらす。船には不思議な新しい静けさ、再調整、均衡状態の再発見がある。[63]

ここでは海上の嵐と凪との間にあって、船の管理者・責任者としての船長と乗組員との間に嵐にも似た状態が起こり、この場合も同様な経過をたどる。船長と怠惰な船員との間に起こる制裁とその後にくる均衡状態について、次のようにロレンスは述べている。

　主人と召使、或は主人と部下との関係は、本質的に愛にも似た偏った流れだ。それは主人と部下の間に流れる活力の回路でお互いに非常に貴重な栄養源となり、微妙に震えながら両者を活力ある均衡状態に保つ。否定するならするがよいが、それが本当だ。しかしもし主人と部下の両方を抽象化して彼らを共に、生産や賃金、効率などという観念に従わせ、それによって双方が自分を或る種の進化を繰り返し行う道具だとみなしたが最後、主人と部下の活力に震える回路は機械の機械的結合に変わってしまう。全く別の生き方、或は逆向きの生き方だ。[64]

制裁がなされた後、船長とその召使としての乗組員との間には愛にも
似た関係が生まれ、その後両者の間にはえも言えぬ力強い均衡状態が
訪れるという。この状態こそは先から考えてきた中世の指導者と臣下
との間の在り方に通じるものである。そして指導者としての船長と臣
下としての乗組員との関係を抜き去り、近代的抽象観念を持ち込むと、
それまでの力強い関係から機械的な関係に変わってしまうというの
である。

　ところで船長と船員との間はその後うまくいくのであろうか。近代
生活においては後に怨恨が付きまとうものであるが、これについては、

　　　　新しい平衡状態が起こる、新たなる出発である。サムという
　　　　人間の肉体的知性が回復され、船長の血管が膨れあがるのが取
　　　　り除かれるのだ。[65]

と書かれている。この文の肉体的知性、肉体の経験を通して得た認識
（physical intelligence）に注意しなければならない。これはギリシ
ャ悲劇におけるカタルシスに似ていて、これによって新しい均衡が起
こるというのである。この認識によって、鞭打ちの刑を受けた水夫の
怨恨は解消され船長への報復は行われない。と同時に、次の引用でも
分かるように、船長の行動もこの認識に基づくものである。

　　　　それは人間同士の結合・交流の自然な形である。
　　　　サムが鞭打たれることは良いことだ。この場合、船長がサム

を鞭打たすことは良いことなのだ。私はそう言いたい。何故なら彼らは両方とも、そんな肉体的状態にあるからだ。⁶⁶⁾

　ではこの肉体的（physical）とは何だろうか。これを解くヒントは次の文章にある。

　　　　鞭を惜しめば肉体的な子供は駄目になる。
　　　　鞭を使えば観念的な子供は駄目になる。⁶⁷⁾

サムは肉体的な子供（physical child）であったればこそ、上の引用も示すように鞭打ちに効果があったのであり、後に均衡が訪れたのである。そしてその対照となるものが観念的（ideal）な在り方である。サムがもし観念的な考え方をする人物であったならば、鞭打ちは何の効果もなかったということを上の文章は述べている。ここに肉体的と観念的との対照性が考えられる。そして鞭打ちが観念的な水夫に及ぼす場合が次に書かれている。スウェーデン人のジョン（John）という、その名の示す通り救い主ヨハネを自認した男の場合である。彼は同様な場合に船長に抗議するが、その時の船長は次のように描かれている。

　　　　しかし船長は激怒の状態にあった。彼は自然に起こった自分の激情が、このようなおめでたい救い主面したヨハネたちによって、裁かれたり妨害されるままになるわけにはいかなかった。そこで彼はおせっかいなヨハネを、やはり縛り上げ鞭打たせた。⁶⁸⁾

救い主の哀れみとは対照的に、やはり鞭打ちをもって報いたのである。

　ロレンスは「哀れみ」ということに対して本能的とも言える警戒心を持っていた。彼によれば、鞭打ちよりももっと耐え難い事は大抵の人に「好意」を寄せられ哀れみをかけられる事である。そして哀れみと逆の場合をメルヴィル（Herman Melville, 1819-91）の作品の中に見る。『白いジャケツ』（*White Jacket*, 1850）の中にも「仲裁者」はいたがサムとは違っていた。この場合は次のように描かれる。

　　　メルヴィルにもまた仲裁者があった。静かな自尊心の強い男ではあったが、救い主などではなかった。その男は正義の名において話した。メルヴィルは不正にも鞭打たれようとしている、と。男は正直でもの静かに語った。救い主の精神からではなかった。‥‥正義は壮大で男らしいものである。救世主義は卑しむべきものである。[69]

前のジョンの場合と違って、この場合は仲裁者などではなく「静かで自尊心の強い」男で、正義の名において「不正な鞭打ち」だと船長に抗議し鞭打ちは回避される。正義こそは偉大で男らしいものだとロレンスは言う。キリスト教の救済者の持つ哀れみではなく、正義こそは人の心を打つのだという。

　こうして近代以前の中世の在り方に理想を求めるロレンスの人間観が分かる。ルネッサンスから産業革命を経て近代資本主義の体系のもとに人間が整備されていくと、従来の人間の間の在り方が変わって

いくのである。

　現代になって観客の恐怖を感じさせる、いわゆるホラーもの映画が大はやりである。これは現代人の怖いもの見たさから起こる現象である。そしてそれは今では怖いものがないからだ。つまり怖いものは近代になって科学に駆逐されたのだ。怖いものは中世の産物だった。だからロレンスが闇を追及するのは中世への方向と一致するのである。ロレンスが闇や何か恐怖にとりつかれるのは、このようなことも関係するといえよう。

　そして晩年の小説『チャタレイ卿夫人の恋人』の森こそは、たとえわずかの期間であるとはいえ、今まで考えてきた中世の体現なのだ。何故ならばそこでは外界と何の関係もなく、季節に応じた生と死の営みが持続されているからである。そしてコニーとメラーズが何も身に付けずに走り回るのは、森で生きている動物や植物と同じ生きものの一員として、宇宙のリズムの中でその時そこに存在（being）していることである。文明の象徴である衣服は捨てられなければならない。森こそは最高に中世的である。

　コーンウォール体験から始まった、ロレンスの中世的要素をたどってみた。このようにロレンスのコーンウォールを通して得たケルト体験は、彼の生涯の根源的な思想を形成したように思われる。そしてそれは後に書かれた作品の中で、毎年繰り返される1年の巡りや復活の考え、更には晩年の作品に至って、中世の円環する時間の中で生きる人間観や自然観となって発展していくのである。

7　21世紀に向けて

　ロレンスはその著作の中で我われ人間が今後向かうべき方向のモデルを示してくれた。今までそれを作品から眺めてきたが、ここでもう一度21世紀の夜明けにあたって、考えてみたいと思う。

　彼が1930年に亡くなって70数年の年月を経て、今21世紀になっているが、彼が危惧した事はますます現実味を帯びてきている。ルネッサンスの人間中心主義が生んだ「個性・個人性」は、世界のそれぞれの民族によって自覚されるにつれていよいよ大きく主張されて、それらは互いに摩擦を生じるようになった。そこでロレンスは、21世紀に生きる上でヒントとなる人間の在り方として、古ぼけた個人性（Impersonality）を脱却する必要を説いた。そしてルネッサンスの結果発展してきたいわゆる近代人ではなく、祖先の従来の生き方を受け継いで生きている、世界各地の先住民に目を向け、彼らを尊重しなければならないという。先住民の娯楽観を理解するためには、ヨーロッパ人は自分独自の考え方を押し殺さなければならないと言うのである。ここにも人間がその生い立ちという個人性を越えなければならないという考えが見られる。ロレンスが先住民の中に見たものは、まさに個人性を脱却した世界そのものであった。

　このように、いわば過去の中に人間の理想の在り方を見出そうとするのは、現代が描く未来の中にそれを見出すことができないからである。ソ連の崩壊と共に、ルネッサンスに伴うヨーロッパ近代主義の落

し子たるアメリカの一人勝ちとなり、ロレンスの危惧していた正にそのことが勝ち残った結果となったのが 20 世紀の末だった。そしてそれに加えて、現在では特に石化燃料の使用が大気汚染の原因となることから、原子力による発電、狂牛病、地球の人口爆発による貧富の差の拡大などが起こり、他方ではそういった商業主義、産業主義ベースに乗らない農業や林業の疲弊と、世界の原始林の無秩序な伐採が行われている。

　我われの身の回りのこのような状況を見た時、我われはこのまま進んで行く未来に対して希望が持てるだろうか。もしロレンスが今生きていたら、これを見て何と言うだろうか。それ見たことか、俺がかつて言った通りだ、というに違いない。

　ここで、これまで本書で追求してきて、かつてロレンスが考えた「過去の永遠」論を再考してみたいと思う。近年になって繰り返し行われているシステム化された近代戦争も、G. オーウェルが大いなる憂慮を込めて警告した、あの世界戦争を思わせるものがあり、まさに 21 世紀的でロレンスが予言していたようにルネッサンスとヨーロッパ近代主義から生まれ出たものである。従って、今まで本書でみてきたように、ロレンスにとって例えばアメリカ先住民こそは、近代人がとりつかれた宇宙精神から免れていて、ヨーロッパ近代主義に汚染されないものだった。そしてこれは決して未来の永遠にロレンスが見たものではなく、どちらかというと限りなく古い過去の永遠の中に属するものだった。ロレンスはアメリカの先住民たちのダンスを見て、彼らの血が滴りとなって地球の中心に向かって流れ落ちていると述べている。

　先に述べたロレンスの中世への傾向とは、一体何なのだろうか。21世紀の今になって分かることだが、ロレンスの反キリスト教と相まって近代以前の宗教、近代を経る前の宗教への共感がここにあると思われる。21世紀は民族、宗教の問われる時代だと言われるが、彼はこの問題を先取りしているのである。これは例えばイスラムにおける人民と支配者との関係を、民主主義の中でどのように考えるかということである。ロレンスはどうも支配者への絶対服従を考えているように思われる。本書の前の部分で述べた「貴族主義」がそうだった。近代主義が生んだ金権主義よりは貴族主義のほうが、まだしも良いというのである。

　近代が生んだ個人性をまともに追及したのが「島を愛した男」であった。男は自分の島を持ちたいと思うが、自分の個性で島を満たそうとして敗北した現代文明人であり、『逃げた雄鶏』と全く逆の人物として描かれていることは先に述べた通りである。これは『逃げた雄鶏』の世界とは対照的に、ロレンスの言う未来に至る永遠の中で予想されるものであり、それに対して中世の在り方や『逃げた雄鶏』の世界は過去の永遠と言うべきものであることが分かる。『恋する女たち』の中にも、未来の永遠に対する不安を見出すことができる。その中で主人公のバーキンは恋人のアーシュラに次のように語る。

　　「あなたは万物が人間によってどうにでもなると思っているのですか。とんでもない事ですよ。樹木や草や小鳥たちが生きています。僕はむしろ人の居ない世界で、朝雲雀が飛び立つの

を考える方がはるかに好きです。人間は出来損ないで、退場しなければならないのですよ。草や野兎や蝮<ruby>蝮<rt>まむし</rt></ruby>や、それに見えざる主人たち、汚れた人間が邪魔しなければ自由に歩きまわる天使たちが、現実にいるのです。それに透き通った善良な精霊たちもね。」[70]

「人間は間違って創造されたもの」という表現は、人類に見切りをつけた宣言である。人間以外にも動物たちや「見えざる主人たち」、「透き通った善良な精霊たち」が存在し、今までの人間に代わって別のものが現れるという。これも先に考えた Impersonality の一つである。動物たちと共に考えられている見えざる主人たちや透き通った善良な精霊たちは、今人間がまだ存在している時の一つの救いであり、人間が安んじて退場することのできるものである。

　バーキンはまた、人はもう花を咲かせないが、草花は新しい創像の象徴だとみなしている。ロレンスの作品の中にある草花が、これでまた大きな意味を持つことになる。ロレンスはしばしば草花を作品の中に描写するが、これは上の観点から解釈することができる。すなわちもう退場しかない人間に代わって、草花が不死鳥として、次のように登場するのである。

　　「‥‥僕は人間の先触れとなっている、誇り高い天使や精霊の存在を信じています。我われ人間は充分な誇りを持っていないから、彼らは我われを滅ぼすでしょう。魚竜たちは誇りを持

ってはいなかった、我われが今しているように這い回ったりのたうち回っていたのです。それに、にわとこの花やヒアシンスを見てごらんなさい。これらは純粋な創造が行われていることの証拠です。蝶々でさえそうです。しかし人間が毛虫の段階を越えることは決してないんです。それはさなぎの時に腐り、羽は決して付けない。それは猿や狒々（ひひ）と同様、創造とは逆のものです。」[71]

草花それ自身が新たな創造の象徴となっていることが分かる。これがロレンスの見た過去の永遠の方向であった。

　さて21世紀に入って世界のグローバル化が進んでくると、様々な文化がはっきりとした形で拮抗し合うことになる。そして今課題となっているのは、ヨーロッパ育ちの画一的民主主義からの脱却ということである。世界をリードしてきた先進国の考えの根底に横たわるキリスト教至上主義、石油の確保への配慮などがあり、その対極としての過去の永遠に属するアメリカ先住民の生活心情、イタリアなど南欧地域の闇に象徴される非工業・非産業的生き方、その同類としての農業の在り方などである。

　G．オーウェルは『1984年』において、この素晴しい星である地球が心ない一握りの独裁者によって牛耳られ、人々の自由は剥奪され、その天文学上の生命も終わろうとする状況を描いた。ロレンスはそれよりも前に、ルネッサンスと近代の自由の精神の中に潜む危険な要素を感じ取り、それに警告を発した。それが21世紀に入った今、彼の予

言を証明するかのように地球に吹き荒れている。テロの応酬である。そしてそのようなテロはイスラム教の国家と一体であるとし、イラクのフセインを退陣させ、「民主主義国家」を作る方向に向かっている。

こういう事を考えた上で日本のお遍路さんを考えてみる。この頃若手のお遍路さんをよく見かける。ここには、今生で考えた積極的人生観とはまったく逆の、足るを知る人生観に似たものが感じられる。日本独特の宗教観とでも言えそうなものである。お遍路さんは日本独特の「旅」観も加わって、無宗教を補っているように思われる。そしてこのことは、今まで考えてきた非個人性（Impersonality）と一連のものであり、さらに人間臭さからの脱却、自然への没入、アニミズムの世界など考えていくと、それは日本の解脱、洒脱とも関係していることが分かる。

我われ日本人が日常生活の中で何気なく古来の伝統として受け入れている人間観である「もののあわれ」や、「人生ははかない」という考え方、広く言えば日本の文化・思想と考えることのできるものも、戦後の新教育の中で諦念だとして、消極的な生き方だと決め付けられていたように思われる。しかし今翻って考えてみると、これは上で考えてきた Impersonality の生き方の本質と合致するのではないだろうか。この精神は『平家物語』の冒頭でも次のように述べられている。

　　祇園精舎の鐘の声、諸行無常の響あり。‥‥花の色、盛者必衰の理を顕す。

諸行無常、盛者必衰、これは日本の古来の木と紙の文化を背景とした生活哲学に根ざした考えである。今まで西洋を追い求めてきた結果、後ろを向くことを知らなかった日本人が、従来の経済一辺倒主義を反省し、効率性のみを求める生き方を改める「がんばらない生き方」を思い返し、思い出す時期にさしかかっている。ここにロレンスの言う過去の永遠と我われ日本人との接点があり、本書で考えてきた Impersonality という言葉と東洋との関りがはっきりし、グローバルなものになる。

　ロレンス独特の自然観に関って、もう一つその例をあげておきたい。やはりニュー・メキシコを舞台とした作品に「馬で去った女」がある。一人の白人女性がヨーロッパ的世界とアメリカ先住民の世界との間で大きく揺れながら、次第に死へと近づいてゆくのであるが、その途中の彼女の体験の素晴しい叙述も、今考えた Impersonality という点から考えると一連のものであることが分かる。これについては先に一度考察したが、ここで改めて全体の流れの中で考えたい。

　ロッキーの山地深く分け入って行くにつれて、彼女自身も次第に自然にとけ込んでゆくが、付き添いの先住民は文明人の彼女にとっては、人間というよりもむしろ動物に近い存在である。彼女は若い先住民の目の中に、非西欧的世界、動物によくみられる神秘な世界を垣間見る。それと同時に生きものと無生物との区別もなくなってゆき、生きものと無生物とが入り乱れて区別がうすれた描写になっていて、岩があたかも生きもののように描かれている。彼女の目に写る山はまさに生きており、読者はそれを彼女の目を通して再体験するのである。彼女の

死に先だって彼女が見る先住民のダンスは深い意味をもっている。旅行記『イタリアの薄明』や長編小説『羽鱗の蛇』（*The Plumed Serpent,* 1926）などにみられるダンスと同様、このダンスには前に述べたように、ヨーロッパに伝統的にみられる個人的自我からの脱却、Impersonality がある。先住民には彼女は物として写るに過ぎない。そこでは言葉は真実を表現することはできず、彼女は若い先住民が語りかけてくる言葉を理解できないのである。このことについて私の前著『ロレンス研究――西洋文明を越えて――』では、この作品の叙述の特徴に目をつけて、言葉が風化して生物と無生物とが渾然一体となっていく様子を具体的に詳しく述べているので、参照していただきたい。本書では更にこのような体験の後に起こる、彼女の宇宙意識に目を向けたいと思う。

　こうして生きものと無生物とが融合した中で、彼女の近代人としての個人性、自我に代わって宇宙の意識が現れ、大地の中心が崩れる音が聞こえ、これと呼応するかのように大空に星が登場して大地に語りかけるのである。この大地と宇宙との合一こそは、ロレンスが過去の永遠と名付けた 21 世紀のあるべき姿の象徴である。この幻と現実との境目の体験の中に、論理を越えた近代以前の天体観が感じられる。これは先にみたように、人間を含めた生きものと無生物とが渾然一体となった、西欧文明へのアンチ・テーゼと言えるのである。

第4章　ユートピアより新桃源郷へ

　今まで述べてきたことは、ロレンスが 20 世紀の初頭、迫り来る近代の波を前にして悩み模索し、何とかしてそこから抜け出そうと新しいユートピアを求めて努力した、最終的結論であったように思われる。

　ところでユートピアの歴史は古く、トマス・モア (Sir Thomas More, 1478-1535) は『ユートピア』(*Utopia*, 1516) の中で、イギリスルネッサンスの初め頃の社会を批判しながら理想的な世界を描いた。興味深いことには、この作品も当時の腐敗したキリスト教社会の改革・再生を、政治家や知識人に訴えたものであった。その後数々の先駆者がユートピア論を書いたけれども、もともとユートピアという言葉そのものが「どこにもない所」の意味なので、それは現実には考えられないようなものであった。そればかりか人類はその進歩とは裏腹に、G.オーウェルの『1984 年』のように、ユートピアとは全く反対のイメージしか描くことができない、いわゆる逆ユートピアとなるのである。

　ロレンスもまたユートピアを求めたが、キリスト教を中心とした長い中世を経たヨーロッパにあって、当時のキリスト教はその時までの先駆者たちが、ユートピアとして求めたものとはずいぶん違っていた。この点がロレンスと今までのユートピア作家と違うところである。すなわち、ロレンスが求めた方向はキリスト教の向かう未来の永遠にではなく、過去の異教的な方向だった。キリスト教よりも異教の古代オ

シリス神話などに新しい道を見出したのである。これがロレンスの求めてきた特徴的なものであった。

　ところで、ロレンスの考える理想郷は、ヨーロッパで考えられているユートピアにははまりきらないように思われる。そこでもっと視野を世界全体に広げて探してみると、ヨーロッパと同様に古くから人間の理想郷を求め続けてきた中国に、桃源郷というのがある。

　ユートピアと桃源郷は普通良く似た、理想郷をその内容として持つ言葉である。しかしこれらは比べてみると随分違ったものであることが分かる。国際日本文化研究センターの安田喜憲教授によると、前者は畑作牧畜民を祖先とするヨーロッパで用いられ、後者は中国に端を発しアジアでよく用いられる、稲作漁労民が夢に描くものである。

　この両者を比べてみると、次のような違いがあることが分かる。すなわち、ユートピアは新しい畑地を求めて家畜と共に移動し新天地を求め、北欧アングロサクスンの都市型の人々が向かう、言わば未来志向の対象となるものである。ロレンスはこれを未来の永遠と名付けていて、ヨーロッパの近代が求め続けてそれが行き着く所である。それに対して桃源郷は過去からずっと変わらず続いてきていて、水田を維持する過去に向かうもので、ロレンスが過去の永遠と名付け、ケルトと森の方向を持つものであった。[1] 例えば、ニュー・メキシコでの発芽の踊りについては、次のように記されている。

　　　こうして発芽の神秘劇が完成される。これは出産ではなく発芽の踊りであり、復活であり、種子の内部で生命が沸き出すこ

とである。空には火や水、星、漂う電光、風、寒気などがある。地には赤い肉体や目に見えぬ熱い心臓、内部に満ちる水と種々の汁気と数え切れぬ物質がある。それらすべての間には小さな種子がある。‥‥そして天上と地底とから呼び役としての人間が声をかける。知識を持つ存在としての人間は、自分の知識を用いて天上にある力を引き下ろし、地下の力を引き上げる。‥‥人間は穀物の発芽や成長、開花、結実などに参加する。そしてついに彼がパンを食べる時、彼は以前に送り出したもののすべてをとり戻し、かつて広い宇宙から呼び集めて穀物の中へ注入したエネルギーの分け前にあずかるのだ。[2]

　この中に我われは、ヨーロッパとはおもむきの違ったアニミズムの世界、その土地と密接な関係を維持しつつ生きているアメリカ先住民の姿を見るのである。そしてメキシコがロレンスの巡った巡礼地の一つであったことを考えると、これこそはロレンスが夢に描いた桃源郷であったことが分かる。ロレンスが考える理想郷はユートピアではなくて桃源郷であったと思われる。

　しかしながら、それは過去にあったものを探る中で発見されたものであったとは言え、その過去を迂回して、未来の宇宙へと飛翔するものであったことは、『恋する女たち』の中で述べられた「星と星との均衡」や、「聖マタイ」の詩で聖マタイが最後に達した境地を見れば分かるのである。この意味でロレンスの理想郷は、従来の桃源郷に大宇宙を加えた新しい桃源郷、新桃源郷、だったということができる。では、

「聖マタイ」からそれをみて行こうと思う。

1　天空を通う旅人、マタイ——ロレンスの宇宙観

　前章ではルネッサンスに端を発する人間中心の考え方としての擬人化と、それへのアンチ・テーゼとしての擬物化について考えたが、ロレンスが動物を描く場合この二つのレトリックや方法があるように思われる。第1章第4節の「聖なる動物たちの栄光と堕落」では、新約聖書の福音書の筆記者を、それぞれ翼を持ったライオン、雄牛、鷲などに表象させ、それらが文明の発達と近代化の中でどのように堕落してきているかをロレンスはみている。ここでは四福音書のうち、動物でなく天使に表象される聖マタイと、上の動物の王者以外の動物たちについてロレンスがどう考えていたかを見てみたいと思う。

　ロレンスにはその晩年の作品『逃げた雄鶏』でも分かるように、キリスト教の在り方に批判的な考えが強くあった。しかし彼の詩には地上の世俗を大切にしようという気持ちと同時に、神に対する敬虔な気持ちが見られる。詩集『鳥・獣・花』には、新約聖書の四福音書の筆記者の名を持つ詩が収められているが、そのうち「聖マタイ」では彼の宗教上の理想が語られているように思われる。

　この詩集はロレンスがメキシコに滞在していた 1923 年 10 月にセルツァー（Seltzer）社から出版された。そして「聖マタイ」の詩は同年の四月に『ポエトリー』（*Poetry*）誌に、また 10 月には「糸杉」や「西方へ呼ばれる霊」（'Spirits Summoned West'）と共に『アデルフィー』

（*Adelphi*）誌に掲載されている[3]。四つの福音書の筆記者は、それぞ
れ翼を持った天使、ライオン、雄牛、鷲に表象されて、天国の四隅に
座を占めるとされる[4]。その四つの表象からこの詩は始まる。

　　　皆が獣である訳ではない。
　　　例えば、人間もいれば鳥もいる。

　　　私、マタイは人間だ。

（C. P.　p. 320）

詩の中で私という聖マタイは、上の四つの存在のうちの天使であり、
ここでマタイは自分のことを a man と述べて人間宣言を行う。先に述
べた小説『逃げた雄鶏』の男と似た立場ではあるが、ここでは神とし
てのキリストと俗人である自分との区別をはっきりしようという意
図が見られる。そして『ヨハネによる福音書』12 章 32 節でイエスが
十字架に架けられる前に言った

　　　　「そしてもし引き上げられれば、私はすべての人間を
　　　　　　私のもとに引き上げよう」

（C. P.　p. 320）

という言葉を引いて、人間でなく「人の子」としてのイエスが自分で
上のように言うのは、神と俗人との区別を無視した無責任な言葉だと、

次のようにうたう。

　　こう言ったのはイエスだ。
　　しかしその時イエスは必ずしも人間ではなかった。
　　彼は「人の子」であり、
　　「わが子」だった。ああ、イエス自身の口からもれた
　　何と無責任な論理。

(C.P. p.320)

「わが子」（Filius Meus）とは大文字になっていることでも分かるように、神のキリストへの言葉である。後でマタイが言っているように、人間を皆天上へ引き上げて下へ降ろして布教活動をさせることがないのは、無責任だというのである。そしてマタイは改めて次のように言う。

　　私マタイは人間で、
　　すべての人々と同じなのだから、聖霊よ
　　引き上げられて、すべての人々を
　　私のもとへ引き寄せることはありえない。

(C.P. p.320)

マタイは引き上げられて唱道者となるが、すべての人々をキリストのように引き上げることはないという。ここにはキリストのように神で

はなく、神と人間の間を往復して使者としての役割を演じようという決意が表れている。しかしここでマタイは二つの心情に引き裂かれる。一つは上で述べた両者の使者となること、もう一つは神に選ばれて唱道者となることへの憧れ、すなわちキリストと同様の域に達することへの憧れである。これは次のようにうたわれる。

　　　一方私はすべての人々が引かれると同様、
　　　「引き上げられた者」に引かれる。
　　　「人の子」の方に。
　　　「わが子」の方に。

（C.P.　p.320）

次の部分には、世俗の人間としてのマタイが「人の子」としての神に、天上へと引き上げられる時の胸のときめき、その喜びが表れている。一人間に過ぎないマタイは、獣と同じ心臓が鼓動し、黒い血は体の端から端まで巡るのである。「黒い血」の中に、ロレンスの作品に共通する原初への方向や人間の世俗の在り方が見られる。

　　　「人の子」よ、「あなたは私を引き上げ給うのか」
　　　私の胸は何と高鳴ることか。
　　　私は人間なのだ。

　　　私は人間だ、それ故私の心臓は鼓動し、

　　　　　黒い血を体の端から端まで巡らせる

　私が引き上げられる間中ずっと。

　私が昇ってゆく間でさえ、そうだ。

(C. P. p. 320)

そしてこの「心のときめき」や「心臓の鼓動」、「黒い血の巡り」こそ
が人間マタイの象徴であり、先に述べた、マタイが引き裂かれた二つ
の立場の分かれ目となるものである。もし引き上げられる途中で心臓
が打つのを止め黒い血がめぐるのを止めれば、今までのようにはもは
やマタイは人間でなくなるという。[5] そしてその後次のようになる。

　私は祝福された魂、天使となり、「引き上げられた者」に

　　　　　近づくかも知れない。

　しかしそれはまた別の問題だ。

　私はマタイで、人間だ。

　そして私はその別の天使のような者ではない。

(C. P. p. 321)

マタイは引き上げられて天使となり、たとえ唱道者に近づくことにな
っても、自分はあくまでも人間マタイであり、そのような自分とは別
の存在ではないと強調するのである。これは『逃げた雄鶏』に見られ
る、男の地上への帰還宣言に似ている。

　ここからマタイの世俗への方向が強くなる。マタイにはやはり第1

の憧れ、つまり聖人となって天上に留まっていたいという気持ちのままでいる訳にはいかない。心臓がいったん打つのを止めれば二度と地上へ帰還することはできない。そこで次のようにうたう。

　　　　そこで、救世主よ、私は引き上げられるでしょう。
　　　　しかし、主よ、時が経てば、私の心臓が打つのを止め、
　　　　今の私でないものになる前に、もう一度私を下ろして下さい。
　　　　イエス様、私をもう一度地上に、茶色の土の上に戻して下さい。
　　　　そこでは花が臭い腐植土の中から芽を出し、
　　　　　　　　しおれてまた腐植土に帰ってゆく。
　　　　そこでは獣がまだ形の整わない子供を産み落とし、草を食べ、
　　　　　　　　芝生の間に落とし物を落とす。
　　　　そこでは蝮<ruby>蝮<rt>まむし</rt></ruby>が腹ばいになって押し進んでゆく。

　　　　　　　　　　　　　　　　　　　（C.P.　p.321）

たとえ引き上げられたとしても、心臓が打つのを止め聖化する前に、もう一度自分を地上に下ろして欲しいという。「茶色の土」、「腐植土」、「獣がまだ形の整わないこどもを産み落とし」、「芝生の間に落とし物を落とす」、「蝮<ruby>蝮<rt>まむし</rt></ruby>が腹ばいになって押し進んでゆく」などはマタイの憧れるもう一つの理想境、土臭い現実の俗界に相応しい地上の世界である。そしてそこにこそマタイは永遠に身も心も根付く。これこそはマタイが望んでいたことである。そして再びたたみかけるようにして、マタイは次のように言う。

私はマタイで、人間だ。

そして「十字架にかけられ」「栄光に包まれた」

　　　あなたに向かって、私は朝の翼をつける。

しかし花が夕方にその花びらをすぼめ

兎が短い草の間に玉を落とし

長い蛇は人が近づくのを聞いて、壁の暗い穴の中へ

　　　素早く滑り込む間に、

主よ、私は午後のうちに下ろしてもらわねばなりません。

そして私は夕方にズボン吊りを外すように

霊の翼をたたみ、…。

（C. P.　p. 321）

上の「朝の翼」は「十字架にかけられ、栄光に包まれた」イエスに向かう時に用いられるものである。しかしすぐさま午後には地上に降ろしてくれと願う。下界に降りた私はズボン吊りを外すように霊の翼をたたみ、霊界から俗界へと脱皮する。「兎が短い草の間に糞を落とす」という表現は、世俗の最たるものである。そうしていよいよ神さえも届かぬ所へ向かう。

　　魚のように裸に戻り、よみがえった暗い夜の中を

　　　　沈んでいかねばなりません

　　イエスよ、底に向かう魚のように、

『さかな』よ、

顔を下に向け

ゆっくりと向きを変え

闇の険しい斜面、海藻の闇、海藻の房飾りをつけた

　　　　海底の谷間を下りてゆき、

音のない滝のところを越え

測り知れない、底なしの穴の中へ

私の魂が底無しの異変の最後の激痛のうちに落ち、

　　　　最後まで落ちてしまった所へ。

霊の鳩よ、そなたの全く届かぬ所へ。

自分自身以外には、何ものも届かぬ所へ。

　　　　　　　　　　　　（C. P.　pp. 321-322）

ここから神さえも及ばぬ領域が始まる。私は魚のように裸に戻り、よみがえった暗い夜の中を沈んで行かねばならない。次の「顔を下に向け」から闇の海底の谷間を下りていって「最後まで落ちてしまった所へ」こそは、我われがロレンス晩年の小説『逃げた雄鶏』に登場する男が達した境地である。ここにはキリスト教からの脱却、独立があり、全く別の境地がある。まさにキリストさえも達せられず、「自分自身以外には、何ものも届かぬ」境地である。このことは更に、次の表現の中にも見られる。

　しかし、「人の子」よ、そなたでさえ地上の人間の残りかすを

　　　　飲み干すことはできない。
　　皆はそなたから後退りしてゆく。

（C. P.　p. 322）

地上の人間の残りかすとは、上で考えたキリスト教からの脱却・独立であり、地上の人間の営みである。その人間の生臭い営みが次に述べる「水銀の玉」であり「血の滴り」により象徴されている。また上の脱却・独立は、「そなたとは全く逆の暗い天頂」に表れている。暗い天頂は神と逆の世界であり、そこへ聖マタイは降りていく。

　　　　皆は後退りしてゆく、そして水銀が下り坂を滴りながら落ちる
　　　　　　ように、玉になって散り、血の滴りとなって燃え、そ
　　　　　　してぽとりぽとりと落ちながら翼をつける
　　　　薄い膜のような血管のある翼を。
　　　　思いもよらない細胞組織の扇を広げ、コウモリのように
　　　　皆は宙を縫い、身を震わせ、下へ下へと舞い降りていく
　　　　あなたとは逆の暗い天頂に向かって。
　　　　持ち上げられたキリストよ。

（C. P.　p. 322）

　さて先に少し述べたがロレンスは、この詩を含む四人の福音書の筆記者たちの詩に先立つ序文の中で、次のような謎めいたことを書いている。

　「おお、黙示録の獣たちをもとに戻せ、本来の場所へ、天国
の四隅に戻せ。何故なら星でちりばめられたその翼を羽ばたい
て彼らは夜を支配し、夜を見守る人間は四つの生を生き、夜を
眠る人間は獅子の眠り、雄牛の眠り、人の眠り、鷲の眠りの四
つの眠りを眠るからである。‥‥」

(C.P.　p.319)

　これは『ヨハネの黙示録』の中で述べられている、神の御座の中や周
りの四つの動物に関係している。ロレンスはこれらの動物を元に戻せ
と言うのである。今まで読んできたところによると、四人の唱道者た
ちは最初はこの天上には居ず、地上と実質的に同じ天国の神の御座と
は全く逆の「暗い天頂」からその御座へ引き上げられたのである。そ
してこの「元に戻せ」とは、キリストとは全く逆の暗い天頂へ天国か
ら戻すべしと言っていると考えられる。これが「本来の場所」すなわ
ち地上なのである。地上へ帰還すれば、上で見たように動物は復活し、
自然はその恵みを回復することになる。このことは上の序文で述べて
いるように、四動物たちは夜を支配し、夜を見守る人間は四つの生を
生き、夜を眠る人間は獅子の眠り、雄牛の眠り、人の眠り、鷲の眠り
の四つの眠りを眠ることと一致する。
　序文では次いでこの逆を述べる。

　「‥‥しかし天国に誰も居なくなれば、四つの偉大な「獣」、四

つの「自然」四つの「風」四つの「方角」がなくなれば、その
時眠りもまたなくなり、人間は獅子や雄牛のようにはもはや眠
らず、眠りが浅い鷺の眠りから覚めることはない。」

(C. P.　p. 319)

前の部分とは逆に、不自然な状態になるというのである。これは今ま
で見てきた地上への帰還後の状態とは全く逆である。従ってこれは先
に述べたように、四人の唱道者を象徴する四つの獣が神の玉座に居る
状態だと考えざるを得ない。今は天国の四隅すなわち「逆の暗い天頂」
には誰も居ないのだから、世俗の地上を唱道する者がいないために、
地上では眠りもなく風も吹かない状態であり、世直しの必要な世の中
となって、ロレンスの世界観と一致する。ちなみにこのことについて
ロックウッドも次のように述べている。

　　　ロレンスは獣たちが彼らの本来の場所へ戻ることを望んでい
　　　るが、それは天国でなく地上である。[6]

すなわち、上の「暗い天頂」とは地上のことである。ここで関連づけ
られるのが『恋する女たち』の中に出てくる「星の均衡」の考え[7]で
ある。この作品の主人公バーキンとアーシュラが理想と考えた人間の
在り方が「星の均衡」だった。今この詩に出てくる「暗い天頂」と考
え合わしてみると、見事な一致が見られる。ロレンスはここでは、天
空と地球ではなくもっと巨視的に、全宇宙的に世界を考えていたこと

が分かるのである。

　さてこれで序文と詩の内容との矛盾がなくなったが、さらに読み進もう。ここから聖マタイは神の天国とは逆向きの天頂へ降りてゆく。

　　　コウモリの翼を持った人間の心、
　　　逆向きの炎は
　　　底無しの穴をおののき震えながら
　　　逆の天頂の大きな深みへと降りて行く。

(C.P.　p. 322)

コウモリの翼を持った人間は、もはや神の玉座へは昇って行けない。コウモリは神や天国とは縁のない、世俗の象徴として用いられているからである。またロケットの噴射も逆向きであって、天国とは逆向きに降りてゆく。そしてこれこそが、今みたように四つの獣が本来在るべき場所なのである。そして次のようにコウモリと対照的に用いられているのが雲雀である。

　　　その後、その後
　　　朝が来て、私は自分の魂の翼から夜露を払い、
　　　雲雀のように舞い上がる、神に愛された人となって。

(C.P.　p. 322)

朝には翼をつけて、雲雀のように天上の神の御もとへおもむく。しか

しそんな神に愛された私だけれども、コウモリに出会えばとたんに天国から離れてしまうと、次のようにうたう。

> しかし、救世主よ、忘れないで欲しい、
> 天国の門でさえずる雲雀のように、そなたに向かって
> 　　　朝のきらめきとなってさ迷う私の心は、
> コウモリが逆にぶら下がり、眠っている並木道では、
> いつも黒い血を前後に投げかけている。
> そしてイエスよ、それは紛れもない事です。
>
> 　　　　　　　　　　　　　　　　　　　(C. P. p. 322)

雲雀は神へ向かう気持ちの象徴で、私マタイは神へ向かう無垢な気持ちと同時に、「紛れもな」く、「どす黒い血を前後に投げかける」のだという。これは上の方で神から脱却して地上へ降りてきた普通の人間としてのマタイの姿である。この二つの方向は次にも見られる。

> 聞き給え、聖霊よ。
> 私は深みに揺らめく私の闇の霊のコウモリの翼を
> 　　　否定することができないが、それと同様に、
> 栄光あるあなたよ、あなたのものである朝の翼を
> 　　　私は否定することができない。
>
> 　　　　　　　　　　　　　　　　　　　(C. P. p. 323)

ここで再び、この詩の最初に高らかにうたわれた人間宣言が繰り返され確認される。そしてイエスが『ヨハネによる福音書』の中で述べた言葉に対して、ロレンスが感じた「無責任」だという考えが我われに分かってくるのである。天上へ引き寄せた人間は時が来れば解き放たれねばならないと、次のようにうたう。

　　　　私はマタイだ。人間だ。
　　　　それは皆が知っている。
　　　　そしてそなたはイエスで、人の子だ
　　　　あらゆる人をそなたの方へ引き寄せるが、時がくれば
　　　　　　　彼らを解き放たねばならない。

　　　　私は行って、戻ってきた。
　　　　私は朝の翼に乗って昇り、天頂の対極まで
　　　　　　　通路をさらえながら降りてきた。
　　　　私は人間なので、それが私の道だ。
　　　　神々は中空に留まることができ、人の子は
　　　　　　　聖霊降臨祭に天頂へと昇った。
　　　　しかし私マタイは人間なので、行っては戻る旅人なのだ。
　　　　アーメン

　　　　　　　　　　　　　　　　　　　　　（C.P.　p.323）

最後にマタイの人間としての道が述べられる。ここでは神と俗人とは

はっきりと区別され、人の子は聖霊降臨祭に天頂へと昇り、そのまま中空に留まることができるのに対して、人間マタイの生きる道とは、天国に行き来する旅人だというのである。そして天国から戻った旅人は、同じ生命共同体に生きる他の動物たちと共にみずからの生を謳歌し、共に憩うのである。これこそは先に述べた擬物化の一つの姿である。

　最後の「アーメン」は文字通り考えれば「かくあらせ給え」となり、マタイの神への敬虔な気持ちがよく表れている。

　ロレンスは特に晩年にはキリスト教の在り方に批判的となったが、以上のように彼のマタイの表現の中に、キリスト教に対する批判にいたるまでに、このようにアンビバレントなものがあり、彼のキリスト教観が決して一枚岩でなかったことが分かる。

　またこの詩の中に見られる世界は、中世の天と地だけの天動説で自己完結するものではなく、我われが生きている地球が宇宙に無数に存在する星の一つに過ぎず、神と人間はそれらの大宇宙に位置していて、それぞれは従来の宗教のように上下関係ではなく、互いに他を支配せず独立しながら生を全うすることを理想としているという、21 世紀が進もうとする未来に通じる壮大な考えが見られる。これは日本で言えば宮沢賢治の宇宙観にも似たアニミズム的なものであり、その意味で今後の 21 世紀を先取りするもののように思われる。この考えはロレンスの小説の中にも見られ、先に述べたように『恋する女たち』の中でバーキンが述べた「星と星との均衡」という言葉[8]の中に、キリスト教など、従来の伝統は言うに及ばず、地球そのものをも超越して新

しい大宇宙に雄飛する姿を感じとることができる。

　短編小説「馬で去った女」の最後にも、これに似たものがある。この短編についてはすでに第3章でその擬物化と宇宙意識の方向から考察したが、ここではそれからさらに進んでゆく方向を眺めてみたいと思う。

　この作品では、アメリカ先住民の支配するニュー・メキシコのロッキー山地へ深く分け入った一白人女性が、その西洋人としての個人性はいよいよ無くなっていき、それに代わって宇宙の意識が現れる。彼女はすでに大地の中心が崩れる音を聞いているが、これは宇宙意識の発端である。大地の音はしばしば彼女には聞こえ、それは何か巨大な弓の弦がぶんぶんうなる音にもなる。そして大地の音と呼応するかのように、大空に星が登場する。彼女がドア越しに天空をみていると、大きな星が何時果てるともないダンスをし、暗闇の空間を互いに擦れ違ったり寄り集まったりしながら規則正しく小さく波打って歩み、その動作ときらめきとで見事に宇宙へと語りかけているのが聞きえてくるのである。

　ここには、本書でもしばしば触れた星と星との間の均衡がダンスで表現され、それに呼応するものとして地上での先住民たちのダンスが行われて、大地の宇宙への合一がみられるのである。ここに先にみた大地の中心より出る音と、大空の星から出る音との調和が考えられ、今見た聖マタイの描いた聖なる天空と日常の地上とが感じ取られる。ここにみられる中世的な天体観の中に幻と現実との境目の体験がうかがわれ、日本の夢幻能を思わせるものが感じられるのである。

ロレンスは近代が追い求めてきた未来の永遠の中には理想を見出すことができず、過去の永遠の中にそれを探し求めながら、その中からこのように近代を迂回もしくは超越して、21世紀が向かう未来に相応しいものを発見しようとしたのである。

2　進化論を越えて　生命共同体の担い手たち

　第1章では、四つの福音書の筆記者を表象している聖なる動物たちの描写の中に、本来は無垢な動物がいかに人間の文明の影響、特に人間の宗教上の影響によって堕落したかをみ、またアメリカライオンなど、文明によって追い詰められた動物たちをみてきた。また第2章では、ロレンスが世界のあちこちの辺境で出くわした植物の、文明によって影響されない原初の姿の描写を通して、ロレンスの過去の永遠の模索を探ってきた。第3章では、短編小説「馬で去った女」の中の擬物化ということを通して、文明世界の個性が滅却してゆくのを見てきた。こうしてロレンスは地球上のあらゆるものを、文明に汚染されない澄んだ目で見る。そして先ずロレンスの目に飛び込んで来たのは、人間の意識化と堕落から免れた植物や動物、生きものたちのイノセントな姿であった。その様子は本書の中で今までみてきた通りであるが、ここではロレンスが新しい理想郷の中へ、それらの生きものたちをいかに取り込み、宇宙でも稀にしか見られないこの地球という星の上で、その生を全うさせているかを考えてみたい。

　ロレンスは進化論の発展段階が、幸か不幸か人間以前の段階で留ま

っている動物たちにこそ、人間が文明化する中で失ってしまった無垢
なるものがあるのだという。それは彼が過去の永遠と名付けたものの
要素の一つである。そして人間を含めたあらゆる生きものたちを、こ
れから地球上に建設しようとする、新しい理想郷に生きる生命共同体
の担い手としていこうとするのである。この背後には、21 世紀に地球
が遭遇する環境問題があり、すべての生きものが参加する生命共同体
の考えがある。このことについて、ギルバートはホウ（G. Hough）の
言説を援用しながら、人間が今まで行ってきたように、詩を通して形
而上学的な主観的議論を行うことを免れる時には、ロレンスの描く動
植物は躍如としていて、その時ロレンスの詩は素晴しいものとなると
いう。[9]

　上で言う主観的議論とは、いわゆる「擬人法」のことである。この
レトリックは古くから文学に用いられてきたもので、動植物を描く場
合それらの内面に立ち入らずに人間になぞらえ、人間を説明するため
だけに用いるものであった。ロレンスが動植物を描く場合、従来の伝
統のようにではなく、ハックスレイがロレンスの書簡集の序文の中で
述べたように、しばし人間を忘れて生きものの中に入り込み、むしろ
人間としての自分を、ロレンスはその中に溶け込ませた。その結果そ
の動植物は、人間の説明をするための道具とはならず、自分たち独自
の世界に遊ぶのである。これこそは、万物の霊長として威張りちらし
ている人間に服従して、人間の意のままに生きることを強要されてい
る現在の動物の在り方ではなく、いまこの地球上で生命共同体の一員
として生きている、ロレンスが夢に描く世界の姿である。

先ずそれをアーモンドの中に見てみよう。

(1)　アーモンドの花

　ロレンスは 1919 年の末、友人のコンプトン・マッケンジー（Compton Mackenzie）を頼ってイタリアのカプリ島に渡り、パラッツォ・フェラロ（Palazzo Ferraro）に落ち着く。当時、女優のメアリー・キャナン（Mary Cannan）もこの島に居り [10]、以後のイタリア時代を通じて二人は親密であった。翌年の２月、同じくこの島に居たもう一人のイギリス作家フランシス・Ｂ・ヤング（Francis Brett Young）夫妻の案内でシシリー島に向けて出発する。そして３月頃ヤングの世話でタオルミーナのフォンタナ・ヴェッキア荘（Villa Fontana Vecchia）を借りて落ち着く。この年には『精神分析と無意識』（*Psychoanalysis and the Unconscious*, 1921）や『墜ちた女』（*The Lost Girl*, 1920）、『ミスター・ヌーン』（*Mr. Noon*）、『アロンの杖』などが執筆されているし、『ヨーロッパ歴史の胎動』（*Movement of European History*, 1921）も増補されている。また２月にはアマチュア劇団によって『ホルロイド夫人の寡婦暮らし』（*The Widowing of Mrs. Holroyd*, 1914）が初演されている。また短編「触れたのはそちら」（'You Touched Me'）は『ランド・アンド・ウォーター』（*Land and Water*）紙に掲載されている。

　さてそのタオルミーナのフォンタナ・ヴェッキアという山荘の名は詩集『鳥・獣・花』の、花の部を飾る最初の詩「アーモンドの花」（'Almond Blossom'）の最後に書かれている。この詩はここで書かれた。この地

名の他に、この詩が書かれた場所を考えるヒントを、詩の中の次の部分が示している。

　　　　ここは古代の南国の地、そこでは壷が焼かれた、アンフォラや
　　　　　　　　クレイター、
　　　　キャンサラス、エノコーエ、
　　　　　　　それに開けっ広げのサイリクスなどの壷が、
　　　　今はアーモンドの木が鉄を帯びて林立している。

　　　　　　　　　　　　　　　　　　　　　　　　　（C.P.　p.305）

上のアンフォラやクレイター、キャンサラス、オイノコエ、サイリクスなどは、古代ギリシャの様々な特徴のある古い壷の名である。このイタリアの南端シシリア島でも、ギリシャ時代にはこのような壷が焼かれていた。そしてロレンスはそれらの壷の代わりに、今ではアーモンドの木が「鉄を帯びて」（with the iron）林立していると言う。つまり今この地に茂るアーモンドの木を見ていると、その昔ギリシャ時代に焼かれたこれらの壷が幻想となって彷彿としてくるのである。

　それにしても何故「鉄」なのだろうか。この「鉄」はこの詩の最初から書かれていて、読者を戸惑わせる。

　　　　鉄でさえ芽が出せる、
　　　　鉄でさえ。

今は鉄の時代だが、

鉄が割れて芽を出すのを見て、

錆びた鉄が霞む花を吹き出すのを見て、

勇気を持とう。

アーモンドの木、

12月の裸の鉄の鉤形が大地から突き出てくる。

(C. P. p. 304)

アーモンドの木は年末から芽を出し翌年の2月から3月にかけて花を付ける。だからこそこの詩集の「花」の部類の最初を飾っているのだ。他の花に先駆けて咲くのである。「12月の‥‥突き出てくる」という表現の中に、このアーモンドの木の開花する季節とその様子を見ることができる。「裸の鉄の鉤形」（bare iron hooks）は、アーモンドの木が芽を出す時の様子である。だからこそ「鉄でさえ芽を出せる」（Even iron can put forth）と表現されている。ここまで読み進んできて、やっとこの1行目の内容がはっきりしてくる。

　「今は鉄の時代」（This is the iron age）は文字通りの意味である。すなわち文明が進み、今は鉄のように人間の心情が冷たく疎遠になった時代だというのだ。しかしアーモンドの木を鉄になぞらえて、その鉄が割れて芽を出すのを見て、あるいは錆びた鉄が霞む花を吹き出すのを見て、勇気を持とうとうたう。

　歳時記によると、アーモンドは葉が出るよりも先に花をつけ、開花した後に葉が大きくなってゆくが、鉄に似たアーモンドの木が成長し

てくると、上で言うように錆びた鉄が霞む花を吹き出すように見える。
この鉄は上で述べた鉄の時代という時の鉄ではなく、アーモンドの木
を生み出す鉄であり、霞む花を吹き出す鉄であって、冷たく疎遠にな
った人間の心情を象徴するものではない。今の鉄の時代にあって、ま
だこのようにアーモンドの木を生み出す豊かな鉄もあるのだ、勇気を
持って生きよう、と読者に呼び掛けているのだ。そして先に述べた冬
の情景がうたわれ、「裸の鉤形」という具体的な形で表現される。

　次いでアーモンドの木から吹き出す花の芽の描写となる。

　　　　鉄の上に、しかも鋼鉄の上に、
　　　　まるで雪のような奇妙な小片、雪の奇妙な断片、
　　　　融けてゆく雪の奇妙な残片。

　　　　だがそれは間違いだ、それは空から降ってくるものではない。
　　　　鉄から出るもの、鋼鉄から出るもの、
　　　　天から舞い下りてくるのではなく、吹き上がる、
　　　　鉄をつたって濃密な地下の世界から、
　　　　生きている鋼鉄へと奇妙に吹き上がるものだ。
　　　　その先端はバラの熱気を帯び、やがて薄いバラ色の雪の
　　　　断片となって世界に無類の告知をしながら。

　　　　　　　　　　　　　　　　　　　　　　　（C.P.　p. 304）

一見するとアーモンドの花は雪が空から舞い降りてきて、それが鉄に

まがう木に止まっているように見えるが、それは間違いだとわざわざ注意がなされる。それは空からではなくて木から嵐のように不気味に沸きこぼれる（Strange storming up）のである。さらにその木は濃蜜な地下の世界（the dense under-earth）に通じている。その地下の世界から鉄を通り、生きている鋼鉄へと吹き出す。この雪を吹き出してくる「生きている鋼鉄」（the living steel）は、鉄がただの俗っぽいものではないことを示している。そしてその鉄から出てきた芽は、この世に対して「無類の告知」（supreme annunciation）をしているという。告知とはルカ伝1章の26-38節に出てくる、天使ガブリエルによりなされた聖母マリアへのキリストの生誕の宣言、受胎告知である。アーモンドの木の芽はキリストの生誕にも比すべき大きな意味を持つというのである。まさに復活に相応しい言葉ではないか。その告知のことを思うと、剣のように突き出てくるアーモンドの力強い信仰が感じられるという。このような厳しく、孤独なアーモンドの木を見ていると、まるでそれは異境にさ迷う異民族のように感じられる。

　　木々も長い年月にわたって、諸民族のように苦しむ。
　　それらはさ迷い、追放され、長い年月のあいだ異境で生きる
　　抜いたまま二度と鞘に納められない刃のように、切られ黒ずむ、
　　異境のよそ者の木々。だがそれでいて
　　花の核心、
　　消し去ることのできない花の核心。

（C.P.　pp.304-305）

この背景には長い年月にわたって追放され、放浪し、長い年月のあいだ異境で生きたユダヤ民族があるだろう。それが「抜いたまま‥‥切られて黒ずんでいる」(Like drawn blades never sheathed, hacked and gone black) とうたわれている。しかし、にもかかわらずそれは「消し去ることのできない花の核心」(The un-quenchable heart of blossom) だと言う。花の核心とはこの世に生まれ出たもののうちで、最高のものという意味であろう。

　ロレンスにとって「花」は大きな意味を持ち、H. M. ダレスキーもその著『二股の炎』(*The Forked Flame*, 1965) の中で、人間にとって真に重要なもの、人生において意味のあるのは「花」であるというロレンスの思想を紹介し、これを「血のつながりの意識」(Blood consciousness) と述べている。[11]

　さてアーモンドは他のものに比べて、いかにたくましい生命力をもって生きているかは次のように描かれる。

　　　だがアーモンドの方を見ると、その小さな傷ついた幹から
　　　尽きぬ奔放さで身を躍らせている。

　　　頑固で片意地な粘り強いイチジクの木でさえ
　　　押さえつけておくことができるが、アーモンドの木はポリプに
　　　　似てはち切れるようにどこまでも伸びてゆこうとする。
　　　　　　　　　　　　　　　　　　　　　　　　　(C.P.　p.305)

アーモンドの木が、傷ついた幹から尽きぬ奔放さで身を躍らせている様子が躍如としている。ポリプ（polyp）というのはクラゲとよく似てはいるが、クラゲとは違って他のものに付着して生活する腔腸動物の一つで、生命力が旺盛で有性生殖をする他に、出芽という無性生殖の方法でも増えるが、それにも似たたくましさで伸びてゆく。そのたくましさはイチジクの木もかなわないという。ところで、今の世にあってアーモンドは一つの宿命を背負っているという。

　　　それにしても鉄の時代に、追放の身となったアーモンドの木。
（C. P.　p. 305）

先ほどから何回か出てきている「追放されて」（in exile）という言葉の真の意味を解く一つの重要な鍵がここに見出される。それは上の in the iron age にあるように思われる。アーモンドの木は「鉄の時代に」追放されたのだ。この詩ではこの次に、本論文の最初に引用した詩句が書かれている。ここまで読み進めてくると、最初の考察に加えて「追放」の意味が明らかになってくる。アーモンドの木は古代にギリシャの植民地であったここ南国のシシリー島で、言わば鉄の時代へと「追放」された古代の陶磁器の象徴となっているのである。これはロレンスがこの詩を書いたのとちょうど同じ頃、イタリアのトスカーナ地方で、糸杉に彼が見た次のような古代エトルリア人の幻想を思わせる。

　　　その背の高い暗闇を周囲に大きく揺れ動かせ

炎のように高く燃え上がる、曲がりくねった糸杉の間から
エトルリア人独特の黒ずんだ、古代エトルリア人が揺らめく。

（C. P.　p. 296）

同様の言い方をすれば、この時ロレンスが見た糸杉は、古代ローマ帝国によって全滅させられたエトルリア人が現代へと「追放」されて、今のトスカーナ地方で林立しているのである。

　さて鉄であるが、これについては先に述べたように必ずしも悪い印象だけではない。

鉄はしかし忘れ去られはしない。
夜明けの心臓が脈打つ鉄、
鉄に包まれて追放から守られ、年月から守られ、
いつまでも脈打つ夜明けの心臓。

（C. P.　p. 305）

鉄は忘れ去られるものではなく、鉄の中では夜明けの心臓が脈打っている。それは鉄に包まれて追放から守られ、年月から守られ、いつまでも脈打つ。この時鉄は先に述べたように、アーモンドを生み出す豊穣なものとなるのである。

　こうした状況のもとで、感動を込めてアーモンドの木が描かれる。

　見てごらん、夜長の１月に、

宵の明星やシリウスや

　　　エトナに吹雪く長い闇夜に、

　　　雪を忘れぬ心から、

　　　　　それが花を咲かせるのを。

(C.P.　p.305)

アーモンドの木は宵の明星やシリウスを戴く夜が長く暗い1月に、エトナから吹き下ろす風雪が厳しい中で、鉄に包まれた心臓の中から花を咲かせるのである。このような厳しい中でアーモンドの咲くのを見ていると、そこには誇りと蜜のような勝利と、いとも素晴しい栄光が感じられる。それはさながら、その昔キリストが捕えられた前日の様子を思わせるものがある。それは次のように描かれる。

　　　花へ、誇りへ、蜜のような勝利へ、いとも素晴しい栄光へと、

　　　血をしたたらせて長いゲッセマネの夜を通り抜けて行く。

　　　おお、花をつけた命の木と、恐れを知らぬ

　　　見事な花を咲かせる「十字架」を私に与えたまえ。

(C.P.　p.305)

ゲッセマネ（Gethsemane）とはエルサレムの東、オリーヴ山の麓にある庭園で、キリストが捕えられる前の晩、弟子たちと共に一晩中祈りがささげられた所である。次の「花咲く命の木」（the tree of life in blossom）や「見事な花を咲かせる十字架」には、十字架を担いで

行くキリストの姿が彷彿とするではないか。ここにはキリストの最後にも似た誇りと勝利と栄光が感じられる。悲劇の現代にあって、それをロレンスは自分にも与えたまえと祈願する。

　アーモンドもまた、このような遠いエルサレムの地の思いに慰められて、花咲く命の木の誇りと栄光を感じている。

> 宵の明星や吹雪や長い長い夜の中で、何かが
> 　　　アーモンドには慰めとなっているに違いない、
> 何か日光の弱い遠い土地の思い出が。
>
> 　　　　　　　　　　　　　　　　　(C.P. p.305)

そして改めて確信した信仰の気持ちも加わって、その歓喜で血を震わせる。

> それでアーモンドの心の中の信仰が再び笑い
> 再度の堅い信仰の、言葉では言い表せない
> 　　　あの歓喜でその血は震える、
> そしてゲッセマネの血が鉄の毛穴で口を開き、口を開き、
> 真珠の露を出し優しく芽吹き
> 偉大な聖なる歩みで、一足飛びに表れ出てくる
>
> 　　　　　　　　　　　　　　　　　(C.P. p.306)

「ゲッセマネの血が鉄の毛穴で‥‥優しく芽吹く」(the Gethsemane

blood at the iron pores unfolds, unfolds, /Pearls itself into tenderness of bud) という表現には、キリストの血の犠牲とその厳しさを受け継ぐ、アーモンドの発芽の偉大で聖なる歩みが見事に描かれている。そして最初のところでもうたわれたアーモンドの木肌についても改めて次のように描かれる。

　　　花咲く裸の木は、ちょうど衣服を脱いで露を浴びる
　　　花婿のように、か弱い裸で、緑の狼星の夜の遠吠えや、
　　　エトナの猛吹雪や、大声で叫ぶように見える
　　　1月の太陽に向かって、何もまとっていないのだ。

(C. P.　p. 306)

この時のアーモンドの木肌は、芽を出したばかりで全裸でか弱い花婿にも似て、厳しい1月の夜寒に向かって大胆にも対抗しているという。ここまで読み進めてくると、初め疑問に思われた部分が次第に明確になってくる。

　ここからはアーモンドへの賛歌である。今や愛しいものとなったアーモンドの木は、「蜜のからだをした」と表現され、か弱いにもかかわらず鉄よりも大胆で、しかも高潔で感じが良いと次のように描かれる。

　　　おお、蜜の体をした美しいものよ
　　　鉄から出ておいで、
　　　君の心臓は赤い。

　　　　か弱く優しい、か弱く優しい命の体、

　　　　いつも鉄よりも大胆で、

　　　　とても誇り高く、とても愛想が良い。

　　　　　　　　　　　　　　　　　　　　（C. P.　p. 306）

鉄から芽を出して、その赤い心臓を見せてくれという。赤は鉄に通じ
る色である。ここではもはや最初感じられる鉄の冷たさではなく、鉄
の持つ強靭で大胆な資質が浮かび上がって来るのである。そして何よ
りも「命と身体」(life-body)、これが「か弱く優しい」(Fragile-tender)
と形容されている。life も body も生きもの、それも特に人間につい
て今まで用いられてきた言葉である。動物ならばまだしも「からだ」
は考え易いだろうが、それがここでは植物に用いられている。ここに
ロレンス独特の生きもの観がうかがえるのである。ただ単に生きもの
というだけではなく、生命体全体に対して、地球共同体に生きる一メ
ンバーとしての共感が、ここには見られるのだ。

　この論考の最初でアーモンドの木々が林立している様子を、作者が
古代ギリシャの不朽の壺の亡霊にたとえているのを見たが、詩の後の
方でも、アーモンドの木はもはや現実のそれではなく、人間同様の優
しい生命を持ち、睦み合う (communing) 生命体として次のように描か
れる。

　　　　遠くから見れば薄っすらと白い霜のように、緑の岡の辺で睦み
　　　　　　合う銀色の亡霊たちのように、

薄っすらと白い霜のようで神秘である。

　　庭先では夜明けのように優しい

　　小枝のような体をして輝き出し、

　　微かに笑いながら、無類の確信をもってあたりを見まわす。

　　生まれ出たばかりの剣の刃。

（C. P.　p. 306）

　本節の三つめの引用でみた、鉄の上に現れる「まるで雪のような奇妙な小片、雪の奇妙な断片、融けてゆく雪の奇妙な残片」（Odd flakes as if of snow, odd bits of snow, /Odd crumbs of melting snow）が、前の詩では「薄っすらと白い霜」（hoar-frost）と表現され、その内容がここではっきりと理解できるのだ。また、本節の二つめの引用「鉄でさえ芽が出せる、／鉄でさえ。‥‥／12月の裸の鉄の鉤形が大地から突き出てくる」の真の意味が、前の詩の最後の二行「微かに笑いながら、無類の確信をもってあたりを見まわす／生まれ出たばかりの剣の刃」を読むことによって、より一層はっきりと理解できるのである。そして先にみた「古代から追放されてさ迷う」や、古代ギリシャの壺や、上の「銀色の亡霊たち」などを考え合せてみると、先にも考えたように、それは現実のアーモンドではなく、人間の人格に似たものを持った神秘を秘める一つの亡霊となる。先にも述べたトスカーナ地方の糸杉が古代エトルリア人の幻想、亡霊であったことが思い出される。この場合にも、現実に見るアーモンドという空間的なものと同様、時間的なものにもロレンスの意識が及んでいることが分かる。

　アーモンドへの賛歌は続く。同じ地球に生を受けた一つの生命体への共感である。

　　　　約束もなく、
　　　　制約もなく、
　　　　約束もなく迷い出てやって来る。
　　　　その木の命には聖なる力がこもり、
　　　　何物も恐れず、鉄と大地の中心で
　　　　至福の生命に満ちて。

　　　　　　　　　　　　　　　　　　　　　（C. P.　pp. 306-307）

生きものの生には、キリスト教の教えるような何の「約束」もない。またダからこそ、そこには何の「制約もない」（No bounds being set）。この世に生まれ出ることはまさに、約束もなく迷い出てやって来ることなのだ。こうしてアーモンドの命には聖なる力がこもり、何物も恐れず、鉄と大地の中心で至福の生命に満ちて生きるのだ。その生の躍動が次に描かれる。

　　　　空中で、青い、青い空中で、桃色の、
　　　　魚のような銀色のかたまり、
　　　　音もなく、喜びに満ち溢れ、広く輝き、蜜のからだをして、
　　　　中心は赤く、
　　　　中心は赤く、

明るい光を浴びて空中でかたまっている。

（C. P. p. 307）

青い空も静寂も蜜のからだも赤い心（core）も、もう説明を必要とは
しないであろう。ただ上の引用の二行目と六行目の「かたまり」(knots)
「かたまっている」(knotted) は今まであまり描かれていないアーモ
ンドの様子であるが、これはアーモンドの木の枝の空中でもつれ合う
様である。そのもつれが開くところでこの詩は終わっている。

開いた、
開いた、
五倍も広く開いた、
六倍も広く開いた、
そして生み出され、完全である。
そして中心は赤く、今後は悲嘆にくれることもない、
今は憂いに沈んだ様子をしているが。

（C. P. p. 307）

最後の二行で賛歌の後の、アーモンドに対する慰め、勇気づけが見ら
れる。最初見た時のあのなよなよとした、弱々しい、追放の悲嘆にく
れたアーモンドの様子を思い出してみたい。今やその様子は堂々とし
ていて、中心は赤く、わずかに残る憂いに沈んだ様子もこれが最後で
（last sore-heartedness）、これからは悲嘆にくれることもない、と

いうのである。

　ヨーロッパの冬は長い。その間に生あるものは夏に備えて、冬の厳しさに苦しみながら芽を出すのである。ロレンスはこの生命体の営みを、地球上で共に生きるものとして、人間と動植物の間の垣根を越えて立ち入り、生命の尊さをうたったのだ。

　21 世紀に入った今、人間の生活は便利になった反面、環境は悪化し動植物もその被害を受けている。このような時、ロレンスが 20 世紀の初めに示唆してくれた生命共同体の考えは、大きな意味を持つものと思われる。

(2)　ロレンスと動植物

　今、我われ人間と共に地球に生息してきた生きものが、年々姿を消している。コウノトリでは保護によって絶滅を食い止め、自然へ放つまでになったというわずかの成功例はあるものの、国家の事業として何年にもわたって取り組んできた朱鷺の保護が、うまくいっていないのがその象徴的な姿であるが、以前には我われの身の周りにもずいぶん多くの動物たちが飼育され、人間と共に働き生きていたものである。それが現在ではアフリカでさえも、動物たちは自然動物園の形で 1 箇所に集められて管理されている。文明の進歩と共に自動車や耕耘機が取って代わり、動物の出番がなくなってきている。一方、最近の地球規模の異常気象や、あい変わらず続いている大小さまざまの国際的な争いを考えてみると、この現象は文明の進歩や地球の成熟によるものとして、簡単に済ませる訳にはいかないと思われる。こういう事を念

頭において、ロレンスが生きものをどのように見ていたかを考えてみたい。

　ヨーロッパはルネッサンス以来近代化を突っ走ってきたが、17 世紀から 19 世紀のヴィクトリア時代を経て、ようやくそれをゆっくり振り返ることのできる 20 世紀に、ロレンスはその作家活動を始める。同時代のフロイト（Sigmund Freud, 1856-1939）の影響で、人間の精神をその内部にまで立ち入って考えるようになる。と同時に神の呪縛から解き放たれた人間を新たな目で見て、その中から以前とは違った独特の目で動物を見ようとするのである。近代が生み出した進化論の影響を受けて、万物の霊長たる人間までの進化の途上にあるものとして、彼は動物を考えたようである。

　この考えは彼がメキシコで書いた紀行文の中に見られる。メキシコのオワハカに滞在していた 1924 年、ロレンスは自分の宿で飼われているオウムと犬とをめぐって、「コラズミンとオウム」（'Corasmin and the Parrots'）という興味深いエッセイを書いている。[12] これは後に紀行文『メキシコの朝』に収められた。

　コラズミンというのはその犬の名前であるが、オウムは先ず先住民でロサリノという名の使用人の口笛を真似る。ロサリノはひとりで居る時には、感情を込めて精一杯口笛を吹き鳴らすが、内気なので他人の前ではそうではない。それが一人の時のように勢い良く聞こえるので、ロサリノの方を見るが聞こえてくる方向は木の上の方で、ロサリノ自身はきまりの悪い様子をしている。オウムの口笛の方がいつもロサリノより上手だと書かれている。人間以外の動物が出す声に、この

ように人間の声に似た皮肉を込めることのできるオウムの声に、彼は驚いているのである。[13]　同様にオウムは玄関に来客があるのを、犬以上に上手に知らせてキャンキャンと鳴き真似をする。しかし犬は悔しがったりはしない。

　ここでロレンスは「進化」ということに思いを馳せる。犬が悔しがらないのは次の段階までまだ進化していないからだという。進化論で考えるそれぞれの発展段階に応じて、動物たちは自分の属する次元の法則に従って振舞っているというのである。

　この考えの背景には古代アステカの信仰があるが、ロレンスは百年近くも前、このアステカの信仰について詳しく語っている[14]。すなわち、古代アステカでは太陽は今までに四つあり、現在のものはその五つめであるという。そして三番目の太陽は水中で爆発し動物から進化した初期の猿人ともども、不必要だと思われたすべての動物たちを溺死させ、その大洪水の中から今の人間に属する太陽と、小さな裸の人間が生じた[15]　と述べている。

　人類はかつて一度滅亡しようとしたというこのアステカの信仰は、『恋する女たち』の中のバーキンの言葉などに見られる、人類の滅亡についての考え[16]　と関連があるように思われる。そこでは植物が、人類の滅亡の可能性とは無関係に繁茂している様子が述べられている。

　ここにはロレンスの動物観、生きもの観が見られる。他次元を垣間見る驚きと興奮が感じられるのである。詩集『鳥・獣・花』の中で描かれる動物たちに対するロレンスの考えも、このようにしてうかがうことができる。前にみたように「聖マタイ」の詩の中でロレンスは、

自分が天に昇って行っても必ずまた地上へ戻らせて欲しい、地上には多くの動物たちがのんびりと生きていると聖マタイをして祈らせ、地上に帰った時の多くの動物を描いている。

　ところがその多くの動物について、その描き方に興味深い、微妙な違いが見られる。先ずコウモリから見てみたい。彼はコウモリの翼を持った人間は、もはや神の玉座へは昇って行くことはできないという。コウモリは神や天国とは縁のない、世俗の象徴として語られているのである。これに対して、前に述べたようにコウモリと対照的に用いられているのが雲雀である。雲雀は朝には翼をつけて天上の神の御もとへおもむく。しかしそれほど神に愛されていても、コウモリに出会えばとたんに天国から離れてしまうという。

　このように雲雀とコウモリは両極端の象徴として用いられている。これは朝と夕方の対照としても用いられている。「コウモリ」（'Bat'）の詩では、夕方から闇の世界に向けて活動を始めたコウモリが、雲雀と同じく光の中で、神の恵みに浴しながら飛び回っていた燕と間違えられている。また夜行性のコウモリが寝る時の、袋をぶら下げたような格好などから、コウモリが不気味なものとされているようだ。

　このようにロレンスは動物について、何か特別の考えを持ち、種類によって序列があるかのように考えていることが分かる。そしてこれは、先にメキシコの紀行文にみた、進化論を背景とした動物の進化論的序列と関係があるように思われる。

　次に進化の面で非常に古いものとされる亀についてみてみよう。ロレンスはイタリアで 1921 年 12 月に、アメリカ合衆国のセルツアー社

から詩集『亀』(*Tortoises*) を出版する [17]。「子亀」('Baby Tortoise')
から始まって「亀の叫び」('Tortoise Shout')に終わる亀の連作であ
る。それらは後、『鳥・獣・花』では「蛇」の詩と共に爬虫類の中に入
れられた。

　最初の亀の赤ん坊の詩の中には、動物の赤ん坊に一般に見られる無
心なあどけなさの中にも、ロレンスはすでに次のように、無心に歩き
回る子亀の中に、ユリシーズにもたとえられる「不屈の挑戦者」、「先
導者」の面影を見ている。

　　　挑戦者よ、
　　　小さなユリシーズよ、先頭を切る者よ、
　　　僕の親指の爪ぐらいの大きさだ、
　　　無事を祈るよ。

　　　　　　　　　　　　　　　　　　　　　　　　(C.P.　p. 353)

　また、まだこんなに小さいのに、大きな図体に成長した後のあの重
い甲羅を背負って生きなければならない亀の在り方に思いを寄せて、
次のようにうたう。

　　　生きものをみんな肩に乗せ、
　　　さあ行け、小さなタイタン、君の盾をかざして、

　　　重い、とても重い、

活気のない宇宙。

そしてきみは一人で歩いていく、先駆者だ、きみ一人で。

(C. P. pp. 353-354)

ここでは、あの孤立していてものぐさな亀の生きる場を戦場にたとえ、今はまだ小さい子亀に過ぎないものを、巨人のタイタン (Titan) にもたとえている。このようにロレンスは、子亀の中に一般の亀が持つ宿命を背負わせている。そしてその宿命とは、ギルバートも言うように[18]、ほとんど取るに足らぬ、nothing に近いものでありながら、なおかつ何物 (something) かを秘めていて、戦場で戦うタイタンの活動性と、他を先導して独自の道を生きてゆく生きものとしての宿命である。そして重要なことは、ロレンスはこれを人間に対する教訓として考えているのではないということである。そうではなくすべての生きものを含む生命共同体の構成員として、亀を考えていることが分かる。ギルバートはこのことについて言っているのである。

　このようなことを考えながら、他の亀の詩をみていこう。次の詩「亀の甲羅」('Tortoise Shell') では、ロレンスは亀の甲羅にえも言えぬ不思議を見る。縦と横の筋が入っているところから、十字架のイメージが先ず出てくる。

　　十字架、十字架が
　　思いもよらないほど深く入り込んでいる、
　　命に達するほどに。

　　　髄にまで真っすぐに

　　　そして骨を貫通している。

（C. P.　p. 354）

　「十字架が思いもよらぬほど深く入り込む」という表現の中に、ロレンスの感じる「不思議さ」が感じ取られる。他の個所ではその甲羅の模様と数が、ギリシャのピタゴラスまでさかのぼって論じられている。

　ここで我われ日本人には、中国の亀甲による占いが思い浮かぶ。古代中国の周の時代には、亀の甲羅を焼いてその割れ方によって政治を占った。この方法はその後、亀の甲ではなく木や竹片に変わったが、ロレンスが自然の現象の中に、21 世紀に至ってもなお人知の及ばない何ものかが隠されていると考えているのは、古代中国の亀甲に端を発する占いと、そこから発展したと思われる漢字の精神の中に見ることができる。

　亀甲の模様が区分される数がいろいろあることを不思議に思うのは、ちょうど昔の中国で亀甲にできた割れ目で物事を占ったのと似ている。しかしロレンスは昔の人がやったように、言わばやみくもに亀甲の模様を読み説き、人心を統一するためにそれを政治的に利用したり、妖術的宗教に使ったりするのではない。近代を通り過ぎてきた人間がそのようなことをするはずがない。ロレンスはそれとは全く逆に、現代の生命の発生の最先端の考えと同じように、亀の腹に刻み込まれた模様の意味を考える。大昔ギリシャの数学者ピタゴラスが人類にもたらした幾何学の奥義に従ってその模様の数を数えるが、むなしく数

269

えるだけで終わる。現在の十進法ではかみ合わない。10進法は人間が近代生活を送る上で都合の良いように規定されただけで、自然には12進法はよくみられるものだし、それ以外のものの方がうまくいくかも知れない。地球の原初の生命は10進法や12進法などや、ピタゴラスの数学などよりももっと複雑な法則に基づいて発生していたのだから。ロレンスはこの間の事情を「生命が亀甲にできた計算機で遊ぶ」と次のように描いている。

> 命が亀の赤ん坊の生きた背中で計算遊びをしているのを知るには、
> ピタゴラスが必要だった。
> 命が最初の、永遠に残る数学の計算板を、
> 　　　ユダヤの王のように石や青銅板ではなく
> 命の雲にかすみ、命のバラの香りがする
> 　　　亀の甲羅に打ち立てるのを知るには。
>
> 最初の小さな数学者紳士が
> だぶだぶのズボンを履いたちびさんが、
> 数学の公式を、ドームのようにすべて背負って歩く。
>
> (C. P.　p. 355)

「命が‥‥遊びをしている」(life playing) という表現には、生命の誕生のイメージから進化論が思い浮かぶが、まさに生命の誕生の原初

に神ならぬ生命の遺伝子が、モーゼが十戒を石板に書いたようにではなく、他ならぬ生命が、今誕生したばかりで頼りなげな亀の甲に、永遠に続く最初の計数板にしっかりと刻み込んだ（establishing the first eternal mathematical tablet）のだという。そしてその模様の数の配列をめぐって、その遺伝子の巧みさに感嘆する。ここでは生命の誕生をモーゼ以前の、つまり宗教以前の現象として考えていることが分かる。その数の配列は人間が生み出した十進法や数学上の法則よりも先に、だぶだぶのズボンを履いた不恰好な亀の、永遠に生き残る甲羅のドームにしっかりと刻印されるのである。

　しかしロレンスは亀を浦島太朗が助けた時亀を苛めていた子供たちのように、ただなぶり物にしているのではない。先にみた「十字架」の場合と同様、亀の心にまで踏み込む。

　　十字架だ。
　　それがまさに刺し貫く、その苦役の昆虫殿を、
　　十文字に裂いた魂を貫いて、
　　その幾重にも複雑な本性を貫いて。

（C.P.　p.356）

亀はその不恰好な肢体と不器用な生き様の中で、魂は引き裂かれその本性は屈折しているという。亀の生き方の中に何かを見ている。そして最後にこの亀に、人間も含むすべての動物の基本を見てこの詩を終える。

次の詩「雄亀と雌亀」（'Lui et Elle'）では、亀のつがいの行動が描かれる。亀の雄と雌の擬人的表現がある。雌亀の格好を表現するのに、matronly[19] という言葉を使う。これは人間の奥さんに用いる。その他亀の夫婦の日常を domesticity、[20]（家庭生活）と描く。その他に

　　　ああ、奥さん、奥さん、
　　　爬虫類の奥さん、
　　　あなたの目はとても暗く、よく光っている、
　　　しかもその目で見つめても、
　　　優しくは決してならない。

（C. P.　p. 359）

というのがある。この3行目の暗く（dark）と光っている（bright）は不思議な取り合わせだ。ロレンスが動物、特に爬虫類の目を見た時の dark とか bright という感じは、色というよりももっと微妙で複雑な内容を示すものであることが分かる。それは次のようにも描かれる。

　　　彼女は分かっている、
　　　食べ物を取りに来るだけ、充分に分かっている、
　　　だけど僕を見てはいない。
　　　彼女の光る目は見ているのだが、僕でもないし、誰でもない、
　　　目は明いているが、見えず、見ているのに見えていない、

　　　　爬虫類の奥さん。

(C.P.　p.359)

雌亀は物を見ずともちゃんと見えている。こちらを見ていないから視力がないように見えるけれども、そうではないのである。生きていくための食べ物の方はちゃんと見ている。また雄亀が雌の足に食らい付くのを見て、Little old man[21]と擬人的に親しく呼びかける。

　そしてそのような亀の夫婦の生活、特に雄が雌を求める生活を次のように考える。

　　　　ああ、槍が彼の孤独の脇腹を貫く、

　　　　思春期にいたって彼は性の十字架にかけられた。

　　　　長く欲望の十字架にかけられ、

　　　　　　　かなわぬ成就を求めるよう運命づけられて、

　　　　愛の二元性に分裂し、

　　　　愛の成就で免疫となったはずの彼は、いま壊れて欲望の破片となり、もう一度愛を完成しようとして、

　　　　自分を見るに耐えない愚かものにしてしまう運命だ。

(C.P.　p.361)

亀の青年期を支配し引き裂く宿命、それは passionate duality だという。ロレンスの二元性の根源はこの雌亀と雄亀の演じる、生物が背負う両性の存在の葛藤にある。雄雌の重い宿命、ロレンスはそれを青

273

年期の亀の二元性の中に見たのだ。先にみた子亀の時にはこの種の二元性の宿命はなかった。子亀にあっては小柄なその肢体とそれに似合わぬ大胆な、ユリシーズにもたとえられる不屈の挑戦者、先導者がその代りにみられた。青年期、青春期に至って、生きものに付きまとって離れない雄鶏の宿命が描かれる。

　連作の次の詩「亀の愛技」（'Tortoise Gallantry'）では、亀の二元的生き方が別の面から論じられる。ここでは「先を走る」雄亀 Fore-runner が出てくる。先に子亀でみた不屈の挑戦者や先導者としての本質を、青年期を経た後にもやはり亀は失うことなく持っている。

　この詩でも亀の二元的生き方は続く。ここでは「先を走る」雄亀、Fore-runner の意味をさらに考えてみよう。

　　　気味悪い、ぞっとする愛のしぐさ、それが彼の運命だ。
　　　永遠に沈黙した孤独から引きずり出され、
　　　運命づけられている、特別な、風変わりな生き方に
　　　また疼き、生きる欲求、
　　　欲求、
　　　自分を露出すること、辛い屈従、自分を彼女に重ね合わせたい
　　　欲求に。

　　　生まれつき一人で歩く、
　　　先駆者、
　　　と、突然迷路のような脇道へと逸脱し、

　　　　このぎこちなく、痛ましい追跡、

　　　　この内からの不気味な必然。

　　　　　　　　　　　　　　　　　　（C. P.　pp. 362-363）

Fore-runner とは先駆者で他者は見向きもせずに、ひたすら自己の志に向かって歩みを続ける存在である。亀はまさにそのように生まれつき運命づけられている存在である。雄亀は雌亀を追い回すのとは別に、それとは全く逆にこのような在り方を示すというのが、二元性なのである。

　それでは、この Fore-runner 的在り方を、我われはどのように考えれば良いのであろうか。これをロックウッドは、生きものの本質的に宗教的・創造的動機（essentially religious or creative motive）だとし、もう一つを性的動機（sexual motive）と呼ぶ[22]。そしてロレンスは前者を人間を含めた生きものの最も重要なものと考え、後者は２番目に重要なものだと考えているという[23]。この前者はロレンスの小説の中にしばしば出てくる、男同士の友情に培われる社会を建設しようとする動機と通じるように思われる。雄亀が他を見向きもしないで前進する中に、ロレンスは人間も含めた生きものの在るべき本質をみている。

　そしてそれは、突然本道から外れて迷路のような脇道への雌の追跡へと、二元的に変わる。これが生きものの在り方だというのである。

　次の「亀の叫び」（'Tortoise Shout'）はこの亀の連作の最後の詩である。子亀から始まって青春期を過ぎ、壮年期に成長してゆく過程の

中で、共通して見られるのはいろいろな内容を持つ二元性であった。この最後の詩は、その締めくくり的なものとなる。

　ロレンスは普通はめったに聞かない、遠く、原形質にまで響く亀の叫びを聞いて、次のようにうたう。

　　　どうして我われは性の十字架に架けられたのだ。
　　　どうして我われは、完成されたままで、自己完結のままではな
　　　　　かったのか、我われが始まった時のように、
　　　彼が全く単独で始まった時のように。

(C.P.　p.364)

二元性はこの場合、孤独で自己完結していた生物的発生の原初と、ここでみる雄と雌の愛の行動との間に分かれた両極端として述べられる。

　こうして二元性の最終帰結へ向かう。この時のすさまじさは亀の交合の叫びで表現される。

　　　出産の時の叫びよりもひどい、
　　　絶叫、
　　　わめき、
　　　叫び、
　　　賛歌、
　　　死ぬ時の声、

産声、

服従の声、

すべて小さく、遠く、原初の夜明け時の爬虫類の声。

（C. P.　p. 364）

この叫びは生きものが発生した時のものでもあり、同時に母胎から生まれ出る時と死んでいく時のそれでもあるという。

　ここに二元性の最終帰結が見られる。生命共同体に属する、十字架を背負った生きものの、生殖と生命の発生と、同時に死とを、一度に体験するのである。ギルバートはこれを「私たち生命体の持つ孤独と有限性[24]」と述べている。

　有機体としての彼らは、生命を維持していかなければならない。そのために雌亀は人間には目もくれないで、餌に一目散に向かうのである。これは人間の場合であれば、住み良い社会の建設への意欲と共通したものとなるであろう。人間も女性の後を追ってばかりしてはいられない。これこそは人間も含めた生命共同体に属する生きものの背負う宿命で、十字架にも比すべき苦しみであって、『恋する女たち』の中の二人の登場人物、バーキンとジェラルドに見られる男性同士の友情、新社会の建設への意欲[25]と共通するものであると言えよう。

　亀の詩の連作はこのように、地球上に人間よりも早く生息し始めた、言わば人間の先輩としての爬虫類の一つである亀の、子供から大人に至るまでの行動を観察することを通して、この地球上で仲良く暮らしていくべき生きものの在り方を、考えさせてくれるのである。

次に進化の考えが植物の面でどのように現れているかをみてみよう。第2章の「原初の模索」の中でみたように、ロレンスは花を進化の程度によって分類する。そして昔バラ科の花がまだ進化していない地球の氷河期の頃、薄暗くて花は咲かず、つるを持った植物が繁茂し両生類がはびこっていた頃、ブドウは闇の雰囲気を漂わせながらつるを伸ばして空中を模索していたという。

　このような記述から考えると、ともすればコウモリや犬を何か低俗なものとし、雲雀やオウムなどを高尚なもののようにロレンスが考えていたような印象を受けるけれども、そうではなくて人間も含めた地球上の生きものたちは一つの生命共同体に属していて、それぞれの進化の程度に応じて生の営みを行っていて、人間はたまたまその進化を最も遂げたものとして、動植物を仲間としながら生きていくのが良いと考えていたことが分かる。それは夜には天上の神の世界からこの俗世に戻ってきて動物たちと共に仲良く生きるという、先にみたあの聖マタイの生き方の根底を流れる考えである。

　これがロレンスの生きもの観である。そこには人間を「万物の霊長」などとは決して考えず、動植物と共にこの地球に住みつく生きものとして、互いを尊重しつつ生きていこうとする考えがある。

　ただコウモリやブドウのつるなどは、現代の文明人よりもはるかに優れた能力を持ち、それは原始時代には人間も含めたすべての生きものに備わっていたけれども、文明化の中で人間から失われていったものであって、その意味でこのような能力を持っている動物に対して、ロレンスは畏敬の念を表している。

　最近のヒトゲノムの解読により、人間と猿の DNA が 98％まで同じで
あるという結果が出た。そこで 20 世紀の初めにロレンスが主張した
人間と他の動物との境目の撤廃の根拠が明らかとなる。人間も所詮は
動物の一種であり、その本能的動物性によってともすると間違いを犯
すことになるという事である。これによって、凶悪犯罪を犯しても精
神鑑定によって人間としての能力がないとみなされると、無罪になる
のである。法律は責任と判断能力を持った人格に対してのみ適用され
るからである。

　と同時にロボットと人間との境界線も薄れてくると、哲学者黒崎政
男氏は言う。(「新世紀の思考」第 3 部、融解する人間　7 、2001 年 11
月 12 日、毎日新聞) 人間は緻密な設計図によって作られた機械だと
いう人間機械論が起こるからだ。これは人間の生命力、つまり生きる
という事に係わる側面が希薄になるからだという。これはロレンスが
予期しなかった、新たな問題である。

(3)　　大地の燃えるマグマ　蛇への畏敬の念　弱者への共感

　蛇は動物の中でも特別に扱われている。ロレンス自身、蛇には複雑
な考えを持っていた。先に本書の中で別項目として触れたが、蛇の詩
に至るまでにロレンスはアメリカのニュー・メキシコで蛇踊り（The
Hopi Snake Dance）を体験する。ここでは毒をもったがらがら蛇が神
官の口にくわえられて登場し、最後には地面に放たれる。そのしばら
く後イタリアのタオルミーナでも蛇が見出される。イタリアの山荘フ
ォンタナ・ヴェッキアで書いた [26] 詩の中で、黄色い毒蛇が宿の水鉢で

水を飲んで崖の穴の中へ帰ってゆくのを彼は描いている。折りもおり
タオルミーナがあるシシリー島ではエトナ山から噴煙が上がってい
た。そのことをロレンスは次のようにうたっている。

　　　　シシリーの七月の昼間、エトナ山が噴煙を上げる中で、
　　　　大地の燃える内部から出てきた土のように褐色、
　　　　　　　　土のように黄金色の蛇。

(C. P.　p. 349)

ここではわずか一行（Being earth-brown, earth-golden from the
burning bowels of the earth）の中に地球・大地（earth）という言
葉が３回も使われている。また地球や地面の色を表す「茶色の」(brown)
や「金色の」(golden)、地球の内部を表す「燃える内部」(burning bowels)
も用いられている。そしてエトナ火山という言葉によってその部分は
締めくくられている。また少し後の方でもその蛇を「大地の燃える腹
の中へ帰ってゆく」（...depart.../Into the burning bowels of this
earth[27]）と彼は述べている。これはこの詩の後の方で述べられる蛇と
地下との関係、すなわち地下の世界で王位についていたが、その後に
蛇が王冠を奪われることの言わば伏線となっている。
　地下の溶岩がこのように流れ出す描写は他の詩にも見られる。第２
章では別のテーマから考えたが、「平穏」の中では、噴出した溶岩が固
まっている様子が、蛇に関して次のように描かれている。

　　　光る容赦のない溶岩、

　　　強力な天日取りレンズのように光って、

　　　王者たる蛇のように海に向かって山を下って流れて行く。

　　　　　　　　　　　　　　　　　　　　　（C.P.　p.293）

王者たる蛇（royal snake）の中に、蛇に対する敬意が表れている。

　このように考えると、同じ詩集『鳥・獣・花』の中に収められてい
て、一見その詩集の題名と関係がないように思われるこの「平穏」と
いう詩も、このように地下の蛇を通して関連することが分かる。そし
てこの詩の近くに収められている詩「変革者」の中でサムスンが破壊
しようとし、また「聖ルカ」の中で雄牛がその巨大な力を発揮して破
壊しようとしたのは、実はこの蛇を追放した旧来の勢力、寺院とそれ
にまつわりつく因習だったことが分かる。これらの詩は同じ詩集の中
に収められ、彼らがそうして奪い返したものは、その蛇がかつて奪わ
れた笏（王冠）として蛇に返却されることになる。

　ここに『メキシコの朝』で早くから描かれている蛇にまつわるイメ
ージがあり、宇宙と地下の結合がある。このようにしてロレンスの新
しいユートピア、新桃源郷の住民たちが出そろうことになる。それは
新しい生命共同体をなし、人間によって虐げられてきた動物たちはそ
の生存権を回復し、21世紀に求められている、新しい共生社会をめざ
すことになるのである。ここに、先に「馬で去った女」の中でみた、
擬人化の逆現象としての擬物化が収斂してゆく焦点がある。

3 Doing より Being へ——ロレンスのポスト近代認識

　ちかごろ人間が生きていくうえで、今までとは違った考えが出てきている。最近の医学の高度な発達により、妊娠中に胎児を詳しく検査することができるようになって、その先天的異常が出産の前に発見されるようになってきている中で、もしそれが見つかった時どうするかということが問題となる。出産の前に妊娠中絶にしてしまうか、あるいは産んで一生苦しみを共にするか、あるいはそのような悩みを避けるために、検査そのものをしないと考える場合もある。

　文明が進んで生活がし易くなり、生きていくことが容易になってきている。また国民年金の制度が完備していくにつれて、老後の生活も次第に楽になっている。そうした中で人間の生き方が自由な立場から考察されるようになってくると、人間のどのような生き方が尊く、どのようなものが避けられねばならないかが、一概には言えなくなってくる。現在の子供に将来どんな人間になりたいかと尋ねると、自分の父親のような人になりたいとよく答えると言う。これは従来「偉い」と考えられてきた生き方が実はそうではなく、他人には見えない部分で人の模範とはどうしても言えないような、社会にとって負の役割しかしない生き方となっているという事が、情報化の波の中で次第に明らかになってきているからである。その結果、今の若者にとって偉い人間とは何かというイメージが、昔のそれとは大いに違ってきている。

　現在の世界をながめても、民主的に選ばれたのではなく強引な手段

によって政権を乗っ取り、それ以後ずっと独裁政権を維持している場合が多くあるが、外国に攻め込まれたりして国家の危機に陥った時にはよくそのような場合があり、これは国民から英雄だとされ、子供たちはその英雄に憧れたものだった。しかし今少なくとも日本では、民主主義と情報が氾濫するとさえ言える中にあって、人々は英雄よりもむしろ国民に選ばれた普通の人に誠実な政治をやって欲しいと思っている。

　また以前は神様に頼っていた事を人間は自分の力で実現できるようになったこともあって、現在では神様が以前のように大きな力を持たなくなったり、或は神は死に絶えたとさえ言われることもあるが、その事と先に述べた英雄の退場とは、同じところから出ている。一般の人間が強くなったのである。

　こうして近代になって、人間の一生に貴賤はないのだという考えが生まれ、先に述べた先天的身体障害という厳しい運命を背負った人間が、仲間たちの温かい思いやりによって生きてゆくことも可能になってきたのである。そしてそのことも人間の生なのだ、生きるということなのだという考えが出てきている。ここでは人間としてこの世に生を受けて、それを大切にしながら暮らすことが尊いことになり、共に生きる仲間たちもそれによって、生きる意味をかみしめることができるのである。

　さてD．H．ロレンスは近代の最先端を行く悩み多いイギリスで、文明の腐敗と堕落を前にした作家だった。『恋する女たち』には、この悩みが滲み出ている。この作品の中で、登場人物の一人で主人公のバ

ーキンは文明の腐敗と堕落を述べて、人間はどこかで何かをしなければならないのに、生活は混乱していてどうしていいか分からないと言う。これに対して恋人のアーシュラは、Why should you always be *doing?*[28] と尋ねて、何か目覚しい事をしようという考えは卑賎なものであり、そういったヴィクトリア時代の新興中産階級のがむしゃらな生き方よりもむしろ、真の意味で貴族的な、野に咲く花のような在り方の方がはるかに良いと言う。

またバーキンは第3章でも述べたように、人間はもう堕落してしまっていて「花を咲かせる」ことはないが自然の草花は新しい創造の象徴だと述べ、現代の人間はかつて地球に生存し今では滅び去った海の怪獣と同様、自信を失って地球上で這いつくばり、もう地球の支配者になることができないからその地位から退場して行き、それに代わってヒアシンスやニワトコなどの植物や動物たちが地球の支配者となっていくという[29]。

今まで述べた doing, do, be, それに flower、ヒアシンス、ニワトコなどに注意して欲しい。上の文を何気なく読んでいれば非常に謎めいた感じがする。とりわけ do や be、それに flower などは何かを象徴しているような感じがする。ロレンスの作品の中に出てくる草花や動物が、これで大きな意味を持つことが分かる。ロレンスはしばしば草花を作品の中で描写するが、これは上で述べた観点から解釈することができる。すなわちもうその主たる役割を終えてこの地球上から退場するしかない人間に代わって、草花が不死鳥のように登場するという考えである。草花が地球上の新しい創造を表すものとなっている。

　さらに花に関する記述を加えると、人間は人生において花を咲かせることができないばかりか実際には蕾さえもつけず、アブラ虫がついて腐ってしまうとバーキンはいうのである。そして人間が花を咲かすこともなく、尊厳を持って生活することもないとはどういう意味なのかをアーシュラが尋ねると、次のように言う。

　　　「思想がまるごと死滅しているのです。人間らしさそのものが本当に干からびて腐っているのです。無数の人間が茂みに鈴なりになっています――彼らは一見バラ色で、男も女も若くて健康です。しかし実際には、ソドムのりんごで、死海の果物、苦りんごなのです。‥‥」30)

ここで花を咲かせること（flowering）は人間の尊厳と同じものとして扱われていることが分かる。そしてこのように開花しないのは、住民の罪悪のため神に滅ぼされたという、聖書に見られる都市ソドムでとれるあのりんごのように人間はその骨の髄まで腐っていて、古い伝統にしがみついているからだとバーキンは言うのである。

　Being と Doing、それに花をめぐる経緯を見てきたが、ロレンスはそのエッセイの中で、ものの在り方として Being と Doing の二つを論じていることは先に述べた通りである。近代を突き進んできたイギリス人の在り方が Doing であり、ヴィクトリア時代を経て 20 世紀に入った時の彼らの状態が、先に見たように腐敗し堕落しきったものであった事をロレンスは発見するのである。上に見た『恋する女たち』の

バーキンは、この事を言っていたのであった。

　そしてさらに詳しく見てみると、もっと複雑なものが付きまとっている。第2章で述べた芥子のたとえをもう少し詳しくみてみると、人間の在るべき理想は、他人の幸福を奪わず余分な蓄えをせず、芥子と同様に花を咲かせることだという。そしてそれを具体的に次のように述べている。

　　　‥‥彼（＝芥子）は喜びに圧倒された恐怖の恍惚状態の緊張の中で、ゆっくりと遠慮勝ちに頭を持ち上げ、自分の炎が火と燃え出るにまかせる。するとそれはしばらくの間真っ赤に輝く虚空の境涯で、未知なるものの中に内在しながら一つの合図、一つの前歩哨基地、前衛兵、孤独で素晴らしい旗となって、底知れぬ虚空の境涯から自分を靡かせながら漂う‥‥[31]

すなわち、芥子はいまだ未知なる虚空で自分の火を漂わせるというのである。そしてこの時過去にはなかったものが存在することになるという。ここには東洋的、あるいは日本古典の無常観に似たものが見られる。

　人間も同じで、自己保存の目的はただ存在と非存在の境界——戦線（firing-line）へと途中納屋にも蓄えにも見向きもせず一目散に向かい、最後に生の頂点で自己の旗を高く掲げる事だと次のように言う。

　　　存在が非存在と境を接している前線へと真っすぐ我われが自

ら赴くこと以外に、自己保存のどんな目的があるのだろうか。
‥‥私はあらゆる危険や不快を避けようとして戦いに行くの
ではない、自分自身のために行くのである。Being へと向かう
一歩ごとにより新しく正しい均衡が世界にもたらされ、私には
貯蔵倉や納屋がますます不必要となり、すべてを後に残して途
中で欲しいものを得、それがいつもそこに在ると確信している、
そして最後の生の頂点では、自分自身の旗を掲げることができ
るのだ。[32)]

上の自己保存（self-preservation）という言葉は意味深い。ここには
人間を他の動物と同じレベルにまで一旦下ろし、そこから出直すとい
う 20 世紀のモダニズムがある。また存在と非存在の境界といえば、
ロレンスが遍歴した場所は大抵そういう所であったことが分かる。た
とえば『カンガルー』で描かれた潅木の薮にしても、アメリカのニュ
ー・メキシコの先住民の住む荒涼とした荒れ地にしてもそうである。
またその生き方で壮絶な一面があったことや、その死にいたるまでの
ロレンスの生き様を考えると、まさに「最後に生の頂点で自己の旗を
高く掲げる」という生き方に相応しいものが感じられるのである。

　またロレンスの別の言い方を借りれば、未知なる海の岸辺へ来た時、
潔く飛び込み進んで行く事こそ芥子の開花と同じで、余生には未知の
海の冒険がある。もし飛び込めないと、後は腐った安全の中でうごめ
き、自分より暮らし向きの悪い人々を哀れんで涙するが、自分はその
哀れみの対象である事を知らぬままに終わるという[33)]。

H．M．ダレスキーはこのことをロレンスの生いたちに当てはめ、対照的な性格の両親の間で彼が傾いていったものは、近代的教養を身につけた母親の男性的性格である Doing ではなく、父親の持っていた女性的要素である Being だったと次のように言う。

　　　‥‥ロレンスが女性に属する性質に共感していたことは疑いの余地がない。彼は二つの原理を和解させようと努力はしたけれども、女性的なものの価値、Doing でなくて Being を強調したのであった。[34]

　また人間にとって真に意味のあるものは花だともいう。花は今考えてきた Being と一連のものである事は確かであり、花が何か特別の内容で用いられているが、ロレンスがうたった詩の中にこれのヒントが見られる。すでに紹介したように、アーモンドの木は復活の象徴で「花の核心」（heart of blossom）であるとロレンスは言っている[35]。ここにも「花」に対する特別な意味がうかがわれる。

　さて上の Being が女性的で Doing が男性的という表現は、ともすれば女性と男性の単なる感覚的な在り方からくるもののように思われがちであるが、女性がその胎内に子孫を宿し育てるという生物的機能の他に、あるいはそれ故、最近遺伝子学的にもその意味が見直されてきている。

　遺伝子学によれば、人間は 23 対の染色体を持っていて、そのうち 22 対までは XX の組み合わせである。そして最後の 1 対が XX であれば女

性となり XY であれば男性となる。このYなる染色体はXにくらべて非常にサイズが小さく、中に含んでいる遺伝子の数も少ない。Xはその逆でしかも免疫や血液凝固、色覚などに役立つ遺伝子がぎっしりと詰まっている。Y染色体の役割は個体を女から男に作り替えることだけである。そこで人間はもともと女になるように設計されていて、Y染色体のおかげで無理矢理男にさせられているとさえ言えるという。

　そこで多田富雄氏は「人間にとって女として存在することは状態であるが、男として存在することは現象である」[36]というのである。この「状態」と「現象」はまさにロレンスの Being と Doing とに読み替えることができる。ロレンスが 1 世紀近くも前に言ったことが、現代の遺伝子学によって証明されたのである。

　ニュー・メキシコでロレンスが体験する先住民の娯楽も、このようなものであることが分かる。その中に彼は Being を見出し、彼らの「在る」べき姿そのものの重要性を次のように述べている。

　　　すべてが大層穏やかで、微妙で繊細である。表現に硬さなどは全然ない。彼らは何かを表現しているのではないし、演技さえしてはいない。それは何か穏やかで微妙なものとして「存在」しているのである。[37]

何かを表現しているのではなくて、何かとして「存在」しているということ、ここにはっきりとこの概念がみられる。もう一度言えば、この世に生を受けた意味をかみしめ、それを大切にしながら生きていく

という在り方がBeingであり、それと対照的にもっと積極的に新しいものを開拓していこうとする精神がDoingである。ロレンスは遠く離れたニュー・メキシコの地に、自分の母国ではもう見ることができない在り方Beingを見出したのであった。ロレンスの文学をさらに読んでいくと、Beingは上に見たニュー・メキシコだけではなく、彼が通過して行ったイタリアやオーストラリア、メキシコなどに、薮（Bush）や闇（Darkness）として描写されている。そしてこれこそが、別の言い方をすれば彼が「過去の永遠」と呼んでいるものだと考えられる。

　さてここに、この考え方にたって見てみるとすっきりわかる一つの映画がある。小栗康平監督の「眠る男」という作品で、これは競争と業績に基づく生き方ではなくて、生きて存在していることそれ自体が価値あるものだという考えに立って、自然そのものを自分と同じ生命を持つものとして映し出している。だから登場人物たちは、何か目覚ましい特別なことはしない。まさにロレンスのいうBeingの生き方である。

　あらすじは簡単である。崖から落ちたある男が意識不明になってずっと眠り続ける。その間彼に語りかけるものは自然だけである。言葉の代わりに風景と沈黙が支配している。この点でもロレンスの言葉に対する考え方と同じである。彼が死んだ後、能「松風」が演じられる。夢幻能では現世と死者の世界との交流があるが、その中で死者の霊の呼びかけに誘われて、東南アジア出身のティアという人物が森へ行き、死んだ男の霊に出会う。そして個人は死ぬけれども生命の営みは連続し再生する、その象徴としてその時まで枯れていた井戸がまた湧きだし、ティアはそ

の水で沐浴する。新しい生の始まりの象徴である。人間も自然も共に「ある」(Being)ことを確認することによって、しかも広くアジア地域の人々の心とも通じ合う精神が見られるのである。まさにロレンスの思想を地でいっている作品である。

　さきに将来なりたいと思う理想像として、子供たちによってあげられた凡人としての父親は、歴史に名を残すような偉い人物ではない平凡な存在であり、まさに Being であるといえる。
過去の歴史を考える時、このようないわゆる凡人が大半を占めている。そして残りのわずかがいわゆる「偉い」存在で Doing ということになるが、この場合も歴史を見てみると必ずしも本当の意味で偉いとはならず、長い目で見た場合人類にマイナスにしかならないものが相当ある。

　ロレンスも同様に、Doing についてはあまり大きな意義を認めていないことが分かる。彼はつい身近にでも見られる「慈善行為」の中にすら、売名的な偽善を指摘している。公共の利益の名においていかに売名的な行為があるかは、今の我われの身の回りにでもいくらも見出すことができる。このように考えると、「眠る男」という作品はまさにロレンスやフランスの歴史家アラン・コルバン（Alain Corbin）[38] の思想を映し出している作品と言える。

　さて「生きる」ということを考えた場合、英雄の時代が過ぎ普通の人間が神様の能力をも会得してきて、個人の一人一人が尊い存在となってきている現在、今考えた Doing よりも Being の方が大半の人間にとって重要なことであるのは明らかであろう。

　以上、Being と Doing について考えてきたが、ロレンスが他の言い

方で述べていることでこれと良く似たものがあるが、ここで考察した Being と Doing はその最終的帰結のように思われる。その一つに肉と霊があるが、Being は肉の系統をひくものであり、Doing は霊の系統から出たものだと考えることができる。これはヨーロッパの歴史を見、またロレンスの思想をたどってみると納得がいくのである。さらに霊が人間の知性活動から出たものであるとするならば、「言葉」もまた同じ領域に属するものであり、『羽鱗の蛇』(*The Plumed Serpent*, 1926) の登場人物ドン・ラモン (Don Ramon) が、言葉が観念や知性と同じく文明社会の産物であると述べているのも、この Doing と一連のもののことを言っていると考えられる。[39]

　さらに言葉から一歩進んで、『アメリカ古典文学研究』では、ものごとを知ることと存在することとの対立として扱われている。先にみたデイナの航海記『水夫暮らしの2年間』の中で、海との裸の戦いの体験を通してそれは描かれている。ここでロレンスはギリシャの哲人の言った「汝自身を知れ」とは、自己の血の中を流れている大地と海とを知れということだと言う。ところが知るという場合、ものごとを知ること (Knowing) と存在すること (Being) とは相反する対立的状態であり、物事を知れば知るほどそれだけ生きることが少なくなり、よく生きれば生きるほどそれだけ物事を知ることが少なくなっていくと言うのである。これは血の自己と神経・頭脳の自己 (The blood self, and the nerve-brain self) の二元的対立であり、人間に課せられた十字架である。従ってギリシャの名言に従って物事を知れば知るほど、生きている状態から徐々に死の状態に近づいていく事になり、人間は

知と生との間を揺れながら究極的には「どうすれば知らないようになるか」ということを知っていくという。デイナは海を知ることによって、彼自身は生きている状態から崩壊していき、「物知り」とはなったけれども人間味の薄れた機械に近い存在になった。しかしデイナは海を体験し知ることによって、上の「どうすれば知らないようになる」かということを知っていくのである。それは彼が死に向かって踏み込み、意識の大冒険、意識の大崩壊、意識の未知の境地へと突き進むことである。つまり人間が今まで体験したこともないような神秘を探るのである。これをはるか彼方の水平線に浮かぶ一羽のあほう鳥に見たデイナを、ロレンスは次のように描いている。

> 彼は光を愛する生命の化身が、空気と水という二つの要素が赤裸々に接する水平線に浮かぶ孤独な1点となって、永遠に漂う海の上にその身をさらしている最後の姿を見ている。[40]

普通の水夫はこのような「意識」化をすることはせず、あざらしや他の動物のように単なる宇宙の構成要素となるにすぎない。「意識」化とはこのようなことを意味し、ここがデイナと普通の水夫との違いなのだ。そしてこの意識化こそは、人間が人間たる所以のもので、十字架そのものだとロレンスは次のように言う。

> 何故なら、人間の魂が生死を支配しようとする偉大な争い、すなわちものを「知る」という活動において、人間の意識は海を

どうしても制御しなければならないからである。それはあの十字架を背負う人間の最後の苛酷な必然である。[41]

このことから、知るという活動（KNOWLEDGE）は、人間の物事の意識化、すなわち Being とは逆のものであることが分かる。ここには Being と Knowing の二元的対立があり、Knowing はここで考えている Doing の領域だということができる。

　そしてロレンスの自伝小説『息子たち、恋人たち』の中に見られるように、彼の分身たるポールが Doing 的な母親の影響力から脱して、後に他の作品に至って徐々に Being の象徴たる父親の方向へ移っていったことを考えると、ロレンスの一生は近代の根底をなしている Doing の認識から始まって、言わば近代の後に来る新しい在り方としての Being の発見とそれの実践であったということができる。

　そしてロレンス最後の小説『逃げた雄鶏』にも、我われはこれを見出すことができる。ルネッサンスと近代の生み出した、苛立たしい俗世から超越してよみがえったその男の内面には、今考えている桃源郷に相応しい静謐がある。死んだ今となっては、男は次のように変わっている。

　　今や私は誰にも属せず誰とも何の係わりも持たない、そして伝道の仕事や福音は私から去ってしまった。ああ、私は自分自身の生活すら全うすることはできない、それに私の救う何があるというのだろうか‥‥私が学ぶことができるのは、一人のまま

　　居ることだ。[42]

ここに死んだ男の今の状態が見られる。本書第1章でも述べたように、ちっぽけで俗っぽい生き方から脱却して、誰にも属さずイシスに仕えるその美しい女性にさえ属さず、先に述べた全く一人の状態である。特に伝道の仕事に休止符をうち、今やそれを越えたものを追及しながら生きるのである。

　また同時にそれは次のように「私」も他より干渉されず、他にも干渉せずそのままにしておくことである。

　　　使命を終えて、それから脱却するのは何と素晴らしいことだろ
　　　うか。今や私はただひとりになって、すべてをなるがままにし
　　　ておくことができる。[43]

これは挫折では決してない。懸命の努力の後の敗北でもない。またその中で彼は次のようになることができるのである。

　　　そして苛立つことなく生き生きと永遠の生を楽しんだ。‥‥そ
　　　して彼は自分が全く一人になったことに微笑した、それこそは
　　　一種の不死の状態なのだ。[44]

この不死身で生きることの中に、桃源郷での生活が考えられるのである。
　近代は人間が知性に目覚め、その時期までの Being の状態から解放

されて、言わば人間の欲望のままにDoingを無限に追及する連続だったということができる。しかし他方で、人間の英知を磨き幸福をもたらしてくれるはずのルネッサンスと近代の結果が、全世界を巻き込んだ二度にわたる大戦となって、文明発展の本拠地であったヨーロッパに現れた事や、その後紆余曲折を経て21世紀の前夜、冷戦が終結してアメリカの一人舞台となり、文化のみならず経済をも含めたグローヴァリズムの旗手として、今やアメリカが装いも新たに颯爽と登場している。また他方グローバルな生存競争の中で、先に考えたDoingの領域で国家にしても地方あるいは他の種々の団体にしても、従来のような健全な倫理を保つことができなくなってきている。もう20世紀末は過ぎ去ったのに何かまだ世紀末のような状況にあるのは、地球そのものが今、末期的な状況にあるからではなかろうか。

イギリスの発展のいわば最終的な段階であるヴィクトリア時代を経た20世紀の初め、ロレンスはその行き過ぎに気づいて新しい生き方を提起したのである。そして21世紀に入った今、この地球上のあらゆる生きものの間の共生が叫ばれる中で、新しい倫理観の基礎となるBeingの意味が問い直されている[45]。

このことはBeingが何もせずに、ただじっとしていることでは決してない。危険な火遊びはしないということである。第2の火たる原子力の火を人間はすでに神から盗み出したが、もう2度とそのような種類のことはしないということである。このようなことをするくらいなら、なにもせずにじっとしている方がましだという事である。

ロレンスは原子力は知らなかっただろうが、人類がそこへ突き進む

であろうことは予感していた。

　Being は 21 世紀の理想郷の一つの姿である。21 世紀にはもう地球上の人間は生存をかけてがつがつと争うようなことはなしにしよう。

　筆者は今まで機会をとらえては、ロレンスがそのエッセイや詩、小説の中で述べてきた光と闇やその他の二元的対立を考察してきたが、Being と Doing はその終極的なものであるように思われる。

4　過去の永遠の受け入れ

　これまでロレンスが世界の各地を巡りながら考えたことをたどってきた。その中で彼が望ましいと思う人間の在り方をみることができたが、ここではその時書き残したことを別の観点から、ロレンスが夢想する理想境や、身近のこととも関連づけて考えてみたい。

(1)　ロレンスの時間感覚　薄明の世界と中世

　ロレンスの「過去の永遠」は、第2章よりロレンスの基本的な人間観として考えてきたが、それが彼の理想郷を支配するものとなる。先ず時間がその顕著な要素をなす。

　先に述べた中世の反復し循環する時間や経験は、時間の循環に関わっている。ロレンスの作品の中で盛んに出てくる「復活」のイメージが、循環する時間に関わっていることが分かる。これはロレンスが心に描いた理想郷の一つの要素であった。循環する時間と言えばすぐに浮かんでくるのが中世である。『逃げた雄鶏』の男が復活した自然の世界は、近

代の喧騒から免れたまさに中世の世界であった。そこでは緑が豊かで鳥が愛らしい声で鳴き、昼と夜がなくなることがないのである。

　また時間感覚も、メキシコの先住民についてロレンスが語っているように、土着のメキシコ人とヨーロッパ人との間には、飼犬やオウムなど動物と人間との間にも似た深い淵があり、メキシコ先住民には従来のヨーロッパ文明とは全然違った時間感覚がある。これはまさに中世的な時間感覚である。これに関するかぎり、ロレンスは現代文明、近代時間を忘れた、人類に背を向けた生き方をこのような体験を通して夢見ているのである。

　ロレンスに見られる闇の境地は、ロレンスのイタリア紀行を初め彼の作品のあちこちに見られるものであるが、こうして広い視野から考えてみると、それはこの中世の世界に似ている。ルネッサンスから始まる近代は、我われの周辺にある薄明の世界に照明をもたらしはしたけれども、人間生活の中にある非合理的な事や人間に潜む無意識をなおざりにし、農村共同体における迷信や呪術の持つ自然と人間の結びつきを奪っていくが、本書で探ったロレンスの求めた闇の世界は、まさにそのようなものの探究であったことになる。

　ロレンスは都市よりもむしろ農村共同体に憧れていた。それは彼の宗教観にうかがうことができる。これは上で考えた彼の闇の意識から考えることができる。都市に住む市民のキリスト教では、先にも少し触れたように死後の魂が垂直的に上昇してゆくのに対して、農民の魂の場合は日本の神道の場合のように、死後水平的にさ迷い、亡霊は耕地周辺の岩や岡に住みついているとされる。その農村の神話的世界こ

そは、古代のギリシャ・ローマ、あるいはケルトの古い儀礼と連続していると言われている [46] が、ロレンスが各地で出合った闇はこれに極めて近いと言うことができる。

このようなアニミスティックな死生観・宗教観によって、ロレンスはイギリス本国やヨーロッパよりもむしろ、日本人の心に強く訴えるのであろう。これは日本の無常観に収斂していくように思われる。ロレンスと旅、近代の科学に根ざした生物としての人間観、とは言え、ダーウィンの単純な進化論に簡単には与しない態度、これらは総合的に日本の無常観に通じるのではなかろうか。

(2)　ロレンスのスポーツ観

過去の永遠と関連して、ロレンスがニュー・メキシコの先住民の中にみたスポーツ観を考えたい。スポーツは元来、神への奉納から始まった。古代では各選手は神、ポリスの守護神のために戦った。この名残が母校のため、郷土のため、国のため、国王のため、という考えにみられる。また我われの身近にある日本の大相撲のように、本来のスポーツそのままの神事もある。これは選ばれたものが自分を選んでくれた人々への責任を感じた上での事であろう。凡人の場合には自分自身のためにすることになるが、近代化した場合には国家で選ばれた場合にでも自分のためにやればよく、その時にこそ実力が発揮できるものだ。大相撲はまれに見る神への奉納であり、日本という国の五穀豊穣を願う気持ちの表れであり、それがあれほどの国家的人気の秘密の源となったのであろう。

ところでロレンスはこの領域でも、彼の過去の永遠への憧れの一つ
として、スポーツのその元来の姿に共感しているところが見られる。
ロレンスがニュー・メキシコに滞在していた時、先住民のスポーツに
出くわす。そして先住民の考える美徳とは創造の驚異に応答すること
であり、男性の場合それはその驚異に対して勇ましく全力をあげて立
ち向かう事であって、これこそがスポーツだという。そして

　・・・・若者や男たちはリレーをしながらトラックを走る。彼らは
競争に勝つために走るのではない。賞品を得ようとして走って
いるのではない。自分の勇気を示すためでもない。
　彼らは苦しみと恍惚の入り交じった緊張の中で、すべての力、
すべての能力を発揮しているのだ。こうして彼らは自分の魂の
中にますます多くの創造の火を、創造の活力を結集しようとす
るが、それによって彼らの種族は創造という道なき道を通って
終わりのない人間の競争をしながら、この年月の移り変わりの
中で生きていくだろう。それは英雄的努力だ。人間がしなけれ
ばならない、し続けなければならない神聖な英雄的努力である。
あたかも石投げ器から放り投げられたかのように、理解し難い
ほど奇妙な動作をしながらアメリカ先住民の青年はコースを
突進する。そしてもう一度自分の番が回ってくると、彼はより
一層の激しさとスピードであたかも火の中心へ飛び込むかの
ように走り出すのである。そしてコースの所にいる老人たちは
緑の小枝を手に持ち、笑うように嘲るように、またいじめるよ

うにしながら、しかも同時に激しい純粋な不安と関心をもって
彼を勇気づけせきたてるのである。

　そして追い越されない限り我われに何も与えようとはしな
い不動の神と競争した後、ついに彼は目に不思議な表情を浮か
べ、胸を激しく波打たせながら立ち去って行く。[47]

その昔ギリシャで始まったオリンピックを貫く精神に近い、何ものか
が感じられる。そしてこれは、最近行われているオリンピックといか
に違っていることだろうか。最近では選手は個人でなくなり、国家を
高揚するための道具となっている。そこからドーピングなど、醜い国
家主義による個人の自由の束縛が見られるのである。

（3）　ケルトの循環文化

　先にロレンスのケルトへの憧憬を考えたが、ケルト文化はもう死に
絶えて無くなっているものではない。これはロレンスだけに留まらず
21 世紀に入った今、経済の力や科学の進歩を追い求めてきた近代文明
の限界を前にして、心ある多くの人々の関心事となっている。

　目標に向かって突き進む、古代ローマに端を発したヨーロッパの近
代文化に対して、ケルト文化は行き着かなければならないような目標
は最初から持たない。ケルトの渦巻き模様は、Ｊ．ジョイスの文学に
も見られるように、時間も空間も循環するものだというケルトの循環
文化を象徴的に示している。

　ケルト文化は今までみたように、派手なパフォーマンスからはほ

ど遠い地味な文化であるため表には見出し難いけれども、ヨーロッパ文化の水面下でずっと続いてきている。これはケルト文化だけではなく、ロレンスが巡ったメキシコでもニュー・メキシコでも、その先住民の生き方の中に同様のものをロレンスは見ている。ロレンスの生きた時代以後の、現在の時点での情報に基づいて考えてみると、南北両アメリカを初めとしてオーストラリアやアジア、アフリカの各大陸の先住民も含めて、近代ヨーロッパによって征服された種族の中にも、ケルトと類似した種族が考えられる。日本の岡本太郎が縄文文化の持つ素朴な模様に触発されて、近代の見直しを行ったのもその一つであろう。これらの土着文化はケルト文化と同様、派手な文化の背後で脈々とその生命を保ってきて、今それが世界の閉塞状態を救うものとして再登場して来ているのである。

　これこそはロレンスが考えた「過去の永遠」への方向ではあるまいか。渦巻きに象徴される近代の物質文明とは縁のない循環文化は、今我われの身の回りに大きな関心をもって迎えられている。

　そういえば、このことはもう既にずいぶん以前から、目に見えない形で世界に登場して来ている。先に少し考えたが、従来のヨーロッパの宮廷文化を表すいわゆるヨーロッパ・クラシック音楽に代わって、現在では今まで音楽界に登場しなかった諸先住民の楽器が、新しく世界の最新の音楽に参入してきている。そして楽器の変化は同時に音楽の変化を意味する。新しい、力強い感動を世界の人々に与えているのである。

(4)　ポスト近代への提言　『メキシコの朝』より近代市民へ

　ロレンスがアメリカ大陸の先住民の原初の姿を求めてメキシコを訪れたのは、すでに述べた通りである。彼が旅行記『メキシコの朝』を書いたのは 1924 年から 25 年にかけてであるが、本書の第 1 章では先住民の舞踊から、その娯楽観がヨーロッパの国々とは全く違っていて、彼らがヨーロッパの伝統と完全に違ったところで生きていることを考えた。

　ところで、ロレンスはこの旅行記の中では本当にさりげなく描写していることが、21 世紀になった今考えてみると、大きな問題をはらんでいることが分かる。

　私たちは中学校や高等学校の世界の歴史の時間に、或る地域が征服され以後その土地は、その征服者によってずっと支配されてきている場合がある事を学ぶ。その時にはそういう歴史的な事実をただ知識として吸収するだけの場合が多いし、教師もその事実以上のことは言及している暇もないままに過ごされる。実際、征服者と被征服者は互いに混血して二世、三世になってくると、過去の経緯を越えて仲良く暮らすようになる場合が多い。しかし征服の時に何かのこだわりによって両者の間に深い溝ができ、以後それは埋められることがない場合もある。この場合はいつまでもその確執が残り、差別的なものとなる。

　とりわけこれに宗教が絡むと面倒なこととなる。アイルランドにおける北アイルランド問題には、カトリック教とプロテスタントとの間の深い確執があるし、20 世紀になってもなお殺し合いが行われたユーゴースラヴィアにも、キリスト教とイスラム教の間の確執が横たわっ

ている。ここでこの問題が社会問題というよりも政治問題になっている背景には、よほど相入れないような深刻な問題が横たわっていることが考えられる。

『メキシコの朝』は実に意味が深い。これはロレンスが疲弊した現代から逃れ、新しい生き方を求めて出掛けて行ったメキシコでの体験を述べたものである。彼がメキシコのオワハカへ行ったのは 1924 年の暮れだった。そしてその地の先住民が絡むエッセイを四つ書いている。ロサリノという名の先住民は「モゾ」(Mozo) と呼ばれる。モゾとはスペイン語で「召使、下男」の意味である。彼はやはり旅行者ロレンスの家の召使として働いている。そしてその言葉や口笛が、オウムに真似をされてもの笑いになったり、何を言っても「勿論です。旦那様」としか答えない様子がまことにさりげなく描かれている。まことにさりげなく、ロレンス自身そのことの本質を自分でも分かっていないかのような書き方なので、初めて読んだ場合には、この記述は表面上の意味しか持っていないと感じるであろう。

しかし更にこのメキシコ滞在記を読みすすんでいくと、日本の山村とは比べものにならない悪い環境の山地に彼ら先住民が住み、世界の人々には目に留まらないが頻繁に起こるちょっとした革命に翻弄され、その度ごとにどちらかの側の集団によって逮捕されて、それに加担させられる彼らの悲惨な運命が、そのさりげない筆致の裏側に読みとれるのである。

もう一つ貴重な資料がある。世界的ヴァイオリニストである黒沼ユリ子氏の『メキシコからの手紙』（岩波新書、1986 年）である。ロレ

ンスがメキシコを訪れてから半世紀以上も経った後のことであるが、それを読んでみると以前にロレンスが書いていたことと実情はあまり変わっていないことが分かる。その時でもやはり山の住民はアスファルトの上を裸足で歩き、薪を背負って来て都会で買いたたかれ、わずかのお金を稼ぎ、それで生活用品を買ってまた山へ帰って行く、もし日が暮れると地面の上で直接寝るのだと言う。そしてそれと対照的に、大金持ちがいて自警団を持っているという。石油化学燃料が使われている今、彼らはどうしているだろうか。

　黒沼女氏の『メキシコからの手紙』が出版された後の1988年、アメリカ先住民は世界の文明社会の表舞台に踊り出る。彼らはアメリカ大陸を約6百キロメートル、距離にして広島と北海道の間を走って彼らの「地球と命の走破」をなし遂げた。そして1991年8月から10月の間に、彼らは日本や他の国々のグループと共に、ロンドンとモスクワ間の8千キロメートルを走って、「聖なる走破、ヨーロッパ1990」をやってのけた。彼らは核兵器の廃絶と環境の保護を訴えたのである。

　この走破はロレンスが『メキシコの朝』の中で書いている、ニュー・メキシコでのアメリカ先住民の競走を思い出させる。彼らは日本の盆踊りのようなダンスをよく踊る。そのダンスと同様その競走も宗教的で聖なるものではあるが、しばしば彼らの居住地が核爆発の実験場として汚染されてきたことを考えれば、彼らの主張が核兵器の廃絶と自分達の環境の保護とに関わる、深刻なものであることが分かるのである。

　1990年7月、第1回アメリカ先住民大陸会議がエクアドルのキトー

（Quito）で開催された。その会議では北・南アメリカの先住民の自決権が与えられるべしという宣言が行われた。翌年はコロンブスがアメリカ大陸を「発見」してちょうど5百年にあたる。この時にあたって、合衆国、カナダ、メキシコ、ペルー、コロンビア、アルゼンチンを含む20か国3百人の先住民たちが初めてキトーに集い、彼らの自決権を要求したのである。その宣言では、先住民はその保留地での自治と自然および地下資源、領土、空気、自然の保護、環境のバランス、生命の維持などを求め、これは彼らが民主主義のもとで自分自身の政府を作る時に初めて実現すると述べられている。

　上記の空気、自然保護、環境のバランスなどの言葉に、我われは伝統的なヨーロッパのものとは違った、アメリカ先住民独特の自然と共に生きるアニミスティックな生活の在り方を見ることができる。

　情報、通信の発達に伴って地球は小さくなり、地球のグローバル化が起こっている。そうして今まで遠い向こうの話だとばかり思っていた事が、身近な事として迫ってくる。アメリカ大陸も同様である。数年前、南アメリカのコロンビアで先住民のゲリラグループが日本大使館を乗っ取り、当時のフジモリ大統領が大変苦労して決着をつけた事件があった。このグループは昼間は山中に潜んでいるという事であった。

　こうみてくると、16世紀にメキシコがスペインに征服されて以来、先住民と征服者との間の溝が深いものとして残っていることが分かる。そしてこのようなアメリカの先住民と征服者の関係は、そもそもルネッサンスから大航海時代前後に起こったヨーロッパ列強による世界制覇と植民地経営から始まるものであり、その時数かずの残虐行

為が先住民に対して行われ、その償いがなされぬままに今に至っていて、それが 21 世紀の今になってあたかも亡霊のように、征服者の末裔に付きまとって離れないかのように思われる。アメリカの同時多発テロをきっかけとして、世界の動きが活発になってきている。以上のことが、今後の地球を考えていく何らかの契機となれば幸いである。

　先に述べた「聖なる走破..」の「聖なる」の意味を、この機会にはっきりさせるためには、2004 年アテネで行われたオリンピックのマラソンでの出来事を紹介すれば充分であろう。ブラジルのデルレイ・デリマ選手が先頭を切って走っていた時妨害され、後調子が乱れ３位となったが、彼は後のインタヴューでそっけなく、その出来事が「神によって自分に与えられた試練」だったと述べたという。これこそはかつてロレンスがメキシコで先住民たちの「聖なる競走」の中に見た、まさに本書で今考えている桃源郷でのスポーツ精神であったと言えよう。このブラジルの選手とは全く逆のドーピングなどが行われ、国家や民族の栄光の影に隠れて、従来の人間の尊厳が踏み躙られる場合も同時に行われたことを考えると、従来のマラソン発祥の地であのデリマ選手のスポーツマン精神が見られたことは、古代ギリシャの神々へのせめてもの捧げ物とはなったのだ。

(5)　神話的時間

　「無意識の発見」とは裏を返せば「闇の再発見」ということになるのは第２章で述べたが、これは現在我われの目に見える形でも見出される。文字通りの「闇」である。21 世紀に入って原発の事故隠しから

始まる夏場の電力不足の可能性が手伝って、夏至の夜日本の各地で照明を落とすライトダウンや消灯運動が行われた。我われはようやく自分たちが充分すぎるほどの明るい光を享受していることに気がつき、このままでは大変なことになるから、何とかしなければならないと考え出したのである。

　ところでその時電灯の代わりにろうそくを点けてみて、我われに過去の思い出がよみがえって来た。蛍光燈の眩しいほどの白色光に代ってろうそくが点される。ああ、今までがいかに眩しかったことか。あの真昼間と同じ文明時間の中で、昼と夜とを間違えた限りない努力の中で、前を見てひたすら前進することしか知らなかった我われに別の光が当たった。その時我われは今までとは全く違った時間を体験したのである。

　これは哲学者の鶴見俊輔氏のいう神話的時間に通じるものである。関東地方の電力不足から始まって、アメリカの原発推進政策に反発したNPO（非営利組織）の自主停電運動が日本にも飛び火して、環境省までも動かして東京タワーのライトアップをも消すまでになったこの運動は、蛍光燈の白色光のもとで残業に明け暮れるエコノミックアニマルからまだ立直らない日本株式会社から脱して、スローな夜を取り戻すきっかけとはなったのである。そしてこれこそはロレンスの言う「過去の永遠」への方向でなくて何であったろうか。

(6)　森の文化論の新しさ　近代の反省
　本書で扱った森の文化論は中世への回帰とみられ、なにか古いものと

いう印象を受けるが、それはロレンスが立ち至った、極めて新しい考えである。21 世紀となってすぐさま地球上に広がる近代の病弊が目につくが、パラドックスめいているがその病根は最初から近代の中にあった。世界の中心は人間であって、自然を支配することで人間は豊かになれるという考えが、ヨーロッパ近代主義の基本だったからである。

　ところで近年の森の荒廃は、貨幣経済と金銭主義の背景にある近代が生み出したものである。梅原猛氏によると、稲作農業は水が重要で森を大切にし、森の巨大な役割の前に人間中心主義は育たないという[48]。そしてそこでは文化の根底に森の文明があり、道徳や技術さえも森に養われるという。しかしその森が多い日本でさえも、近代の洗礼によって森の文明は忘れ去られていて森は荒廃している。いや森だけでなく稲作農業そのものも危機にさらされている。これは第2章で見た通りであるが、ロレンスはヨーロッパでは古くからあった貨幣経済からくる利権の意識が、アメリカの先住民の中にはないと述べて、アメリカ先住民の中にわずかな希望を見出している。

　前に述べた『チャタレイ卿夫人の恋人』の女主人公コンスタンスの樹液体験[49]は、桃源郷に相応しいものである。これに先立ってイタリアのトスカーナ地方でのエトルリアの復活を思い起こしたい。樹木への共感がそこですでに起こっている。それはチャタレイ卿の屋敷に至ってコニーの体験となる。この時彼女は巨大な木にもたれて、樹液が上へ上へと昇って葉の先に達する、生命の証しを実感するのである。原初の意識に目覚めたコニーは、アニミズムの支配する桃源郷の境地へと入っていくのである。このように樹木はこの作品では、またロレ

ンスにあっては大きな働きをしている。

> コンスタンスは若い松の木にもたれて座った。松の木はしなや
> かで力強く突っ立ちながら、奇妙な生命力で彼女の身体を揺さ
> ぶった。[50]

　その樹液はこんこんとコニーに流れ込み、この時コニーの身体は古代
から今なおその力を保っている森に身を任せるのである。この森はま
た同時に、先にみた中世の世界でもある。こうしてロレンスは自然、
動植物の世界へ開眼するのである。
　これらはロレンスが希望をつなぐものとして述べている「過去の永
遠」に属するものであり、未来に見る永遠よりも好ましいものである。
何故ならロレンスが育った西洋においては、中世以来宗教ではキリス
ト教が人々を支配し、当時は未来はキリスト教が支配するものしかな
かったのだから、ロレンスは過去の永遠に夢を託したのである。この
ことを日本と比較してみると、宗教学者の山折哲雄氏によれば、日本
の場合には土着的宗教である神道と外来の仏教との共存のシステム
が平安時代にできあがり、戦国時代を経て江戸時代に洗練された。そ
してその根底には、エルサレムにおける砂漠の虚無ではなく、日本に
は森があって、それが生命を癒してくれたからだというのである。山
折氏は同時に、宗教や民族の紛争は文明の近代化によって克服できる
と今まで考えてきたが、そうはならなかったことを嘆いている。文明
の近代化ということが「英知」を人間にもたらすのではなく、「悪知恵」

を与えたに過ぎなかったことになる（山折哲雄「ガンジーと平和共存と」2003 年 8 月 6 日、朝日新聞）。ここにルネッサンスの意味もあり、ロレンスはまさにこのことを言っているのである。そしてここに 21 世紀の世界の宗教の課題が残されている。

(7)　ロレンスと教育

　そこで考えられるのが現代の教育の混迷である。これはそもそもルネッサンスにその端を発する。進化論はルネッサンスよりもだいぶ遅れて 19 世紀に出てきたものであるが、このような考えが生まれ出る土壌は、ルネッサンスによって作りあげられてきたことが分かる。前だけを向いて前進しようとするルネッサンスの進歩思想から起こってきた社会・文化現象が多く見出される。ナチスのユダヤいじめ、弱者廃棄、切り捨ての考えの根底には進化論が考えられる。劣等者も優秀者も共に生きていこうという考えがあったならば、このような趨勢に人々は負けなかっただろう。あの理性を重んじたヨーロッパにおいて、そうなのである。起っては消え、起っては消えていった数々の文化現象、新しいものが起ると前のものは消されていったあの現象が強く胸にこたえる。

　ちかごろ自殺が多いことをめぐって、何かがどうかしているということを考えていく上で、先ず「競争社会」というものを考えてみたい。ダーウィンの進化論以来適者生存の原理が人間社会の中に取り入れられ、それに基づいて社会の仕組みができあがっていったと考えられる。この考えは今でも社会に競争理念が導入されている事にみられる。

ところでそもそもこの競争理念の中に、社会が歪んでいく胚があるのではないかというのが、野田正影氏の考えである。氏は競争によってより素晴らしいものができていくことは認めない。「この社会がうまくシステムに乗っかって試験に勝ち抜いてきた人に、非常に都合のいいものになってしまっている。そうでなかった人に対しては鈍感さで成り立っている社会に、優れたものがあるとは思わない。」(「新人材論」1997年1月9日、毎日新聞朝刊)と言う。

そしてこの自由競争とその結果としての繁栄をもたらしたものは、ヨーロッパの近代の在り方であった。つまり適者生存とそれから生み出される「弱い者いじめの哲学」が世界規模で起こり、アメリカを頂点とするヒエラルキーの態勢が、21世紀の姿として予想されるのである。

このように、ロレンスの予言が今の今、我われの生活の中に入り込んで来ている。先に述べたろうそく生活の体験は、過去の永遠の方向を持つ、温かみのあるものの一つだ。しかし、だからと言って電気のない生活を今後人間はずっと続けて行くというのではない。これは人間の傲慢に対する戒めの一つの象徴であって、これを教訓として我われは今後生きていくべきなのである。

(8) Impersonality　新しい宇宙観

『恋する女たち』の中でバーキンがアーシュラとの間に求めるものは、星座のバランスのように二つの単独なものが均衡を保つことだとバーキンが言うのは先にみた[51]が、アーシュラは次第にバーキンの考えを理解し、グドルーンに次のように言う。

　「‥‥人はもうこの地上には関係がないのです。人には或る
　種の別の自我があって、それはこの地球にではなく、新しい惑
　星に属している。——あなたは飛び移らなければならないので
　す。」[52]

ここに Impersonality の意味を良く理解できる、21 世紀に相応しいも
のがあるように思われる。すなわち従来のヨーロッパで伝統的なもの
となっていたことを、古い人間観ではなく新しい視点で、新時代に相
応しい考えに基づいて考える方法なのである。そしてバーキンとアー
シュラが真の愛に目覚め、アーシュラが見出した次のようなバーキン
の姿の中に、新しい愛の形を我われは見ることができる。

　　まさにそこに、彼がこの世の初めに存在した神の子の一人だと
　いうことを、彼女は発見したのだった。それは人間ではない、
　何か別のもの、何かそれ以上のものだった。
　　これでついに自分が解放されたのだ。彼女は幾人か恋人を持
　ったことがあり、情熱の炎を燃やしたこともあった。だがそれ
　は愛でも情熱でもなかった。それは人の娘たちが神の息子たち、
　この世の原初の不思議な、人間を越えた神の息子たちの所へ帰
　って行くことであった。‥‥それは彼女には充分満たされたも
　のだった。彼女は原初からやって来た神の息子たちの一人を、
　また彼は最も輝かしい人の最初の娘たちの一人を発見したの

だった。[53]

　これは本書の Impersonality　Ⅰで考えた、愛も情熱もない境地である。愛を与えること（give）と愛を受け取ること（take）が同時にあり、死んだ男と神との交わりがあり、アダムとイブのあの原初の世界がある。まさに桃源郷に相応しい在り方である。

　『逃げた雄鶏』の中にみた Impersonality も、同様のことが考えられる。この作品のイシスに仕える女の様子や振舞の中に、自然を越え自然の一部となって、ほとんど従来の人間としての資質を無くした存在が見られる。よみがえった男は、言わば桃源郷に生きていて、そこで男は宇宙の芳香の一粒、女は美の一粒となるのである。

　そこでは言葉からの脱却が見られる。先の方でみたニュー・メキシコでの体験を描いた短編小説「馬で去った女」の中で、ヨーロッパ文明社会に育った一女性が、自我に代わって幻と現実の間の、宇宙の意識の中で聞いた大地の中心が崩れる音と、これと呼応するかのような大空の星、この大地と宇宙との合一こそは、ロレンスが過去の永遠と名付けた 21 世紀のあるべき姿の象徴である。この幻と現実との境目の体験の中に、論理を越えた、近代以前の天体観、新しい宇宙観が感じられる。これは先にみた人間を含めた生きものと無生物とが渾然一体となった、西欧文明へのアンチ・テーゼと言えるのである。

(9)　新ロマン主義

　新ロマン主義は、20 世紀の 30 年代のオーデングループから分かれ

た作家たちの中に見られた。ここには本書の前の部分で述べたように19 世紀に起こったロマン主義を越えた、20 世紀に起こった新しいロマン主義が考えられる。すなわち、神も霊も捨て去った後の、他の自然物と同じものとして人間を見つめる。そして肉体を持った自然を再発見するのである。ロレンスのよく言う「肉体」の意味はこのあたりに根ざしている。それは神の領域にまで上昇した人間や自然を、再び本来の地上へと引き下ろす意味を持っていたのである。この「肉体を持った自然」が、ロレンスの文学全体に満ちていて、21 世紀文学の新しい意味をなしている。

　ロレンスは、19 世紀のロマン主義のようにもはや自然の崇高さの中に神を見出すことはできなかった。見い出すことのできるものはただ、人間と同じ生きものとしての樹液と体液を持つ存在物であり、人間の苦しみをよそに、この地球上で営々として生きている有機体であった。そこでは人間は小さな存在となり、自然の中で生きている有機体の一つに過ぎなかったのである。こうして人間の「擬物化」ということが起こることになる。ここに自然をめぐるロレンスの新ロマン主義が考えられるのである。

5　新しい進化論　棲み分け理論

　桃源郷ではダーウィンの進化論は通じない。このことはロレンスのメキシコ紀行の中に見られる。これはロレンスがメキシコの小さな町オアハカでの体験である。ロレンスが逗留していた家で飼われている

オウムが、先住民の吹く口笛の真似をしているのが聞こえる。そこまでは普通に見かけることだが、今度はそのオウムは人間が飼い犬の名を呼ぶ真似をするのである。これをロレンスは「悪魔のあざけりの声をたてて鳴く」[54] と表現している。

　この不思議なオウムの芸当に感動したロレンスは、進化論にまで考え及ぶのである。彼自身は進化論を信じず、創造と破壊とが途切れずに繰り返される世界をむしろ信じたく思う。それよりも、五つの太陽を考えそれの創造と破壊とに伴って次々に高等動物が現れ出てくると考える、古代アステカの信仰を信じたく思う。彼は進化論について次のように言う。

　　　私自身は、長い紐のようなもので造物主に結び付けられ、幾世帯もの間ちぎれずゆっくりと複雑にもつれてゆく進化論は信じない。私はアステカ人が、「多くの太陽」と呼んだもの、すなわち、創造と破壊が途切れず繰り返される世界を信じたく思う。[55]

造物主の考えが入ってくるかぎり、キリスト教の天地創造の考えと結び付き、進化論との間に矛盾が生じる。その理由で進化論をロレンスは信じない。それよりもむしろアステカ人の太陽信仰の方が良いと考えるのである。本書でも今まで既に述べられ、また次節でもまとめて述べられるように、ロレンスは若い時から太陽に対して信仰にも似たものを持っていたことを考え合わせると、この考えは納得できるので

ある。時間と進化論の糸に長い間退屈して絡まり合っているよりも、すべてがドカンと一挙に破滅して、どこからともなく何故とも分からぬままに、闇の中から新しい小さなきらめきがよみがえってくるのだとロレンスは言う[56]。これは生命力を失ってしまったヨーロッパに対するロレンスの反発の気持ちの表現である。

　そしてこの我われの世界は地震で内部から爆発するだろうという、アステカ人の予言が実現される時人間の地位が奪われて、後どのようなことが起こるのだろうかという疑問を残してこの章を結んでいる。この紀行文は20世紀の初めの頃書かれたものであるが、今や21世紀に入ってあちこちで頻発している原発事故やオゾンホールの破壊など、環境が著しく悪化している現実を考えてみると、ロレンスが考えたことも意味なきことではなかったことが分るのである。

　ダーウィンの進化論は、生物は弱肉強食の原理に基づいて無限に発展してゆくもので、弱い生きものは強い生きものの餌食となって死に絶えてゆくという考えであり、ヨーロッパではこれに代わる理論はまだ出ていない。それに対して日本の今西錦司博士（1902-1992）は京都の鴨川の流域で、種類の違うかげろうが別々の場所に棲みついて、互いに相争うこともなく生息しているという「棲み分け理論」を提案しているが、今だにヨーロッパによって認められるには至っていない。ダーウィンの進化論がヨーロッパ近代の個人主義の申し子であったとすれば、「棲み分け理論」は東洋的集団主義、寛容主義の願いを込めた学問体系と言えるであろう。そして民族や人種を越えた共存、また動物と人間の区別を越えた共存がなされねばならない現在において、

両者のいずれが適しているかは自ずから明らかである。ロレンスは今西錦司博士のことは知る由もなく、従って棲み分け理論のことは知るはずもなかったが、上で紹介した旅行記やエッセイなどでロレンスの言っている Being や Impersonality などを考えてみると、「棲み分け理論」との共通点があるように思われてならない。

　ここから現在よく言われる「動物による癒し」を考えるきっかけが出てくる。発達し過ぎた人間の知性による害毒の犠牲となり、あまりのショックのために正常な機能に障害を受けた人々や、同様に現代の最先端の技術や考え方について行けない老人たちの心を癒すものとして、動物がその役割を演じるのである。そしてこれは何も障がい者や老人たちだけではなく、ごく普通の人間でも神経をすり減らして異常な精神状態となってゆく昨今では、充分考えられることである。

　先に何度か論じられた「共生」や、自分の生活を切り詰めてお互いに助け合うという「共貧」の考えも、このような流れの中で考えてみると納得がいく。すなわち、我われ人間は他の動植物と共にでなければ、生きていくことはできないのである。それは今までのように動植物が人間の食料として必要であるという理由だけではなく、あまりに発達し過ぎる人間の知性にストップをかけるものとして、稀にみるこの地球という星に全くの偶然と幸運によってその生を与えられた生命共同体の生きものとして、生きていくことが必要であることが明らかになってきたからである。

　ロレンスの新しい桃源郷では、このような配慮がなされるように思われる。

6　太陽信仰より暗い太陽へ

　いままでロレンスが夢想した桃源郷に向けて話を進めてきたが、その中でそれぞれのテーマを追いながら、その随所に出くわしたのが太陽信仰であった。そしてこのテーマはロレンス文学において大きな位置を占めているように思われるので、ここでそのことを総合的にまとめてみたい。

　太陽信仰に関してはロレンス晩年のエッセイ『黙示録』の中でははっきりと述べられている。これは彼が子供時代からたたき込まれたキリスト教の教義に反発して書かれたものであるが、結局ロレンスがそこで執着したものは太陽信仰であったことが分かる。その最後では次のように書かれている。

　　　我われが望むのは過った非有機的な結合、とりわけ金銭にまつわる結合を壊し、コスモス、太陽や大地との結合、人類と国家と家庭との生きた有機的な結合を再び成し遂げることである。太陽から始めよ、そうすればその他のものは徐々に、徐々に実現してゆくであろう。[57]

ロレンスの総決算とも言うべき晩年のエッセイにおいて、このように従来の伝統、とりわけ金銭との機械的な結び付きを断ち、先ず太陽との間に有機的なつながりを打ち建てよというのである。そしてその根

底には太陽信仰があることが分かる。それでは作品の中でどのように太陽信仰が描かれているかをみてみよう。

　第1章でロレンスのイチジクに関する二つの詩の中にロレンスの近代認識をみたが、「裸のイチジクの木」の方には、指導者、先駆者とは違ったもう一つ別のもの、太陽信仰がある。この場合にはイチジクの果実ではなく木そのものに密着して描写される。先ずロレンスはイチジクの木が気味の悪いものだという。それは他の多くの木に見られるようなものではなく、樹皮もなくすべすべして銀色にしぶく輝いていて、いかにも生命を宿しているように見えると次のようにうたう。

　　　イチジクの木、気味の悪いイチジクの木
　　　ぶ厚い滑らかな銀色で、
　　　南海の風に吹かれて甘く光る銀色をしている——
　　　光るといっても、透明の意味ではない——
　　　ぶ厚い滑らかな肌の銀色で、
　　　　　　　人間の手足がくすんでいると同様、くすんでいて
　　　生命の光を放ち、

(C. P.　p. 298)

生命を宿す光沢（the life-lustre）は微妙な表現である。それは太くてすべすべした銀色ではあるが、その銀色たるや、血の通わぬマネキンのようなものではなく、人間の手足がくすんでいるのと同様にくすんでいる（dull only as human limbs are dull）、そういう光沢だと

320

いうのである。また生命を象徴する言葉として、次のようにも表現されている。

　　　　肌身に健康な生命に満ちた鈍い光を放ち

　　　　それは常にほの黒く

　　　　時計草の花弁のようにまろやかである、

　　　　時計草のように、

　　　　岩から垂れ下がる時計草の怪しいきらめきを帯び、

　　　　　　　　　　　　　　　　　　　（C. P.　pp. 298-299）

上の「ほの黒く」（half-dark）も前の引用でみた「くすんだ」（dull）と同様、生命の象徴であろう。また「時計草の花弁のようにまろやかな」（suave like passion-flower petals）という表現の中にも、自然体の持つ、文字通りのまろやかさが感じられる。

　また時計草（passion-flower）の passion には、情熱という意味の他に、キリストの受難の意味があり、時計草の各部分がキリスト処刑の際の責め具に似ていると言われていることを考えれば、先の half-dark も、キリストの生死を分けた状況と復活の象徴として納得されるのである。ロレンスがこの詩を書いたのと同じイタリアでの「薄明」（twilight）の体験も文字通りこれによく似たものであった。最初にイチジクの木を気味が悪いものだとロレンスが思ったのは、このような思いが複雑に絡み合っているからであろう。

　さて作者はイチジクが何よりもその旺盛な生命力で、上へ上へと伸

びてゆくのに注目する。ここでは次に出てくる、イチジクの木をうた
う詩に見られる太陽（sun）と燭台（socket-tip）それにろうそく
（candle）に注目したい。天へ天へと芽を延ばすイチジクの向かうと
ころは太陽である。この詩でイチジクのことが燭台にたとえられてい
る理由がここで明らかになってくる。すなわち、天上に延びていって
太陽から直接火を取り、燭台のろうそくに火を灯すのである。その様
子は次のように描かれる。

　　　若い枝はどれも

　　　その親の股から横へ伸びるやいなや

　　　勇みたって飛び出す

　　　日光の唯一無比の燃えるろうそくをその燭台に立てるために、

　　　不意に彼はその股からもう一つの若い芽を生み出し、

　　　それは直ちに唯一無比のものとなって伸びてゆき、

　　　日光の燃えるろうそくを立てる。

　　　　　　　　　　　　　　　　　　　　　　（C. P.　pp. 299-300）

イチジクの芽が出るや、一目散に太陽の火に向かって我先に伸びてゆ
くのである。ではこの燭台や太陽の火は何を象徴するのであろうか。

　作者はこのイチジクの林の間に座り、その「ひたむきさ」をアイロ
ニーの目でみる。イチジクの木は秘密を保ちながら、長い年月にわた
る人間の失敗や辛苦を笑い物にしている。それでいながらも、イチジ
クは一目散に太陽に向かって伸びていくのである。イチジクはこのよ

うに対照的で異質的なことを行っている。ひたむきに天上に向かって太陽の火を求めることと、長い年月の人間の努力を笑い物にすることである。だから詩の中で「悪い木」（wicked tree）と表現されているのである。だとすれば、太陽の火とは理想の象徴だと考えられる。そしてイチジクは歴史を通して人間が行ってきたことを笑い物にしながら、それよりもっと確かなもの、太陽を探り求めているのである。

　そこで我われはこの詩に見られる太陽に目を向けてみよう。ロレンスはそのような人間の歴史を経た伝統・因習ではなく、太陽からの直接のエネルギーを得ようとするのである。ここで改めて太陽信仰が大きく浮かび上がってくる。

　晩年に書かれた小説『チャタレイ卿夫人の恋人』にも同じような考えが見られる。メラーズとコンスタンスが夜を共にした次の朝、次のような描写が見られる。

　　　黄金の日光が引かれたカーテンに触れた。彼女はそれが差し込んで来たいのだと感じた。
　　　「さあ、カーテンを開けましょうよ。あんなに小鳥が鳴いているじゃありませんか。ぜひ、日光を入れてちょうだい。」と彼女は言った。[58]

ここでは日光が小鳥と共に躍如として生きていて、ロレンスの理想郷に相応しいものとなっている。

　また同じ頃書かれた『逃げた雄鶏』を見てみると、先にも述べたよう

にやはり太陽信仰を思わせるものが多い[59]。この作品では、死んだ男は
かつてのキリストの栄光から離脱して新しい時代へと生まれ変わり、肉
体を持った男として再出発するのである。そして太陽はここではイシス
の女に注ぐべき生命の象徴となり、新しい生の象徴となっている。

　ここで前の方で考えた内なる太陽も、ロレンスの太陽信仰に関連が
あることが分かる。すなわち第3章4でも述べたように、『逃げた雄鶏』
の中のあの俗世を超越し死を体験した男にも日光はさんさんと降り
注ぎ、そこでは輝きも実体も全くの孤独な海も、また純粋な明るさも、
すべては偉大な太陽の一部だったことが思い出される。ここにはロレ
ンス独特の自然観があり、あらゆるものが太陽から発しているという
太陽信仰が見出される。

　日本にもこれと同じ境地を表すものがある。能『弱法師』には日想
観といって、観無量寿経に説かれている、極楽浄土を観念する 16 観
法の第1番目が出てくる。西に向かって正座し日没の相状を観て西方
浄土を想観することを言うのであるが、これに共通するものがここに
はある。日没の不思議な力が感じ取られるのである。

　こうして太陽はここではイシスの女に神秘の火を与え、彼女と死ん
だ男は新しく出発することになる。そして死んだ男はオシリスと二重
写しになり、オシリスの復活の象徴とされている。

　こうしてこの女が待っている暗い内なる太陽が、生まれ代わった男
となって現れる。これは次のように述べられている。

　　　それからゆっくりと、ゆっくりと、内なる存在の完全な闇の

中で、何物かがうごめきながらやって来るのを彼は感じた。夜明けが。新たな太陽が。新たな太陽が自分の中に、自分自身の内なる完全な闇の中に近づいてくるのだった。[60)]

彼女を動かせるものは死んで生まれ変わった男である。そしてそれは一度死に、もはや輝かず、虚飾にとらわれぬ太陽でもある。彼女が長年にわたって探し求め、ついに発見したこの太陽こそは、桃源郷に相応しいものである。

　前に述べた『チャタレイ卿夫人の恋人』の主人公コンスタンスの、上流階級の言葉から方言への変化にしても、また二人の交わりが深まってゆくにつれて振舞が大胆になってゆくのも、共に広い意味での自然化、非個性化であり、これも 21 世紀の新しく開けてゆく桃源郷に相応しいものだと考えられる。

　その他、前章で述べた擬人化から擬物化への変化など、Personality から Impersonality への変化は、桃源郷に相応しいものと考えられる。

　太陽信仰はこのように、イシスの女の持つ「偉大な癒しの力」（the great healing power）に応えてよみがえった男が発揮する、スミレに陰る太陽（the violet-dark sun[61)]）を得ることで、最大の桃源郷が完成されるのである。

7　新しい救世主の地上への帰還

ここで前にみたキリスト教との関係をもう一度考えたいと思う。第

1章でみたように、ロレンスには天国への上昇志向があった。これは詩集『鳥・獣・花』の中の詩「聖マタイ」にみられる。ロレンスはキリスト教に対する敬虔な気持ちを持ち、使徒マタイの口を借りて、神に選ばれて天上へと引き上げられてキリストと同様の域に達することへの憧れを述べている。それは先にみたように、「聖マタイ」の詩の中で使徒マタイが天上へ引き上げられる時に感じる胸のときめきとその喜びの表現の中に見出すことができる。

　この気持ちは従来のヴィクトリアニズムの伝統に従った考え方であるが、この詩の中にはこれと同時に黒い血が体内を巡る一人間として、天上の神と地上の人間との間を行き来して、唱道者・使者としての役割を演じようとする決意がマタイを介して語られる。そして詩の後半ではこの世俗への気持ちがますます強くなり、自分は魚のように裸にもどり、俗人が夕方に仕事から帰ってズボン吊りを外してくつろぐように、神さえも届かぬところで普通の人間としての活動をしたいという[62]。

　この気持ちは使徒たちの一連の詩の序文の中では、先にみたように『黙示録』の獣たちをもとの本来の位置へ戻すべしという主張となって表現されている。従来使徒たちは『黙示録』の獣たちにたとえられていて、本来の位置とは今までの流れから考えて地上ということになる。

　晩年の作品『逃げた雄鶏』の内容は使徒の地上への帰還ではなく、キリスト自身のそれであることが読み進むうちに分かってくる。これは上の詩で望まれたことが、充分に満たされたことになる。

　桃源郷に相応しい使徒として生まれ変わった無名の男が、地上に帰

還するのである。そしてその境地は、先にも述べた通りロレンスが『恋する女たち』のアーシュラや聖マタイをして語らしめたように、単なる過去への郷愁ではなく「人の子」キリストでさえも及ばない新地球人・宇宙人の領域であり、キリスト教など従来の伝統はおろか、地球そのものをも超越した新しい大宇宙であったことが分かる。

8　新しい生き方　狂牛病と近代農業を越えて

　ここで先にみた『逃げた雄鶏』で最後に達した宗教的境地が、キリスト教を超えた古代エジプトのオシリス神話であったことを確認したいと思う。そしてこの神オシリスは、農業の神であったこともここで思い出したい。神が死んで久しい現在では、自然災害に対してはそれに挑戦するかのごとくに土木技術の粋を集めて国土を改造し、人間にとって住みやすい環境作りがなされてきて、人々はそれに対して何ら疑問を呈することはなかった。それが前ばかり見て前進していた好景気の頃の当然の生き方であり、それが人間の進歩だとされていたのである。しかるにバブル、あの近代産業にともすればつきまとう悪夢に見舞われた時、様相は一変する。その具体的な現れが上でみた洪水などの自然災害に対処するダムの建設である。これは洪水対策だけでなく水道その他の対策もあろうが、過去の長い経験からそれに伴うマイナス、そこに住む住民の苦しみがいかに多大なものであったかが、宴の後の空しさのように、或いは恨み深い亡霊のごとくに、現れ出てきたのである。これはあたかもオシリス神の恨みのごとくである。問題はダムだけに留まらない。好景

気の後に取り残され、科学技術によって改造され、手負いの猛獣のように怒り狂う自然のなすがままに翻弄され、商業主義のために不本意にも農薬や遺伝子の組替えに走らざるを得ない農業の現状である。オシリス神は黄泉の国の支配者であり、死者をよみがえらせると同時に、ナイル河の洪水と再生を司る農業神でもあった。古代のナイル河では毎年肥沃なデルタが再生され、現代のように治水対策としてダムを造って、その結果住民の住まいや生活の場を奪うことはなかったのである。ここに、二次産業や三次産業に押されて現在問題になっている農業を考える接点があり、21 世紀を展望するロレンスの考えの登場する余地がある。こうしてロレンスは新たな目で空飛ぶ小鳥を見つめ、動物たちに目を見張る。そしてその中から、中世的世界の復活を祈るのである。このような新しい環境への願いが桃源郷にはある。桃源郷はこのように、死と再生の地なのである。

　先に現在の農業の疲弊とそれへの取組み、効率優先、経済優先からくる合理化の結果としての狂牛病をみたが、このような試練を経て新たなる取組みが始まっている。近年になって、毎年起こる異常気象を目の当たりにするにつけても、地球は土と水と空気とからなる、宇宙に浮かぶ無機的な星に過ぎないという考えは次第に改められ、地球には血の通った生きものが棲み、呼吸をする森林が生い茂り、海は循環して新鮮さを保っており、オゾン層はあたかも生きもののごとく地球を保護してくれていて、もし人間がフロンを排出すればそのオゾン層も、言わば人間に対するしっぺい返しのように、層が薄くなって地球の生きものを太陽の光線の害から守ってくれなくなるということも、

人々が知るようになってきている。ちょうど生きものがあまりストレスが続くと、普通ならば大丈夫な場合でも病気にかかるように、一見無生物である地球にも異常が訪れるのである。

　狂牛病が実際に現れるまでに、人間による自然の改造が起こっていた。原生林の真ん中を突き切って高速道路を開通させることから起こる森林と生態系の破壊、株式会社方式からくる大量の養鶏と、生きている鶏のストレス対策としての薬害、狂牛病も会社方式の大量の飼料の必要から、そのルーツの分からない外国からの飼料に、そもそも問題があったと言えるのである。

　地球だけではない。人々が英知を働かせて作り上げてきた生活のルールも、最近怪しくなってきている。「人は健康にして自由な生活をする権利がある。」というヨーロッパ民主主義の基本は、話をグローバルに広げれば通用しなくなっている。日本人からみればこんなに豊かになったのに、まだ今だに飢え死にする人があろうとは。しかし世界にはその日の生活にも事欠く場合が多いのである。まして生活の基本的自由がなく、監視さえされている場合もある。

　すなわち、環境問題が大きくクローズアップしてきている。もはや人類にも無限の発展や無限の進歩はなく、今まで開発し利用し続けてきたこの母なる地球も、巨大な人類を維持することができなくなってきている。それに加えて、人間の他を省みないエゴ乱開発とそこからくる資源の枯渇が考えられる。もはや人間は今までの遺産を維持しながら、慎ましく生きて行く以外しかたがないのである。これこそは、循環再利用の考えである。循環するべきものはただ資源や人間が使用

済みのものだけではない。時間もまた無駄にするのではなく、再利用するべきところまできている。これは時間のむだ遣いの防止ということだろう。そしてこれこそは、未来の永遠よりも過去の永遠に目を向けることの意味である。人類が地球上に誕生して滅亡するまでの、過去の永遠から未来の永遠までの幾十万年の期間は、この地球という希有な星の由来、あるいは大宇宙のことを考えればほんの一瞬にすぎない。21世紀まで来て、もう一度今までの人間の健全な生き方に思いを巡らせようではないか。

　もののたれ流し防止と他の生物との共生は勿論のことである。本書でも、ロレンスの描く動物の詩を通して、私は共生の道を探ってきた。それはそのまま桃源郷の一つの姿である。だから桃源郷といっても、ユートピアが今まで表してきた内容、すなわち「どこにもない所」ではなく、これから人間が維持していくべき、けっして豊かでない地球上の場所なのである。これが本書で論じられた「生命共同体」を成すものである。これらはロレンスが先にも述べたジョージ・オーウェルと共に、20世紀の初めに予想していたことだった。

あとがき

　ロレンスの考えは一筋縄ではとうてい捉え切れるものではない。彼の作品をいろいろな射程から考えることによって、初めてその輪郭がはっきりしてくる。そこで、本書では先ず空間と時間の切り口から彼の永遠に対する考えをとらえ、上昇感覚と下降意識・地獄の考えでとらえ、また Impersonality などのキーワードを用いて彼の作品を分析してみた。これらの方法は、従って多分に重なり合うところがある。本書を読む場合には、そのことを意識しておいて欲しい。

　最初のコスモポリタンから発展して、もっと広い地球人に至るロレンスの最後の境地は、ちょうど『逃げた雄鶏』の中の主人公のそれであった。すなわち Being の境地に浸り、ちょうど仏教における日想観と同じものに浸りながら極楽浄土を思いつつ太陽信仰に励んでいたのである。『逃げた雄鶏』はそれだけのものを含む作品である。現代によみがえったその男はこの境地に浸っている。また『チャタレイ卿夫人の恋人』の女主人公コニーの野生化に見られるようなものやそれと同類のものは、人間がルネッサンスとそれに伴う近代化の病弊、現代の悲劇から解放されようとした苦しみの中から生まれた、自然への回帰を象徴するものと言えるであろう。そして今世界を冷静に眺めてみる時我われの心を癒してくれるものは、暗澹たる黒雲がたちこめるばかりの未来の前途にではなく、血の通った温かい過去の永遠に求めることができるのであり、ロレンスはそれを追及し、そしてそれを彼の

文学世界で実現したと言うことができる。

　このようなロレンスの境地は今までに数多くの人によって求め続けられてきた。それはユートピアという形で表わされているが、ギリシャ語で「何処にもない所」という意味である。ギリシャの昔から、ヨーロッパ人はそんなものが何処にもないことを知りながら、それを追及し続けてきたのであろうか。ロレンスの場合もラーナニムにみられるように、それは実現せずに終わったけれども、ロレンスが行ったように全世界をもっと探せば、もっとそれに相応しい現実味のあるものがないかと思って、ロレンスが果たせなかったヨーロッパ以外の文化を私は考えてみた。彼はセイロンまでは行ったが、方向を転じてオーストラリアへ向かった。ロレンスは自分の理想とする境地を、やはり近代ヨーロッパ文明とは縁の深い、ヨーロッパが影響を残した地域に探したのである。

　私もロレンスに従って、もっと他の領域、他の文化にこれに相応しいものがないものかと、想像で世界を回ってみた。そして身近の非ヨーロッパの文献の中に、本書に紹介したような桃源郷を見出した。それはロレンスがメキシコやニュー・メキシコの先住民の中にわずかに見出したものに似ていて、一つのアニミスティックな理想郷ではあるが、ギリシャ以来のヨーロッパ人が考えてきたものとは違っており、ましてやキリスト教の伝統があるヨーロッパの理想郷とも違っているのは本書で述べた通りであって、私にはそれは「どこにもないもの」ではなく、今でもどこか近辺にあるように思われる。ロレンスはこれの象徴を生きものの詩の中で描いた。

　ロレンスは Stop the KINDAI を呼び掛けた作家であった。我われは楽天的に近代の発展が無条件で良いものと思い込んでいたが、ロレンスの文学はそれへの警告であった。しかしここまで「発展」してきた世界がどの方向に向かっていくか、それはもはや文学者のあずかり知らぬ領域である。ただ、今この書物の中で考えた彼の桃源郷を常に心に持ち、折りにふれてそこへたち返るようにすれば、必ずや人類にも展望が開けてゆくと思う。この書物を私がまとめたのは、現代の世界の混迷を見れば見るほど何とかしなければ、何とかしたいという念願が込み上げて来たからである。

　ロレンスが死んだ 1930 年以後 6 年経って私は生まれたが、もの心ついて後の世界を私は言わばロレンスになり代わって、21 世紀まで自分の目で見てきた。本書ではその間に起こったロレンスの知らない事も書き加えた。従って私のこの論考には、ロレンスの考えに託して自分のこの念願を何とかして実現させようとする気持ちが、無意識のうちに込められているかも知れない。もしこの論考に何か性急なところがあるとすれば、それは今述べた私の気持ちに免じてお許しいただければ幸いである。

　「過去の永遠」という考えにしても、過ぎ去ったものをどうして復活させるのか、という疑問が読者の方々が持つのは当然のことであろう。しかし本書でも紹介したように、時間は大宇宙の無限の広がりの中で、過去から現在、現在から過去へと循環していくと考えれば、この意味が理解されると思われる。実際 21 世紀に入った今、それに関連する考えや行動が起こっている。本書の中ですでに紹介した他に、

2005年の冬至の夜に、オフィスの照明やネオンを2時間消して5千本のろうそくを点すという「百万人のキャドルナイト＠オオサカシティ」が毎日新聞社の主催で、大阪・西梅田地区で開催された。環境省が呼び掛ける「地球温暖化防止のための炭酸ガス削減キャンペーン」に賛同するイベントで、自然との交わりがともすると薄れがちな都市生活者の環境意識を向上させようとするものであった。その2年前にも夏至の日に、同様の呼び掛けを全国におこなって始まった運動である。

　闇夜の体験をやろうということである。闇といえばロレンスと縁が深いものであるが、ロレンスのいう「闇」はもっともっと広いものを持っているけれども、少なくとも今述べた意味も含んでいるように思われる。あまりにも豊かな社会にあって、栓をひねればガスが出るけれどもそのガスがどこから来てどこへ行くのか、どのような人の努力で安全供給されているのか、などを意識しもしない無責任な現代人への呼び掛けである。

　これは「過去の永遠」と無関係ではないと思う。人類を取り巻く環境は年々厳しくなっている。このまま今までの繁栄の余勢をかって前進を続けていくのか、それともしばらくここで留まって、いま述べたキャンドル運動に象徴されるような慎ましい生活に甘んじることができるのか、が問われている。このことを考えながら私は本書をまとめた。ロレンスが念じた人類の回生が不死鳥のごとく起こることを、私も祈ってこの論考を終えたいと思う。

　最後に本書の編纂にあたり、お世話になった方々にこの紙上を借りて心より感謝したいと思う。とりわけ仕事の同僚で佛教大学教授であ

334

った川野美智子先生には、ともすれば挫けそうになるのを励ましていただき、また大阪教育図書の横山哲彌社長には、出版について適切な助言をいただき厚くお礼申し上げたい。私的に行っているロレンスの研究会では、本書で扱ったロレンスの詩の大半を輪読し、若い人たちの斬新なアイディアに触発されるところが大きかった。また松本桂子さんと泉井直美さんには学生時代から研究会でお世話になり、今回も多忙の中を校正など面倒な仕事を引き受けていただき、一人では到底気がつかない貴重なご意見をいただいた。ここでお礼を述べたい。

本書は筆者が 10 年間にわたって書いてきた 19 のロレンス関係の論文をもとにして、1 冊にまとめたものである。その論文の初出の文献は次の通りである。

■第 1 章　ロレンスの近代認識　未来の永遠を探る

「ルネッサンスの光と影—ロレンスと近代」『佛大文学部論集』第 87 号、佛教大学文学部　2003 年。

「聖なる動物たちの栄光と堕落」*Circles*、第 8 号、総合人文科学研究会　2005 年。

■第 2 章　過去の永遠の模索　ユートピアを求めて

「ロレンスの自然観」『佛大文学部論集』第 83 号、佛教大学文学部　1999 年。

「D．H．ロレンスのアニミズムについて」『英文学論集』第 10 号、

佛教大学英文学会　2000 年。

「ロレンスの詩に見る原初の模索」*Circles*、第 7 号、総合人文科学研究会　2004 年。

「ロレンスとアメリカ」*Circles*、第 9 号、総合人文科学研究会　2006 年。

「ロレンスにおける冬枯れと地下の世界」『佛大文学部論集』第 91 号、佛教大学文学部　2007 年。

■第 3 章　ロレンスが探った世界——21 世紀に向けて——

「ロレンスの季節感 'Purple Anemones' と 'Bavarian Gentians' をめぐって」『英文学論集』第 11 号、佛教大学英文学会　2002 年。

「ロレンスの Impersonality　Ⅰ」『佛大文学部論集』第 85 号、佛教大学文学部　2001 年。

「ロレンスの Impersonality　Ⅱ」*Circles*、第 4 号、総合人文科学研究会　2001 年。

「ロレンスのケルト体験——中世への憧憬」*Circles*、第 5 号、総合人文科学研究会　2002 年。

「21 世紀からロレンスを読む」『立命英米文学』第 13 号、立命館大学英米文学会　2004 年。

「ロレンスの詩 'Snake' をめぐって」『英文学論集』第 6 号、佛教大学英文学会　1994 年。

■第4章　ユートピアより新桃源郷へ

「天空を通う旅人、マタイ　ロレンスの宇宙観」『英文学論集』第 13
　　　号、佛教大学英文学会　2005 年。

「生命共同体の担い手たち　ロレンスと生きもの」『佛大文学部論集』
　　　第 90 号、佛教大学文学部　2006 年。

「ロレンスのアーモンド賛歌」『佛大文学部論集』第 86 号、佛教大学
　　　文学部　2002 年。

「Doing より Being へ──ロレンスのポスト近代認識」『英文学論集』
　　　第 12 号、佛教大学英文学会　2003 年。

"The Views of Nature of Shelley and Lawrence"（英文）
　　　ΦΟΙΝΙΞ 第 2 号、フェニックスの会　2005 年。

「ロレンスと太陽信仰」*Circles*、第 6 号、総合人文科学研究会　2003
　　　年。

　　2007 年 3 月

　　　　　　　　　京都、上賀茂の寓居にて　　　　　著者

注

［ロレンスの詩の引用にかぎり、C. P. の略号と頁数を引用の最後につけた］

第1章　ロレンスの近代認識

1) Lawrence, D. H. *The White Peacock.* ed. Andrew Robertson. Cambridge: Cambridge UP., 1983. pp. 57-58.

2) *Ibid.*, p. 260.

3) *Ibid.*, p. 306.

4) *Ibid.*, p. 248.

5) *Ibid.*, pp. 287-278.

6) *Cf.* Lawrence, D. H. *Twilight in Italy and Other Essays.* ed. Paul Eggert. Cambridge: Cambridge UP., 1994. pp. 115-116.

7) *Loc. cit.*

8) *Cf.* Lawrence, D. H. *The Complete Poems of D. H. Lawrence, I.* eds. Vivian de Sola Pinto and Warren Roberts. London: Heinemann, 1972. p. 297.

9) *Cf. Twilight in Italy. op. cit.*, p. 116.

10) *Cf.* Michel Foucault. *Histoire de la folie à l'âge classique.* Paris: Gallimard, 1972. p. 53.

11) *Cf. Ibid.*, p. 41.

12) *Cf. Ibid.*, p. 42.

13) *Ibid.*, p. 53.

14) *Cf. Ibid.*, pp. 18-19.

15) *Cf.* Lawrence, D. H. *The Rainbow.* ed. Mark Kinkead-weekes. Cambridge: Cambridge UP., 1989. p. 427.

16) Lawrence, D. H. *The Virgin and the Gipsy and Other Stories.* eds. Michael Herbert, Bethan Jones and Lindeth Vasey. Cambridge: Cambridge UP., 2005. p. 136.

17) *Ibid.*, p. 148.

18) *Ibid.*, p. 153.

19) *Ibid.*, p. 133.

20) *Ibid.*, p. 140.

21) 奥　武則　「民主主義の逆説」1998 年 3 月 5 日、毎日新聞。

22) Lawrence, D. H. *Apocalypse and the Writings on Revelation.* ed. Mara Kalnins. Cambridge: Cambridge UP., 1980. p. 147.

23) *Ibid.*, p. 65.

24) *Cf.* Woolf, Virginia. *Mrs. Dalloway.* Penguin, 1992. p. 110.

25) *Cf. The Complete Poems op. cit.*, p. 286.

26) ロレンスの太陽信仰については、第 4 章で再論。

27) *Cf. The Complete Poems. op. cit.*, p. 319.

28) *Cf. Apocalypse. op. cit.*, pp. 61-62.

29) *Cf.* Lockwood, M. J. *A Study of The Poems of D. H. Lawrence Thinking in Poetry.* Palgrave, 2002. p. 119.

30) *Cf. Ibid.*, pp. 119-120.

31) *Cf. Ibid.*, p. 120.

32) *The Complete Poems. op. cit.*, p. 319.

33) *Cf.* Preston, P. *A D. H. Lawrence Chronology.* St. Martin's Press. 1994. p. 100.

34) *Cf.* Lockwood. *op. cit.*, pp. 114-115.

35) *Cf.* Preston, *op. cit.*, pp. 109-116.

36) Lawrence, D. H. *Mornings in Mexico and Etruscan Places.* Harmondsworth: Penguin, 1981. p. 53.

37) *Cf.* Lawrence, D. H. *Women in Love*, eds. David Farmer, Lindeth Vasey and John Worthen. Cambridge: Cambridge UP., 1986. p. 58.

38) *Ibid.*, p. 59.

39) *Cf.* Lawrence, D. H. *Reflections on the Death of a Porcupine.* ed. Michael Herbert. Cambridge: Cambridge UP., 1988. pp. 300-301.

40) *Cf.* Lawrence, D. H. *Studies in Classic American literature.* eds. Ezra Greenspan, Lindeth Vasey and John Worthen. Cambridge: Cambridge UP., 2003. p. 128.

第2章　過去の永遠の模索　ユートピアを求めて

1) Lawrence D. H. *England, My England and Other Stories*, ed. Bruce Steele, Cambridge: Cambridge UP., 1990. p. 58.

2) *Ibid.*, p. 59.

3) *Loc. cit.*

4) *Loc. cit.*

5) *Cf. Loc. cit.*

6) *The Virgin and the Gipsy. op. cit.*, p. 163.

7) *Ibid.*, p. 137.

8) *Loc. cit.*

9) *Ibid.*, p. 126.

10) Lawrence, D. H. *Lady Chatterley's Lover*, ed. Michael Squires, Cambridge: Cambridge UP., 1993. p. 133.

11) *Ibid.*, p. 135.

12) *Ibid.*, p. 221.

13) *Ibid.*, p. 279.

14) *Cf. Ibid.*, p. 85.

15) *Ibid.*, p. 127.

16) Lawrence, D. H. *Sons and Lovers*, eds. Helen Baron and Carl Baron. Cambridge: Cambridge UP., 1992. p. 152.

17) *Loc. cit.*

18) *Cf.* Lawrence, D. H. *Selected Letters*, selected by Richard Aldington with an introduction by Aldous Huxley. Harmondsworth: Penguin, 1954. p. 27.

19) *Cf. Reflections on the Death, op. cit.*, pp. 87-88.

20) *England, My England. op. cit.*, p. 15.

21) *Cf. Mornings in Mexico. op. cit.*, p. 17.

22) *Cf. Women in Love. op. cit.*, pp. 127-128.

23) *Cf.* Daleski, H. M. *The Folked Flame: A Study of D. H. L.* Evanston: North-western UP., 1965. p. 35.

24) *Cf. Mornings in Mexico. op. cit.*, p. 58.

25) *The Complete Poems. op. cit.*, p. 280. 「白い神」については本書 142-143 頁参照。

26) *Cf. Brewer's Dictionary of Phrase and Fable.* London: Cassell, 1965. p. 354.

27) *Cf. Random House English-Japanese Dictionary.* Shogakukan, 1993. p. 974.

28) *Cf.* Lockwood. *op. cit.*, p. 107.

29) *Cf. Judges* XVI, 21.

30) *Cf. The Virgin and the Gipsy. op. cit.*, p. 135.

31) *Cf. Women in Love. op. cit.*, p. 128.

32) *Cf. Mattthew*, XXIII. 27.

Woe unto you, *scribes* and *Pharisees, hypocrites!* for ye are like unto whited sepulchres, which indeed appear beautiful outward, but are within full of dead men's bones, and of all uncleanness.

33) *Cf.* Preston. *op. cit.*, p. 84.

34) *Cf.* Gilbert, S. M. *Acts of Attention The Poems of D. H. Lawrence.* Cornell UP., 1972. p. 188.

35）*Cf.* Brewer. *op. cit.*, pp. 665–666.

36）*Cf.* Lockwood. *op. cit.*, pp. 105–106.

37）*Cf.* Preston. *op. cit.*, p. 106.

38）Lawrence, D. H. *Phoenix.* ed. Edward D. Mcdonald, Heinemann, 1961. p. 90.

39）このことに関しては *Mornings in Mexico* の第1章 'Corasmin and Parrots' に詳しく述べられている。

第3章　ロレンスが探った世界——21世紀に向けて——

1）Shelley, P. B. *Shelley's Poetry and Prose*, eds. Donald H. Reiman and Sharon B. Powers, New York: W. W. Norton & Company, 1977. p. 226.

2）*Cf.* Lawrence, D. H. *Study of Thomas Hardy and Other Essays.* ed. Bruce Steele, Cambridge: Cambridge UP., 1988. p. 71.

3）Nin, Anais. *D. H. Lawrence, An Unprofessional Study.* London: Neville spear-man, 1961. p. 131.

4）*Cf.* Hough, Graham. *The Dark Sun.* London: Duckworth, 1956. p. 224.

5）*Lady Chatterley. op. cit.*, pp. 121–122.

6）*Cf. women in Love. op. cit.*, p. 142.

7）*Cf. Reflections on the Death. op. cit.*, p. 300.

8）*Cf. The Complete Poems. op. cit.*, p. 321. 本書第4章と拙論「天空を通う旅人、マタイ——ロレンスの宇宙観」参照。

9）本書第4章の2「進化論を越えて　生命共同体の担い手たち」の
(2)「ロレンスと動植物」参照。

10) *The Complete Poems. op. cit.*, p. 308.

11) Lawrence, Frieda. ''*Not I, But The Wind...* ''. London &
Toronto: Heinemann, 1935. p. 33.

12)「フランスの歴史家、アラン・コルバン氏に聞く」、1998年3月17
日、朝日新聞。

13) *The Virgin and the Gipsy. op. cit.*, p. 135.

14) *Loc. cit.*

15) Lawrence, D. H. *The Woman Who Rode Away and Other Stories.*
eds. Dieter Mehl and Christa Jansohn. Cambridge: Cambridge
UP., 1995. p. 151.

16) *The Virgin and the Gipsy. op. cit.*, p. 135.

17) *Loc. cit.*

18) *Ibid.*, p. 136.

19) *Ibid.*, p. 154.

20) *Ibid.*, p. 155.

21) Loc. cit.

22) *Lady Chatterley. op. cit.*, p. 47.

23) *The Virgin and the Gipsy. op. cit.*, p. 158.

24) *Ibid.*, p. 161.

25) Lawrence, D. H. *Aaron's Rod.* ed. Mara Kalnins. Cambridge:
Cambridge UP., 1988. pp. 280-281.

26) *Mornings in Mexico. op. cit.*, p. 55.

27) *Ibid.*, pp. 56-57.

28) *Cf. Women in Love. op. cit.*, p. 57.

29) *Cf. Ibid.*, p. 128.

30) *Ibid.*, p. 148.

31) *Ibid.*, p. 438.

32) *Cf.* Lawrence, D. H. *Kangaroo.* ed. Bruce Steele. Cambridge: Cambridge UP., 1994. p. 134.

33) *Cf.* Lawrence, D. H. *Fantasia of the Unconscious and Psychoanalysis & the Unconscious.* London: Heinemann, 1961. p. 76.

34) *Cf. Ibid.*, pp. 27-29.

35) *Cf. England, My England. op. cit.*, p. 15.

36) *Mornings in Mexico. op. cit.*, p. 17.

37) *Cf. Women in Love. op. cit.*, pp. 127-128.

38) 安田喜憲　『森と文明、環境考古学からの視点』、「ギリシャの蛇信仰、ヨーロッパのアニミズム」N. H. K. 人間講座、第 6 号参照。

39) 倉持三郎　『イギリスの詩・日本の詩』土曜美術社、1997 年。85-90 頁参照。

40) *The Virgin and the Gipsy. op. cit.*, p. 157.

41) *Ibid.*, p. 160.

42) *Loc. cit.*

43) *Loc. cit.*

44) 本書第3章1　「擬人化より擬物化へ　新しいロマン主義」参照。

45) *The Virgin and the Gipsy. op. cit.*, p. 141.

46) *Ibid.*, p. 152.

47) *Ibid.*, p. 155.

48) *Ibid.*, p. 143.

49) *Loc. cit.*

50) *Ibid.*, pp. 144-145.

51) *Ibid.*, p. 147.

52) これについてより詳しくは、本書第4章参照。

53) *Cf. Reflections on the Death. op. cit.*, pp. 299-301.

54) *Cf. Kangaroo. op. cit.*, p. 238.

55) *Cf. Twilight in Italy. op. cit.*, pp. 91-93.

56) 饗庭孝男　『知の歴史学』新潮社、1997 年。16-17 頁参照。

57) *Cf. Kangaroo. op. cit.*, p. 112.

58) *The Virgin and the Gipsy. op. cit.*, p. 136.

59) *Loc. cit.*

60) *Loc. cit.*

61) *Ibid.*, p. 159.

62) 例えば *A Portrait of the Young Artist as a Young Man*（Penguin Modern Classics, 1972. p. 204）では、若い主人公 Steven Dedalus は友人の Linch に向かって中世スコラ哲学に基づく彼の美学を述べており、ここに中世の神学者 Thomas Aquinas の美学を敷衍しようという James Joyce の意図が見られる。

63) *Studies in Classic American Literature. op. cit.*, p. 110.

64) *Ibid.*, pp. 109-110.

65) *Ibid.*, pp. 111.

66) *Loc. cit.*

67) *Loc. cit.*

68) *Ibid.*, p. 112.

69) *Loc. cit.*

70) *Women in Love. op. cit.*, p. 128.

71) *Loc. cit.*

第４章　ユートピアより新桃源郷へ

1）安田喜憲　『日本よ、森の環境国家たれ』中央公論社、2002 年。183 頁参照。

2）*Mornings in Mexico. op. cit.*, p. 70-71.

3）*Cf.* Preston. *op. cit.*, p. 102, 106.

4）*The Complete Poems. op. cit.*, p. 319.

5）*Ibid.*, p. 120.

6）Lockwood. *op. cit.*, p. 117.

7）*Cf. Women in Love. op. cit.*, p. 148.

8）*Cf. Loc. cit.* なお本書第３章５「Impersonality について　Ⅱ」参照。

9）*Cf.* Gilbert. *op. cit.*, p. 142.

10）*Cf.* Preston. *op. cit.*, p. 81.

11) *Cf.* Daleski. *op. cit.*, pp. 34–36.

12) *Cf.* Preston. *op. cit.*, p. 116.

13) *Cf. Mornings in Mexico. op. cit.*, pp. 10–11.

14) *Cf. Ibid.*, p. 14.

15) *Cf. Loc. cit.*

16) *Cf. Women in Love. op. cit.*, pp. 127-128. なお *England, My England. op. cit.* 15 頁にも同様の考えがみられる。

17) *Cf.* Preston. *op. cit.*, p. 94.

18) *Cf.* Gilbert. *op. cit.*, p. 167.

19) *The Complete Poems. op. cit.*, p. 358.

20) *Loc. cit.*

21) *Ibid.*, p. 360.

22) *Cf.* Lockwood. *op. cit.*, p. 134.

23) *Loc. cit.*

24) Gilbert. *op. cit.*, p. 186.

25) *Cf. Women in Love. op. cit.*, p. 481.

26) *Cf.* Preston. *op. cit.*, p. 84.

27) *The Complete Poems. op. cit.*, p. 350.

28) *Women in Love. op. cit.*, p. 125.

29) *Cf. Ibid.*, p. 128.

30) *Ibid.*, p. 126.

31) *Study of Thomas Hardy. op. cit.*, p. 18.

32) *Ibid.*, pp. 18-19.

33) *Cf. Loc. cit.*

34) Daleski. *op. cit.*, p. 35. なお、拙論「D. H. ロレンスのアニミズムについて」を、また、Doing と Being に関しては、本書第2章の3「アニミズムについて」を参照。

35) *Cf. The Complete Poems. op. cit.*, pp. 304-305.

36) 四方田犬彦、「性転換手術が認められた日」、1998年6月3日、毎日新聞参照。

37) *Mornings in Mexico. op. cit.*, p. 60.

38) これについては第3章4「Impersonality Ⅰ」参照。

39) *Cf. The Plumed Serpent.* ed. L. D. Clark. Cambridge: Cambridge UP., 1987. p. 59.

40) *Studies in Classic American Literature. op. cit.*, p. 108.

41) *Loc. cit.*

42) *The Virgin and the Gipsy. op. cit.*, p. 136.

43) *Ibid.*, p. 137.

44) *Loc. cit.*

45) 安田喜憲　『日本よ、森の環境国家たれ』、183頁参照。

46) 饗庭孝男、16-17頁。

47) *Mornings in Mexico. op. cit.*, pp. 63-64.

48) 梅原猛　「森林育て生かそう」2003年4月3日、朝日新聞。

49) *Cf. Lady Chatterley. op. cit.*, pp. 121-122. なお本書第3章1「擬人化より擬物化へ　新しいロマン主義」参照。

50) *Ibid.*, p. 86.

51) 本書、第3章4「Impersonality について　I」参照。

52) *Women in Love. op. cit.*, p. 438.

53) *Ibid.*, p. 313.

54) *Mornings in Mexico. op. cit.*, p. 10.

55) *Ibid.*, p. 12.

56) *Cf. Ibid.*, p. 13.

57) *Apocalypse. op. cit.*, p. 149.

58) *Lady Chatterley. op. cit.*, p. 209.

59) 本書、第3章5「Impersonality について　II」参照。

60) *The Virgin and the Gipsy. oc. cit.*, p. 159.

61) *Ibid.*, p. 144.

62) *Cf. The Complete Poems. op. cit.*, pp. 321–322.

参考文献

I　ロレンスの著作

The White Peacock. ed. Andrew Robertson. Cambridge: Cambridge UP., 1983.

The Trespasser. ed. Elizabeth Mansfield. Cambridge: Cambridge UP., 1981.

Sons and Lovers. eds. Helen Baron and Carl Baron. Cambridge: Cambridge UP., 1992.

The Rainbow. ed. Mark Kinkead-weekes. Cambridge: Cambridge UP., 1989.

Twilight in Italy and Other Essays. ed. Paul Eggert. Cambridge: Cambridge UP., 1994.

Women in Love. eds. David Farmer, Lindeth Vasey and John Worthen. Cambridge: Cambridge UP., 1987.

The Lost Girl. ed. John Worthen. Cambridge: Cambridge UP., 1981.

Movements in European History. ed. Philip Crumpton. Cambridge: Cambridge UP., 1989.

Aaron's Rod. eds. Mara Kalnins. Cambridge: Cambridge UP., 1988.

Kangaroo. ed. Bruce Steele. Cambridge: Cambridge UP., 1994.

Lady Chatterley's Lover. ed. Michael Squires. Cambridge:

Cambridge UP., 1994.

Fantasia of the Unconscious and Psychoanalysis and the Unconscious. Heinemann, 1961.

Reflections on the Death of a Porcupine and Other Essays. ed. Michael Herbert. Cambridge: Cambridge UP., 1988.

Studies in Classic American Literature. Heinemann, 1964.

Study of Thomas Hardy and Other Essays. ed. Bruce Steele. Cambridge: Cambridge UP., 1988.

The Plumed Serpent. ed. L. D. Clark. Cambridge: Cambridge UP., 1987.

Mornings in Mexico and Etruscan Places. Harmondsworth: Penguin, 1981.

Apocalypse and the Writings on Revelation. ed. Mara Kalnins. Cambridge: Cambridge UP., 1980.

The Selected Poems of D. H. Lawrence. Penguin, 1986.

Selected Letters. selected by Richard Aldington with an introduction by Aldous Huxley. Harmondsworth: Penguin, 1954.

Phoenix. Heinemann, 1961.

The Complete Short Stories. 3 Vols. Heinemann, 1955.

England, My England and Other Stories. ed. Bruce Steele. Cambridge: Cambridge UP., 1990.

The Woman Who Rode Away and Other Stories. eds. Dieter Mehl and Christa Jansohn. Cambridge: Cambridge UP., 1995.

St. Mawr and Other Stories. ed. Brian Finney. Cambridge: Cambridge UP., 1988.

The Short Novels. Heinemann, 1963.

The Collected Letters of D. H. Lawrence. 2 Vols. ed. Harry T. Moore. Heinemann, 1965.

The Complete Poems of D. H. Lawrence. 3 Vols. eds. Vivan de Sola Pinto and Warren Roberts. London: Heinemann, 1972.

Phoenix II. ed. Warren Roberts and Harry T. Moore. Heinemann, 1968.

The First Lady Chatterley. Heinemann, 1972.

John Thomas and Lady Jane. Heinemann, 1972.

Sketches of Etruscan Places and Other Italian Essays. ed. Simonetta de Filippis. Cambridge: Cambridge UP., 1992.

II 研究書

i 英文の文献

Alldritt, Keith. *The Visual Imagination of D. H. Lawrence.* Chatham: Edward Arnold, 1971.

Balbert, Peter & Marcus Phillip. ed. *D. H. Lawrence A Centenary Consideration.* Cornell UP., 1985.

Beal, Anthony. ed. *D. H. Lawrence Selected Literary Criticism.* Surrey: Heinemann, 1961.

Bloom, Harold. ed. & Intro. *D. H. Lawrence's Sons and Lovers.* Chelsea House Publishers, 1988.

Brewster, Earl and Achsah. *D. H. Lawrence: Reminiscences and Correspondence.* London: Martin Secker, 1934.

Callow, Philip. *Son and Lover: The Young Lawrence.* London: The Bodley Head, 1975.

Clark, L. D. *Dark Night of the Body: D. H. Lawrence's 'The Plumed Serpent'.* San Antonio: University of Texas Press, 1964.

Corke, Helen. *Neutral Ground: A chronicle.* London: Arthur Barker, 1918.

_____. *D. H. Lawrence the Croydon Years.* San Antonio: University of Texas, 1965.

Cowan, James C. *D. H. Lawrence's American Journey, A study in Literature and Myth.* Cleveland: The Press of Case Western Reserve University, 1970.

Daleski, H. M. *The Folked Flame: A Study of D. H. Lawrence.* Evanston: North-western UP., 1965.

Delavenay, Emile. *D. H. Lawrence: The Man and His Work, The Formative Years: 1885-1919.* London: Heinemann, 1972.

Dix, Carol. *D. H. Lawrence and Women.* Macmillan, 1980.

Draper, R. P. ed. *D. H. Lawrence: The Critical Heritage.* London: Routledge and Kegan Paul, 1970.

Eagleton, Terry. *Exiles and Émigrés: Studies in Modern Literature.* London: Chatto and Windus, 1970.

Ebbatson, Roger. *Lawrence and the Nature Tradition: A Theme in English Fiction 1859-1914.* Brighton/Atlantic Highlands: Harvester Press, 1980.

Eliot, T. S. *After Strange Gods: A Primer of Modern Heresy.* London: Faber and Faber, 1933.

Ellis, David and Zordo, Ornella De. *D. H. Lawrence Critical Assessments.* 4 Vols. Mountfield: Helm, 1992.

Feinstein, Elaine. *Lawrence and the Women: The Intimate Life of D. H. Lawrence.* New York: Harper Collins, 1993.

Fernihough, Anne. *D. H. Lawrence Aesthetics and Ideology.* New York: Oxford, 1993.

Foster, Joseph. *D. H. Lawrence in Taos.* University of New Mexico, 1972.

Garnett, David. *The Golden Echo.* London: Chatto and Windus, 1953.

Gilbert, Sandra M. *Acts of Attention: The Poems of D. H. Lawrence.* Ithaca/London: Cornell UP., 1972.

Gilbert, S. M. *Acts of Attention The Poems of D. H. Lawrence.* Cornell UP., 1972.

Gregory, Horace. *D. H. Lawrence: Pilgrim of the Apocalypse: A Critical Study.* New York: Grove Press, 1957.

Hoffman, Frederick J. & Moore, Harry T. *The Achievement of D. H. Lawrence.* Norman: University of Oklahoma *Press*, 1953.

Holderness, Graham. *Who's Who in D. H. Lawrence.* London: Elm Tree, 1976.

Hough, Graham. *The Dark Sun.* London: Duckworth, 1956.

Karl, F. R. & Magalaner, M. *Reader's Guide to Great Twentieth Century English Novels.* London: Thames & Hudson, 1963.

Lawrence, Ada and Gelder, G. Stuart. *Young Lorenzo: Early Life of D. H. Lawrence.* New York: Russell and Russell, 1966.

Lawrence, Frieda. ' *'Not I But The Wind...* ''. London: Heinemann, 1935.

Leavis, F. R. *D. H. Lawrence: Novelist.* London: Chatto & Windus, 1855.

Levenson, Michael. *The Cambridge Companion to Modernism.* Cambridge: Cambridge UP., 1999.

Levy, M. ed. *Paintings of D. H. Lawrence.* London: Cory, Adams & Mackay, 1964.

Lockwood, M. J. *A Study of the Poems of D. H. Lawrence Thinking in Poetry.* Hampshire and New York: Palgrave, 2002.

Marsh, Nicholas. ed. *D. H. Lawrence The Novels.* New York: St. Martin's Press, 2000.

Miko, Stephen J. *Toward 'Women in Love'.* New Haven and London: Yale UP., 1971.

Miller, Henry. *The World of Lawrence A Passionate Appreciation.* eds. With an Introduction and Notes Evelyn J. Hinz and John J. Teunissen. Santa Barbara: Capra Press, 1980.

Moore, Harry T. ed. *Sex, Literature, and Censorship.* New York: Viking Press, 1959.

_____. *The Intelligent Heart: The Story of D. H. Lawrence.* Penguin, 1960.

_____. & Roberts, Warren. *D. H. Lawrence and His World.* London: Thames and Hudson, 1966.

_____. *The Life and Work of D. H. Lawrence.* London: George Allen and Unwin, 1951.

Moynaham, Julian. *The Deed of Life: The Novels and Tales of D. H. Lawrence.* Princeton: Princeton UP., 1872.

Nin, Anaïs. *D. H. Lawrence: An Unprofessional Study.* London: Spearman, 1961.

Preston, P. A. *D. H. Lawrence Chronology.* St. Martin's Press, 1994.

Roberts, Warren. *A Bibliography of D. H. Lawrence.* London: Rupert Hart-Davis, 1963.

Rolph, C. H. ed. *The Trial of Lady Chatterley.* Penguin Special, 1961.

Ruderman, Judith. *D. H. Lawrence and the Devouring Mother The Search for a Patriarchal Ideal of Leadership.* Duke UP.,

1984.

Sagar, Keith. *The Art of D. H. Lawrence.* Cambridge: Cambridge UP., 1966.

_____. ed. *A D. H. Lawrence Handbook.* New York: Manchester UP., 1982.

Smith, F. G. *D. H. Lawrence The Rainbow.* Chatham: Edward Arnold, 1971.

Suires, Michael & Jackson Dennis, eds. *D. H. Lawrence's ''Lady'' A New Look at Lady Chatterley's Lover.* The University of Georgia Press, 1985.

Stewart, David. *Burnum Burnum's Aboriginal Australia.* Angus and Robertson, 1988.

Tedlock, Jr., E. W. ed. *D. H. Lawrence and 'Sons and Lovers': Sources and Criticism.* New York: New York UP., 1965.

Vivas, Eliseo. *D. H. Lawrence: The Failure and the Triumph of Art.* London: George Allen and Unwin, 1961.

Weiss, Daniel A. *Oedipus in Nottingham: D. H. Lawrence.* University of Washington Press, 1962.

Zytaruk George J. *D. H. Lawrence to Russian Literature.* The Hague/Paris: Mouton, 1971.

ii　仏文文献

Foucault, Michel. *Histoire de la folie à l'âge classique.* Paris:

Gallimard, 1972.

Corbin, Alain. *Le monde retrouvé de Louis-François Pinagot sur les traces d'un inconnu 1798-1876.* Paris: Flammarion, 1998.

iii　日本における文献

饗庭孝男『知の歴史学』新潮社、1997 年。

飯田武郎『D．H．ロレンスの詩』九州大学出版会、1986 年。

伊東俊太郎『文明と自然――対立から統合へ――』刀水書房、2002 年。

井上義夫『薄明のロレンス：評伝Ⅰ』小沢書店、1992 年。

井上義夫『新しき天と地：評伝Ⅱ』小沢書店、1993 年。

井上義夫『地霊の旅：評伝Ⅲ』小沢書店、1994 年。

入江隆則『見者ロレンス』講談社、昭和 49 年。

甲斐貞信『ロレンスと神話―よみがえる原風景―』山口書店、1988 年。

北沢滋久『D・H・ロレンス　生と死のファンタジィ』金星堂、平成 11 年。

倉持三郎『ロレンス　愛の予言者』冬樹社、昭和 53 年。

倉持三郎『D・H・ロレンス　人と思想』清水書院、1987 年。

黒沼ユリ子『メキシコからの手紙』岩波書店、1986 年。

小西永倫『D・H・ロレンス―詩人とチャタレイ裁判』右文書院、昭和 50 年。

柴田多賀治『現代イギリス小説の人間像』八潮出版社、1985 年。

清水康也『ロレンス―ユートピアからの旅立ち』英宝社、1990 年。

鈴木俊次、有為楠泉『D．H．ロレンスとモダニズムの作家たち』英

　　宝社、2003 年

寺田建比古『「生けるコスモス」とヨーロッパ文明』沖積舎、1997 年。

西村孝次編『ロレンス』研究社、昭和 46 年。

日本ロレンス協会編『D・H・ロレンスと現代』国書刊行会、1995 年。

安田喜憲『日本よ、森の環境国家たれ』中央公論新社、2002 年。

山川鴻三『思想の冒険　ロレンスの小説』研究社、昭和 49 年。

山川鴻三『楽園の文学』世界思想社、1995 年。

和田静雄『D・H・ロレンス文学の論理』南雲堂、昭和 47 年。

＊著者紹介＊

古我　正和（こが　まさかず）

1936 年、滋賀県生まれ。

1961 年、京都大学文学部卒業（英文学専攻）。

立命館大学、滋賀医科大学を経て現在は佛教大学文学部英米学科
教授。

【著　書】

　『1930 年代世界の文学』（有斐閣，1982 年）〈共著〉

　『英米文学概論』（佛大通信部，1995 年）〈共著〉

　『ロレンス研究―西洋文明を越えて―』（大阪教育図書，1996 年）

【訳　書】

　『小説家・詩人ハーディ評伝』（千城，1981 年）〈共訳〉

　『メキシコの夜明け』（京都あぽろん社，1997 年）

　『解き放たれたプロミーシュース』（大阪教育図書，2000 年）
　〈共訳〉

二十一世紀からロレンスを読む

| 2023年4月30日発行 | 著 者 | 古 我 正 和 |
| | 発行者 | 向 田 翔 一 |

発行所	株式会社 22 世紀アート
	〒103-0007
	東京都中央区日本橋浜町 3-23-1-5F
	電話 03-5941-9774
	Email: info@22art.net　ホームページ：www.22art.net
発売元	株式会社日興企画
	〒104-0032
	東京都中央区八丁堀 4-11-10 第 2SS ビル 6F
	電話 03-6262-8127
	Email: support@nikko-kikaku.com
	ホームページ：https://nikko-kikaku.com/
印刷 製本	株式会社 PUBFUN

ISBN : 978-4-88877-190-0